Rosie M. Clark
Eine Prise Sommerglück

AF186181

TINTE
&
FEDER

Das Buch

»Es gibt Tage im Leben, an denen du Dinge tust, die du an anderen nicht tun würdest. Diese Tage können dein Leben verändern.«

Eigentlich steht schon seit Paulas Kindheit fest, wie ihr Leben einmal aussehen soll: Als Tochter eines einflussreichen Hamburger Immobilienmaklers soll sie in die Fußstapfen ihres Vaters treten und den Sohn eines angesehenen Geschäftsmanns heiraten. Doch Paula will sich nicht länger den Wünschen ihres herrischen Vaters fügen. Spontan beschließt sie, zur Hochzeit einer Freundin nach Mallorca zu fliegen. Hals über Kopf verliebt sie sich dabei in den magischen Charme der Insel.

Als sie überraschend die Chance bekommt, das Catering für romantische Traumhochzeiten auszurichten, weiß Paula, dass sie ihre wahre Bestimmung gefunden hat. Und dann ist da noch der attraktive Koch Theo, bei dem ihr Herz verdächtig schnell schlägt – zum ersten Mal fühlt sie sich frei für das Glück und die Liebe. Doch ausgerechnet da droht ein dunkles Familiengeheimnis ihr neues Leben zu zerstören, das sie sich gerade auf Mallorca aufbaut …

Der Autor

Nach ihrem Bestseller »Das Salzmädchen« hat Rosie M. Clark mit »Eine Prise Sommerglück« ihren zweiten Roman veröffentlicht. Ihre innige Beziehung zu Mallorca hat sie früh entdeckt und besucht die Insel seitdem jedes Jahr mehrfach mit ihrem Mann. Die Liebe zu den Buchten, den Menschen, der salzigen Luft und ihre Leidenschaft für das Schreiben inspirieren sie zu zauberhaften Geschichten über sympathische Protagonistinnen und attraktive Helden, die auf der Sonneninsel ihr Glück suchen.

ROSIE M. CLARK

Eine PRISE SOMMER- GLÜCK

ROMAN

Deutsche Erstveröffentlichung bei
Tinte & Feder, Amazon Media EU S.à r.l.
38, avenue John F. Kennedy, L-1855 Luxembourg
Mai 2019
Copyright © der deutschsprachigen Ausgabe 2019
By Rosie M. Clark

Umschlaggestaltung: zero-media.net, München
Umschlagmotiv: © Tono Balaguer / Shutterstock; © WineDonuts /
Shutterstock
1. Lektorat: Ute Köhler
2. Lektorat und Korrektorat: Verlag Lutz Garnies, Haar bei München,
www.vlg.de
Gedruckt durch:
Amazon Distribution GmbH, Amazonstraße 1, 04347 Leipzig /
Canon Deutschland Business Services GmbH, Ferdinand-Jühlke-Str. 7,
99095 Erfurt /
CPI books GmbH, Birkstraße 10, 25917 Leck

ISBN: 978-2-91980-768-0

www.tinte-feder.de

Für Henriette

VORWORT

Liebe Leserinnen und Leser, ich wünsche Ihnen viel Vergnügen beim Lesen meines Buches »Eine Prise Sommerglück«. Ich würde mich sehr freuen, Ihre Gedanken zu dem Buch in Form einer Rezension auf Amazon zu erfahren.

Weitere Informationen zum Buch erhalten Sie hier:
www.rosiemclark.de
www.facebook.com/rosiemclark.romane
Herzliche Grüße,
Rosie M. Clark

1

Paula vertiefte sich erneut in die große Speisekarte mit geschwungener Goldschrift. Nervös nestelte sie dabei an der spitzenverzierten Tischdecke. Sie wandte sich mit suchendem Blick Richtung Eingangsbereich, doch außer einigen betagteren Gästen und dem Kellner im schwarzen Frack entdeckte sie nichts. Das »Chez Jacques« war ein nobles französisches Restaurant im Hamburger Viertel Barmbek. Der hohe Raum war mit Stuckdecke und goldenen Kronleuchtern dekoriert. Das Fischgrätparkett glänzte, und die französische Musik war ebenso gedämpft wie die Unterhaltungen und das leise Klirren des Bestecks auf den Porzellantellern. Paulas Vater war hier Stammgast, und obwohl die wenigen Plätze des Lokals immer bereits Wochen im Voraus reserviert waren, bekam er auch kurzfristig immer den besten Tisch.

Aus dem Augenwinkel sah Paula, wie ihr Vater erneut auf seine Armbanduhr blickte und mit zusammengekniffenen Augen den Kopf schüttelte. Bereits seit zwanzig Minuten saß sie nun mit ihren Eltern und ihrem Bruder Fabi im »Chez Jacques«. In der Mitte des runden Tisches standen fünf Gläser mit edlem Champagner, dessen frisches Perlen bereits nachließ. Alle warteten nur noch auf Paulas Freund Peter.

»Haben die Herrschaften schon gewählt?«, fragte der Kellner mit einem unüberhörbaren französischen Akzent, während er sich leicht zu Paulas Vater beugte. »Herr Hansen, darf ich Ihnen heute den Hummer mit Wachtelei auf getrüffeltem Blumenkohl empfehlen?«

»Das hört sich wunderbar an, Pierre. Ich fürchte allerdings, dass wir mit der Bestellung noch eine Weile warten müssen. Wie es aussieht, hat sich der Freund meiner Tochter mal wieder verlaufen.«

»Richard ...«, sagte Paulas Mutter Hilda in mahnendem Tonfall und kniff die Augen zusammen.

Fabi sank noch ein Stück tiefer in den roten Samtstuhl. Wie Paula wusste er, was gleich passieren würde, wenn Peter nicht auf der Stelle auftauchte.

»Na ist doch wahr!«, entgegnete Richard und zupfte am Einstecktuch seines Jacketts.

Pierre nickte höflich und machte sich schwungvoll auf den Weg zum nächsten Tisch, um dort den Gästen ihre Wünsche von den Lippen abzulesen.

Paula wurde zunehmend unruhiger. Peter hatte versprochen, ausnahmsweise mal pünktlich zu sein. Schließlich gab es nicht oft die Gelegenheit zu einem Familiendinner. Heute wollte Paulas Vater ihren Studienabschluss und das anstehende Praktikum in seiner Firma feiern, das am kommenden Montag beginnen würde.

»Du siehst heute übrigens sehr hübsch aus, mein Engel«, sagte Hilda und versuchte so offensichtlich, das Gespräch in eine andere Richtung zu lenken.

Paula fühlte sich zwar etwas unwohl in dem engen roten Kleid, ihre Mutter hatte es ihr aber extra für diesen Abend gekauft, also musste sie es tragen.

Paulas Handy piepte. Schnell griff sie in ihre schwarze Handtasche und zog es heraus. Ihre Gesichtszüge erstarrten.

»Ha, ich wusste es doch!«, rief Richard, der sie beobachtete.

Fabi versank noch etwas tiefer in seinem Stuhl, sodass sein Pferdeschwanz bereits auf der Stuhllehne aufsetzte.

»Er kommt nicht! Habe ich es dir nicht gesagt, Hilda? Er kommt nicht. Er ist nie da, wenn es drauf ankommt! Der Junge hat keinen Anstand!«, rief Richard nun etwas lauter.

Paula starrte auf ihr Handy und presste die Kiefer zusammen, um ihre Wut zu unterdrücken. Sie wollte ihrem Vater keine weitere Munition liefern.

Ich schaffe es nicht, Babe. Wir feiern morgen, ok?

Mehr als diese schnöde Nachricht, ohne jede Erklärung oder Entschuldigung, stand nicht auf dem Display.

»So, dann wäre das ja geklärt, und wir können endlich bestellen«, sagte Richard voller Genugtuung, streckte den Arm nach oben und schnippte mit den Fingern. »Pierre, wir sind so weit.«

Fabi griff nach einem der Champagnergläser und trank es zur Hälfte aus.

»Er schafft es leider nicht«, presste Paula leise heraus.

Ehe ihre Mutter etwas zur Besänftigung sagen konnte, ergriff Richard erneut das Wort.

»Ja, natürlich schafft er es nicht. Er hat noch nie etwas geschafft«, stellte er trocken fest und wandte sich Pierre zu, der aufmerksam neben ihm stand und auf die Bestellung wartete. »Pierre, bringen Sie meiner Frau bitte das Seeteufelmedaillon im Muschelsud, meine Kinder nehmen jeweils die Bäckchen mit Kartoffelpüree, und ich nehme den Hummer. Danke.«

Hilda starrte schweigend auf ihre Serviette, während Paula spürte, wie sie rot wurde. Sie wusste nicht, ob es Scham oder Wut war, aber lange konnte sie ihre Gefühle nicht mehr zurückhalten.

»So, dann wollen wir mal auf unsere fabelhafte Tochter anstoßen«, sagte Richard und reichte seiner Frau ein Champagnerglas. »Fabian, ich sehe, du hast wie immer bereits angefangen. Aber wir haben ja sowieso ein Glas zu viel.«

Richard rückte seinen Stuhl etwas nach hinten und stand auf. In seinem dunklen Zweireiher mit den goldenen Knöpfen wirkte er noch imposanter, als es seine Statur sowieso schon ausdrückte. Seine ehemals blonden, inzwischen grau melierten Haare trug er zurückgekämmt, und sein gebräuntes Gesicht zeigte ein zufriedenes Lächeln.

Fabi sah sich hilfesuchend um, blickte jedoch nur in die anerkennenden Gesichter der anderen Gäste, denen Richards Auftritt zu gefallen schien.

»Paula, du hast einen tollen Abschluss in Betriebswirtschaftslehre hingelegt und bist jetzt bereit, dir in der Hansen Group deine Sporen zu verdienen«, sagte er lauter als notwendig, sodass die umliegenden Tische seine Rede mitverfolgen konnten. Er genoss offensichtlich das Publikum und wartete einen Moment, bevor er sein Glas erhob und fortfuhr. »Bis auf die Wahl deines Freundes hast du alles im Leben richtig gemacht …«

Einige Gäste lachten.

Paula sah auffordernd zu ihrer Mutter, doch diese starrte weiter auf ihre Serviette.

»Du wirst einmal unser Familienunternehmen fortführen, und darauf bin ich sehr stolz. Auf dich, meine Paula.«

Die Gäste applaudierten.

Paula lief eine Träne über die Wange. Beschämt sah sie nach unten auf ihr Handy, blickte dann zu ihrer Mutter und zu ihrem Vater. Vierundzwanzig Jahre lang hatte sie alles getan, um ihren Eltern zu gefallen, ihnen alles recht zu machen. Noch nie hatte sie das Wort gegen ihren Vater erhoben oder sich seinen Wünschen widersetzt. Lediglich die Entscheidung, mit Peter zusammenzusein, war gegen sein Einverständnis passiert. Und ausgerechnet heute hatte Peter sie im Stich gelassen.

Fabi legte mitfühlend seine Hand auf Paulas Knie, doch Paula schob sie sanft zur Seite. Sie griff nach der Serviette, die der Kellner auf ihrem Schoß ausgebreitet hatte, stand auf und warf sie auf den Tisch. Aus Tränen gefüllten Augen sah sie ihren Vater an, drehte sich um und verließ das Restaurant.

* * *

Es war ein ungewöhnlich lauer Frühlingsabend. Wie jeden Freitag waren die Restaurants voll besetzt, gut gelaunte Menschen spazierten bei klarem Himmel durch die Straßen. Paula fühlte sich völlig fehl am Platz. Sie schluchzte. Tränen tropften ihr von der Nasenspitze, und ihre Wimperntusche verwischte. Sie wollte nur noch nach Hause, um sich in ihrem Bett zu vergraben. War das gerade wirklich passiert? Peter war nicht erschienen, und ihr Vater hatte sie vor dem gesamten Restaurant lächerlich gemacht.

»Diese verdammten Schuhe«, rief sie, bückte sich und zog ihre schwarzen High Heels aus. Ihr war egal, was die Leute dachten. Schlimmer konnte es nicht werden. Mit den Schuhen in der Hand lief sie weiter bis zum Rand des Stadtparks. Sie ging bis zu den Rosengärten am Stadtparksee und ließ sich dort auf eine Bank fallen. Das Handy klingelte. Es war ihre Mutter. Paula drückte den Anruf weg und schaltete das Handy aus. Sie wollte jetzt keine Ausflüchte oder gar Anschuldigungen hören. Sie war wütend. Auf ihren Vater, weil er sie gedemütigt hatte, auf ihre Mutter, weil sie mal wieder nicht eingegriffen hatte, auf Peter, weil er sie im Stich gelassen hatte, und auf sich selbst, weil sie immer alles stillschweigend hinnahm.

Paula löste ihren Dutt, ließ ihre langen blonden Haare auf die schmalen Schultern fallen und wischte sich die Tränen aus den Augen. Das Schlimmste an dem heutigen Abend war, dass ihr Vater recht hatte. Peter war unzuverlässig. Schon immer gewesen. Seit sie vor zwei Jahren seinem Charme verfallen war. Sie hatte Peter unten am Hafen förmlich über den Haufen gerannt, als sie einem Schiff nachgeschaut hatte. Er hatte sich dennoch mehrfach entschuldigt und nicht von ihr abgelassen, bis er sie auf ein Eis einladen durfte. Mit seiner lockeren Art und seinem verschmitzten Lächeln hatte er Paula sofort für sich gewonnen. Einige Dates später waren sie ein Paar geworden. Sie wusste, dass er alles andere als der Traumschwiegersohn ihrer Eltern war, also hatte sie ihnen erst ein halbes Jahr später von ihrer Beziehung erzählt. Es war das erste Mal, dass Paula ihnen etwas verheimlicht hatte. Ihre Eltern wollten, dass sie sich auf ihr Masterstudium konzentrierte, um anschließend in die Immobilienfirma ihres Vaters einzusteigen und einen angemessenen Mann kennenzulernen. Peter hingegen war ein Freigeist, der sich von Job zu Job hangelte und seine Zeit lieber auf dem Surfbrett als am Schreibtisch verbrachte. Er war das komplette Gegenteil von Paula, und trotzdem, oder gerade deswegen, fühlte sie sich zu ihm hingezogen. Er hatte eine Ausstrahlung, die den meisten Frauen weiche Knie bescherte, und er wusste das. Er wusste auch, dass Paulas Eltern ihn von Anfang an nicht hatten leiden können. In ihren Augen war er ein Schmarotzer, der ihrer Tochter nicht würdig war. Ein Schandfleck in der wohlhabenden Hansen-Familie. Paula war wütend, dass er nicht da war, und trotzdem konnte sie ihn irgendwie verstehen. Tausend Dinge kamen ihr in den Sinn. Überwiegend solche, die sie ihrem Vater gern an den Kopf geworfen hätte. Zum Beispiel, dass sie daran zweifelte, ob das anstehende Praktikum überhaupt eine gute Idee war. Sie wusste, dass sie ihm das niemals sagen könnte, aber es fühlte sich gut an, darüber nachzudenken. Tief im Inneren wusste Paula, dass sie erst das Praktikum, dann einen Juniorposten, die Marketingleitung und schließlich die

Firmenleitung übernehmen würde. Ihr Vater hatte ihr ganzes Leben bereits durchgeplant. Sogar den richtigen Ehemann hatte er schon für sie ausgesucht, den Sohn seines Rivalen Friedrich Grossmann. Gemeinsam sollten sie das Immobilienimperium vergrößern. Ein Grund mehr, warum er Peter nicht ausstehen konnte.

Es wurde Paula langsam zu kalt, also schluckte sie ihren Unmut hinunter, stand auf und ging weiter durch den Park Richtung Außenalster. Egal, wie lange sie darüber nachdachte, sie würde heute keinen klaren Gedanken mehr fassen können. So oder so würde sie das Praktikum am kommenden Montag antreten und machen, was von ihr erwartet wurde, so wie sie es immer tat.

Eine halbe Stunde später lief sie durch den Harvestehuder Weg, bis sie schließlich vor dem Haus ihrer Eltern stehen blieb.

Es war die teuerste Gegend Hamburgs, die überwiegend aus frei stehenden Villen des späten neunzehnten Jahrhunderts bestand.

Die Hansen-Villa war eines der prachtvollsten Gebäude der Straße. Sie umfasste drei Stockwerke und ein Vordach, das von hohen Säulen getragen wurde. In allen Stockwerken brannte noch Licht. Ihre Eltern hatten sich bestimmt schon Sorgen gemacht, denn Paulas nächtliche Ausflüge konnte man an einer Hand abzählen. Wie sollte sie sich verhalten, wenn sie das Haus betrat? Sollte sie mit ihren Eltern darüber sprechen oder sich einfach höflich entschuldigen und den Vorfall vergessen? Erst als sie durch die große Eingangstür trat, bemerkte sie ihre zerrissene und schmutzige Strumpfhose. Noch immer trug sie ihre Pumps in der Hand.

»Kind, wie siehst du denn aus?«, wurde sie hektisch von ihrer Mutter begrüßt. Hilda musterte Paula von oben bis unten. »Komm schnell rein, bevor die Nachbarn dich sehen.«

»Mir geht es gut, danke, Mama«, sagte Paula trotzig.

Mit schnellen Schritten und einem Scotch in der Hand eilte ihr Vater herbei. »Was habe ich da gehört? In diesem Ton redest du nicht mit deiner Mutter!« Er packte Paula am Oberarm und zog sie in die Eingangshalle. »Was sollte das vorhin? Du hast uns vor dem gesamten Restaurant blamiert! Ist dir das klar?«

Erneut liefen Tränen Paulas Wangen hinunter. *Ich* habe *euch* blamiert?, dachte sie wütend. Doch anstatt es auszusprechen, entschuldigte sie sich und stieg die geschwungene Treppe hinauf in den zweiten Stock. Sie hatte keine Lust auf eine Auseinandersetzung. In ihrem Zimmer ließ sie sich auf das breite Himmelbett fallen und vergrub den Kopf in der weichen Tagesdecke. Erst einige Minuten später setzte sie sich auf und schaltete ihr Handy ein. Keine Nachricht von Peter. Ihr Blick wanderte durch das ausladende Zimmer. Würde sie auch in zehn Jahren noch hier im Haus ihrer Eltern leben? Würde sie hier Martin Grossmann heiraten und die nächste Hansen-Generation großziehen? Ihr Blick wanderte über die Reit- und Segelpokale, die Auszeichnungen des Mathe-Wettbewerbs, den riesigen Kleiderschrank voller Kostüme und Blusen und schließlich über die Kommode, auf der die gerahmten Familienbilder standen. Paula erhob sich und ging zur Kommode. Zu jedem Familienereignis wurde ein Fotograf bestellt, der es möglichst so aussehen lassen sollte, als wären die Hansens eine erfolgreiche und glückliche Familie, in der alles nach Plan verlief. Alle strahlten um die Wette, ob bei der Kieler Woche oder beim Picknick im Garten mit den Geschäftskollegen. So würde Paulas Leben aussehen.

Ihr Blick blieb auf einem Bild ihres Bruders Fabi haften. Sie griff nach dem Rahmen. Paula bewunderte ihren kleinen Bruder, der nicht nur durch sein Äußeres aus der Reihe tanzte. Er hatte es geschafft, aus dem wohlbehüteten Leben auszubrechen. Eigentlich war er es gewesen, der das Unternehmen ihres Vaters eines Tages hätte übernehmen sollen, obwohl er drei

Jahre jünger war als Paula. Doch bereits als Kind hatte er seinen eigenen Willen durchgesetzt. Während Paula beim Reiten oder in der Segelschule gewesen war, hatte er sich mit seinen Freunden zum Skaten getroffen. In der Schule hatte er trotz aller Bemühungen schlechte Noten und studierte nun Mediendesign an einer Akademie. Er legte nicht viel Wert auf Konventionen oder die Meinung seiner Eltern. Er machte, was ihm gefiel, und trug nur zu wenigen Anlässen wie dem heutigen einen Anzug.

Somit hatte er sich bereits vor dem Abitur für die Unternehmensleitung disqualifiziert, und die Verantwortung war auf Paula übertragen worden. Paula war stets die Vernünftige gewesen, die mit einem Abitur von eins Komma null und einer *guten Erziehung* punktete.

Erneut ärgerte sie sich darüber, dass sie im Restaurant nichts gesagt hatte. Ihr Abgang war für ihre Verhältnisse schon wild gewesen, aber zu gern hätte sie sich noch mehr getraut.

Als sie das Bild zurückstellte, fiel ihr eine Karte ins Auge, die hinter dem Rahmen lag. Es war die Hochzeitseinladung ihrer alten Schulfreundin Sophie. Paula griff danach und strich mit den Fingern über den geprägten weißen Karton. Paula und Sophie waren zusammen in die Grundschule gegangen. Sie hatten jede freie Minute miteinander verbracht, bis Sophies Eltern von Hamburg nach München gezogen waren und der Kontakt abriss. Umso mehr hatte Paula sich gefreut, eine Einladung zu ihrer Hochzeit zu bekommen.

Ursprünglich hatte sie in Erwägung gezogen, zuzusagen, aber die Hochzeit sollte morgen auf Mallorca stattfinden, und Paulas Vater wollte, dass sie das Wochenende vor dem Praktikum dazu nutzte, sich mit den aktuellen Projekten vertraut zu machen. Er erwartete Fleiß und Ehrgeiz.

Mallorca, dachte Paula. Ob es wohl schön dort ist? Ihr Vater hatte gesagt, die Insel bestünde seit vielen Jahren nur noch aus Ballermann-Touristen und neureichen Deutschen, aber irgendwie konnte sich Paula das nicht vorstellen.

Sie klappte die Einladungskarte auf. Zwischen bunten, floralen Mustern standen die Namen des Brautpaars. *Sophie und Florian*. Ob Sophie wohl noch so quirlig und frech war wie früher?

Paula dachte erneut über den heutigen Abend nach, über die Rede ihres Vaters, über ihre Mutter, die nicht dazwischengegangen war, über Peters Absage und darüber, dass er sie schon so oft im Stich gelassen hatte. Ihr Blick wanderte von der Einladung hinüber zu dem Bild ihres Bruders und wieder zurück. Nach einer gefühlten Ewigkeit griff sie schließlich nach ihrem Handy und tippte eine Nachricht. Minutenlang stand sie nervös vor der Kommode und sah in Fabis Augen. Ihr Herz schlug so heftig wie schon lange nicht mehr. Dann kam die Erlösung. Das Handy piepte, und Paula überflog hastig die Zeilen. Oh Gott, sie würde es tun. Ja, sie würde es tun. Paula eilte zum Wandschrank und zog einen kleinen Trolley heraus.

2

Paula lief die langen Gänge des Flughafens entlang. Im Gegensatz zu den Urlaubern um sie herum hatte sie es nicht eilig. Die Sonne schien durch die großen Fenster des Terminals und wärmte ihre Haut. Paula ging vorbei an Restaurants und Snackautomaten, bis sie zu den Gepäckbändern kam. Sie lief weiter bis zu den Ständen der Autovermietungen, schlängelte sich durch zwei automatische Schiebetüren und stand schließlich draußen vor der Ankunftshalle. Sie sah sich um und sog die frische Luft ein. Die großen Palmen raschelten, und Menschen drängten sich unter dem Vordach hindurch, um zu ihren Mietwagen zu gelangen. Erst jetzt merkte sie, wie müde sie eigentlich war, und sie konnte es nicht fassen, dass sie tatsächlich hier am Flughafen von Palma stand.

Es war erst zehn Stunden her, dass sie Sophie eine Nachricht geschickt, ihr geschrieben hatte, dass sich ihre Pläne nun doch spontan geändert hätten. Es tue ihr sehr leid, dass es so kurzfristig sei, aber wenn es irgendwie noch ginge, würde sie sehr gerne zu ihrer Hochzeit kommen. Nach einigen langen Minuten hatte Sophie geantwortet. Paula hatte förmlich spüren können, wie sehr sie sich gefreut haben musste. Sophie hatte geschrieben, sie sei überglücklich über Paulas Nachricht und könne sich nichts Schöneres vorstellen, als Paula zur Hochzeit zu sehen. Wegen der Übernachtung solle sie sich auch keine Sorgen machen, sie könne bei ihrer Freundin Bianca im Zimmer schlafen.

Nachdem Paula einige Kleider, Schuhe und Unterwäsche in den Trolley gepackt hatte, hatte sie ihren Laptop aufgeklappt, um einen Flug zu buchen. Sie bekam den letzten Platz für die erste Maschine am nächsten Morgen. Um fünf Uhr vierzig sollte es losgehen. Als das Flugticket schließlich auf ihrem Handy aufleuchtete, saß Paula vor ihrem Schreibtisch und wartete. Angst stieg in ihr auf. Was hatte sie da vor? Wie würden ihre Eltern reagieren? Sie hatte ein mulmiges Gefühl im Bauch, ihr war fast schon schlecht. Was dachte sie sich nur dabei? War das nur eine Trotzreaktion, oder wollte sie wirklich zu dieser Hochzeit? Sie kannte keinen einzigen Gast, nicht einmal Sophies Verlobten. Und Sophie hatte sie seit fünfzehn Jahren weder gesehen noch irgendetwas von ihr gehört.

Als Paula schon kurz davor war, ihre Sachen wieder aus dem Koffer zu räumen, sah sie erneut auf das Foto ihres Bruders. Er war wahrscheinlich noch mit seinen Freunden losgezogen und amüsierte sich, während sie hier zu Hause saß und darauf wartete, dass ein neuer Tag mit den Pflichten einer Hansen-Tochter begann. Nein, das würde nicht passieren. Nicht nach dem Desaster heute Abend. Ab Montag würde sie wieder ihrem Vater gerecht werden, aber dieses Wochenende gehörte ihr. Sie wählte die Nummer eines Taxiunternehmens.

»Hansen hier, ich bräuchte bitte ein Taxi für vier Uhr fünfzehn. Zum Flughafen.«

In der kurzen Nacht hatte Paula kein Auge zugetan. Nervös hatte sie wach gelegen und abgewartet, bis ein Licht nach dem anderen im Haus erloschen war und ihre Eltern sich endlich schlafen gelegt hatten. Nur wenige Stunden später, als die Vögel bereits zu zwitschern begannen, hatte Paula einen Zettel auf den

Küchentisch gelegt und sich aus dem Haus geschlichen. Das Taxi war pünktlich gewesen. Als sie endlich im Flieger gesessen und den Sitzgurt festgezogen hatte, hatte es kein Zurück mehr gegeben. Von da an brauchte sie nicht mehr gegen ihr schlechtes Gewissen und die Magenschmerzen anzukämpfen.

»Na Hübsche, du siehst müde aus. Willst du mit mir schlafen?«, sagte eine Männerstimme hinter Paula und riss sie aus ihren Gedanken.

Als sie sich erschrocken umdrehte, fing eine Gruppe junger Männer an, zu johlen, und prostete sich mit Dosenbier zu. Sie trugen alle das gleiche T-Shirt mit dem Aufdruck *Malle 2018 – Saufen bis die Ärztin kommt*. Paula lief knallrot an, griff nach ihrem Trolley und ging hastig weiter bis zum Taxistand. Sofort ärgerte sie sich. Hatte ihr Vater auch damit wieder recht gehabt? Als sie sich umschaute, sah sie weitere solcher Gruppen mit ähnlichen Hüten oder Shirts. Ihr wurde ganz übel, als sie an die Hochzeit dachte. Was würde sie dort nur erwarten? Sie war schon auf einigen Hochzeiten gewesen, aber diese hatten immer in noblen Hotels oder Countryklubs stattgefunden.

Fünf Minuten später saß sie in einem Taxi und reichte dem Fahrer die Adresse nach vorn. Sie war erleichtert, dem Trubel, der jetzt bereits am Flughafen herrschte, zu entkommen. Der Taxifahrer war ein stiller Zeitgenosse und lenkte den Wagen gemütlich durch die Kreisel auf die Autobahn. Dann schaltete er das Radio an, aus dem leise spanische Popmusik ertönte, und sah Paula zufrieden durch den Rückspiegel in die Augen. Paula lächelte sanft. Tatsächlich beruhigte sie die Musik ein wenig.

Die Autobahn führte nach Westen, durch Randbezirke von Palma, und ging dann in eine Landstraße über. Vor ihr erhoben sich einige Berge, die in ein wunderbares Licht getaucht waren. Das musste das Tramuntanagebirge sein, von dem sie im Bordmagazin gelesen hatte. Irgendwo dort sollte die Hochzeit stattfinden. Paula sah mit großen Augen aus dem Fenster. Die Straße wurde schmaler und schlängelte sich, eingefasst von Natursteinmauern, durch die Landschaft. Die Häuser der kleinen Orte waren mit rot blühenden Kletterpflanzen bewachsen. Transporter fuhren Obst, Gasflaschen und Wasserkanister durch die Gegend. Alte Frauen trugen Einkaufstaschen durch die Gassen. Es war wunderschön hier und hatte nichts mit dem zu tun, was Paula am Flughafen erlebt hatte. Die Morgensonne tauchte die Insel in ein warmes Orange, und Paula vergaß alles um sich herum. Die Straße wurde kurviger und war nun beiderseits von bewaldeten Hügeln begrenzt, zwischen denen nur hin und wieder ein Hausdach auftauchte. Nach einer weiteren halben Stunde bog das Taxi in eine schmale Seitenstraße, die eigentlich mehr ein Weg war und auf einen Hügel hinaufführte, mitten ins Nirgendwo. Nach einer engen Kurve öffnete sich der Blick, und Paula entdeckte eine wunderschöne alte Finca zwischen bergigem Fels und grünen Wiesen. Das vordere Türmchen war mit Ranken bewachsen, und eine Palmenallee führte direkt zu einer Hofeinfahrt.

Der Taxifahrer sah Paula erneut über den Rückspiegel an und grinste.

»Bonito, verdad?«

»Muy bonito«, antwortete Paula fasziniert. Sie hätte nicht erwartet, dass ihr Schulspanisch noch einmal zum Einsatz kommen würde.

Das Taxi fuhr durch die Palmenallee und hielt am Eingangstor. Der Fahrer half Paula mit ihrem Trolley, nahm dankend das Geld in Empfang und stieg wieder in das Auto.

»Te deseo una buena fiesta. Y bienvenido a Mallorca«, sagte er, lächelte noch einmal durch das offene Fenster und fuhr davon.

Paula stand unschlüssig vor dem grünen Holztor und sah dem Taxi nach. Nervös drehte sie sich um und blickte an der alten Steinfassade hoch. Diese Finca musste mehrere hundert Jahre alt sein. Rechts und links des Tores standen große Windlichter. Hinter einem hing ein weißes Holzschild, auf dem *Sophie & Florian* stand. Paula war hier also schon mal richtig.

Es war mittlerweile halb zehn. Ein Blick auf ihr Handy verriet, dass ihre Mutter bereits dreimal versucht hatte, sie zu erreichen.

Plötzlich knarzte das Tor, und eine junge Frau im Bademantel und mit hochgesteckten Haaren sprang heraus.

»Paula? Du bist es wirklich! Wie schön, dass du da bist!«, rief Sophie und warf sich ihr in die Arme. »Oh Gott, wie aufregend!« Sophie drückte sie so fest, dass Paula die Luft wegblieb.

»Es tut gut, dich zu sehen, Sophie«, antwortete Paula etwas verlegen.

Sophie hatte sich nicht verändert. Sie war genauso lebendig wie vor fünfzehn Jahren. Sie hatte etwa Paulas Größe, eine ähnlich schmale Figur und ihre hochgesteckten blonden Haare reichten ihr normalerweise sicher bis zur Brust. Auch ihre Gesichtsform war dieselbe wie damals. Die gerade Nase, die schmalen Lippen und das spitze Kinn.

»Komm mit!«, rief sie, nahm Paulas Hand und zog sie neben sich her, einmal um die Finca herum. »Im Innenhof wird gerade noch aufgebaut, aber ich zeige dir schon einmal dein Zimmer. Bianca ist gerade unterwegs, um ein paar Sachen zu besorgen. Du kannst dich also in Ruhe fertig machen. Ich muss gleich wieder hoch, die Frisur ist noch nicht fertig. Aber wie geht's dir denn überhaupt?«, plapperte sie ohne Punkt und Komma.

»Ich bin etwas aufgeregt und müde, aber sonst geht es mir gut«, log Paula.

»Das ist gar kein Problem. Um fünfzehn Uhr ist Treffpunkt oben am Pool, um sechzehn Uhr ist der Empfang im Hof und um siebzehn Uhr die Trauung. Du hast also sogar noch Zeit, dich ein bisschen hinzulegen.«

Sophie führte Paula einen Hügel hinunter, neben dem sich ein großer, gefliester Pool befand. Am unteren Ende des Kieswegs standen zwei Gästehäuser. Sophie steuerte auf das rechte zu und drückte Paula einen Schlüssel in die Hand.

»Ich muss schnell wieder hoch, aber dein Zimmer ist die Dreihundertdrei. Es gibt nur ein Doppelbett, aber Bianca ist da ganz locker. Ihr werdet euch super verstehen!«

Sophie legte ihre Hände auf Paulas Schultern und sah ihr einen Moment lang in die Augen.

»Einfach toll, dass du da bist!«

»Danke, dass ich noch kommen durfte. Ich weiß, es war etwas … spontan.«

»Wirklich kein Problem, Paula. Hauptsache, du bist hier.«

Sophie drehte sich um und lief mit angehobenem Bademantel den Kiesweg hinauf. »Wir reden später, okay? Und nicht vergessen, fünfzehn Uhr oben am Pool!«

Paula grinste. Es waren so viele Jahre vergangen, und dennoch fühlte es sich an, als hätten die beiden sich nie aus den Augen verloren. Ein schöner Gedanke. Jetzt merkte sie allerdings, wie ihre Lider langsam schwerer wurden. Also hob sie ihren Trolley an und ging auf das Gästehaus zu. Das Schild mit der Dreihundertdrei zeigte auf eine Außentreppe. Mit letzter Kraft schleppte sich Paula die Steinstufen hinauf, öffnete vorsichtig die Tür und betrat das Zimmer. Es war klein, aber charmant: Terrakottafliesen auf dem Boden, weiße Wände und raue Holzbalken an der hohen Decke. Unter dem Sprossenfenster standen zwei Holzstühle, auf denen eine Kameratasche und einige andere Sachen lagen. An der Wand stand das große Doppelbett. Die rechte Seite wurde offensichtlich schon benutzt, also stellte Paula ihren Trolley in die Ecke, zog sich die Schuhe aus und setzte sich auf die linke Betthälfte.

Es war einfach unglaublich, dass sie jetzt hier auf Mallorca war, sich mit einer fremden Frau ein Bett teilte und auf eine Hochzeit ging, bei der sie lediglich die Braut aus der Grundschule kannte.

Paulas Gedanken schweiften immer weiter. Hamburg, ihre Familie, Peter … alles schien so weit weg zu sein. Trotz der Aufregung über das, was sie erwartete, fühlte es sich gut an. Sie stellte ihren Handywecker auf vierzehn Uhr fünfzehn, ließ sich in die weichen Daunen fallen und schloss die Augen.

3

Das Handy klingelte, und Paula schreckte sofort auf. Es dauerte einen kurzen Moment, ehe sie wusste, wo sie war. Etwas angeschlagen setzte sie sich auf und rieb sich die Augen. Dann fiel ihr auf, dass die Kameratasche fehlte. Stattdessen stand nun eine Einkaufstüte auf dem Stuhl. Oh nein, Bianca war wohl hier gewesen, während sie geschlafen hatte. Wie unangenehm.

Paula schälte sich aus dem Bett, griff nach ihren Sachen und verschwand im Bad. Eine Dusche hatte sie jetzt dringend nötig. Vierzig Minuten später kam sie frisch geduscht und geschminkt aus dem Badezimmer und zog das türkisfarbene Kleid mit den perlenbesetzten Trägern an.

Dazu hatte sie goldene Riemchensandaletten eingepackt. Als sie fertig war, betrachtete sie sich in dem Standspiegel und hoffte, dass sie für den Anlass die richtige Kleiderwahl getroffen hatte. Etwas Farbe konnte unter der mallorquinischen Sonne sicher nicht schaden.

Das Handy zeigte vier weitere Anrufe ihrer Mutter und einen von Peter. Als Paula versuchte, ihn zu erreichen, hob er nicht ab. Obwohl sie etwas enttäuscht darüber war, dass er ihr nicht einmal eine Nachricht gesendet hatte, um zu fragen, wie es ihr ging, nahm sie sich vor, dieses Thema und den Streit mit ihren Eltern für heute zu verdrängen. Sie wollte es einmal im Leben so machen wie Fabi. Sie würde jetzt hoch an den Pool gehen und einfach abwarten, was passierte. Ob es nun gut, schlecht oder sogar peinlich werden würde, morgen wäre sie sowieso schon wieder in Hamburg und würde wahrscheinlich keinen der Hochzeitsgäste jemals wiedersehen. Paula nickte sich noch einmal bestätigend im Spiegel zu, griff nach ihrer Handtasche und verließ das Zimmer.

Schon auf dem Kiesweg merkte sie, dass diese Schuhe sie heute Abend noch umbringen würden. Dennoch biss sie die Zähne zusammen und erreichte wenig später den gepflasterten Teil des Weges.

Bevor sie zu dem Treffpunkt ging, wollte sie einmal kurz in den Innenhof der Finca schauen. Als sie um die Ecke bog, spürte sie einen harten Aufprall, dem ein heftiges Krachen und Klirren folgten.

»¡Mierda!«, stieß die zierliche Spanierin aus, die offensichtlich eine Kellnerin war.

»Mist!«, rief Paula, als sie das Tablett und die zersprungenen Gläser auf dem Boden sah. Als sich Paula bückte, um beim Einsammeln der Scherben zu helfen, winkte die Kellnerin verärgert ab. Sie zog ihre Schürze aus und griff damit erst nach den größeren, dann nach den kleineren Scherben.

»Vuelve con tus amigos«, flüsterte sie schnippisch.

»De acuerdo, lo haré«, antwortete Paula schlagfertig.

Die Kellnerin schaute sie verblüfft an. Sie hätte wohl nicht damit gerechnet, dass Paula etwas Spanisch sprach und ihren abfälligen Kommentar, sie solle ihre Freunde zu Hilfe holen, verstanden hatte. Peinlich berührt widmete sie sich wieder den Scherben.

Es war wohl besser, sich den Innenhof später anzusehen, also machte Paula auf dem Absatz kehrt und steuerte auf die Terrasse am Pool zu. Der Blick war traumhaft. Hinter dem kleinen Tal, in dem einige Schafe grasten, stiegen die Berge des Tramuntanagebirges auf. Die Sonne stand hoch am wolkenlosen Himmel, und einige Vögel zwitscherten in der Ferne. Paulas Puls beschleunigte sich, als sie die Menschenansammlung auf der lang gezogenen Terrasse entdeckte. Es war eine bunt gemischte Gruppe aus Jung und Alt, Frauen in eleganten Kleidern, alten Männern in Anzügen und jungen Männern in Badehosen, die wohl gerade erst aus dem Pool gestiegen waren. Auf einem Tisch lagen mehrere Einkaufstaschen, aus denen Bierdosen, Sektflaschen und Chipstüten herausschauten. Alle schienen sich prächtig zu unterhalten, und nichts deutete darauf hin, dass bereits in einer Stunde der Empfang und in zwei Stunden die Trauung losgehen würden.

Wo bin ich da nur reingeraten?, dachte Paula, als sie die Szene nervös betrachtete. Als einige der Gäste sie bereits von Weitem musterten, wollte sie am liebsten im Erdboden versinken. Sollte sie sich einfach in der Runde vorstellen und sich etwas Mut antrinken?

Als sie gerade den ersten Schritt machen wollte, wurde sie von der Seite angestupst.

»Bist du Paula?«, fragte eine junge Frau und sah ihr lächelnd in die Augen. »Sophie hat schon viel von dir erzählt. Die Unbekannte aus Hamburg.«

»Oh, hallo. Ja genau, das bin wohl ich«, sagte Paula.

»Ich bin Bianca«, antwortete sie und reichte ihr ein Dosenbier. »Komm mit.«

Paula griff nach der Dose und folgte Bianca zu einer Gruppe junger Frauen.

»Leute, das ist Paula. Sie ist Sophies Grundschulfreundin aus Hamburg«, führte Bianca sie ein.

»Schön, dass du da bist, Paula«, sagte eine der Frauen, und alle stimmten mit ein. Sie streckten ihre Sektgläser und Bierdosen in die Mitte des Kreises und prosteten sich fröhlich zu.

Das Bier war lauwarm und der erste Schluck etwas gewöhnungsbedürftig, da Paula normalerweise kein Bier trank. Jetzt war sie allerdings froh, sich an etwas festhalten zu können.

»Ich habe dich eben schon schlafen sehen«, sagte Bianca amüsiert. »War wohl eine kurze Nacht, hm?«

»Frag lieber nicht ...«, antwortete Paula und senkte den Blick.

»Na ja, jetzt bist du ja hier. Und hey, schau dir diese Truppe an. Das wird bestimmt ein mega Abend!«

Paula sah sich noch einmal um und musste zugeben, dass diese Hochzeitsgesellschaft etwas verrückt, aber doch irgendwie sympathisch wirkte. Alle waren gut gelaunt, völlig entspannt und hatten schon etwas Farbe im Gesicht.

»Seid ihr alle schon länger hier?«, wollte Paula wissen.

»Die meisten sind schon seit Anfang der Woche da und haben einen richtigen Urlaub daraus gemacht. Der Rest ist gestern angekommen.«

Erst jetzt fiel Paula die große Kamera um Biancas Hals auf.

»Und du bist ... Fotografin?«

»Erwischt«, antwortete sie und grinste. »Ich bin tatsächlich Hochzeitsfotografin und nebenbei auch noch eine sehr gute Freundin von Sophie. Also schieße ich heute ein paar Bilder, solange ich noch keinen im Tee habe.«

Die Gruppe lachte.

»Na, dann werden ja nicht viele Bilder dabei rauskommen«, scherzte ein junger Mann in kurzer Hose und weißem Leinenhemd. »Hi, ich bin Florian. Der Bräutigam.«

Paula streckte ihre Hand zur Begrüßung aus, doch Florian umarmte sie herzlich.

»Es freut mich, dich kennenzulernen, Paula. Wir haben bestimmt nachher noch die Gelegenheit, aber jetzt muss ich mich langsam mal in Schale schmeißen, sonst lässt Sophie mich noch vor dem Altar stehen.« Er grinste.

»Danke, dass ich hier sein darf«, sagte Paula verlegen und schämte sich erneut für die kurzfristige Zusage.

»So, Mädels. Wir sehen uns gleich beim Empfang«, verabschiedete er sich und ging Richtung Finca. »Jungs, habt ihr schon mal auf die Uhr geschaut? Gleich geht's los, also macht euch auch mal langsam fertig!«

»Wir sind doch schon fertig«, rief einer der jungen Männer in Badehose und nahm einen Schluck aus einer Bierdose.

»Jaja, macht ihr mal«, winkte Florian amüsiert ab und verschwand um die Ecke.

Paula musste schmunzeln. Es tat gut, so entspannte Menschen um sich zu haben. Ihre Eltern wären längst ausgeflippt, wenn eine halbe Stunde vor dem Empfang noch nicht alle fix und fertig angezogen und frisiert wären. Wenig später verschwanden aber auch die Männer in ihren Zimmern und zogen sich für die Hochzeitsfeier um. Paula kam mit den Mädels gut ins Gespräch, und Bianca zog los, um noch einige Bilder von Sophie zu machen.

Pünktlich um sechzehn Uhr setzten sich die Gäste in Bewegung, um den Umtrunk in den Innenhof zu verlagern. Mittlerweile waren alle sehr chic gekleidet, mit bunten Sommerkleidern, hohen Schuhen, Sonnenbrillen, blauen Anzügen und gepunkteten Fliegen.

Als Paula den Innenhof betrat, kam sie aus dem Staunen nicht mehr heraus. Dieser Ort war unglaublich. Die hohen Mauern aus verwittertem Sandstein spendeten angenehmen Schatten, und in kleinen Vertiefungen waren bunte Blumenarrangements drapiert. In der Mitte des Hofes befand sich ein gemauerter Brunnen, auf dem ein Gitarrenspieler saß und spanische Lieder zupfte. Im hinteren Bereich war bereits alles für das Festessen aufgebaut. Unter ausladenden, mit Lichterketten und Einmachgläsern behangenen Bäumen standen große, runde Tische. Die pastellfarbenen Holzstühle sahen alle unterschiedlich aus. Die Tischdekoration aus verschiedenen Kerzen, Einmachgläsern mit Blumen und Namensschildern aus Holz sah bezaubernd aus. In jeder Ecke gab es etwas zu entdecken, und alles schien mit so viel Liebe arrangiert worden zu sein.

»Na, ist toll geworden, oder?«, fragte Bianca, die Paulas staunendes Gesicht fotografierte.

»Es ist einfach wunderschön«, sagte Paula. »Wer hat das alles gemacht?«

»Denise, eine Freundin von uns, ist Hochzeitsplanerin in München. Sie hat sehr viel Arbeit hier reingesteckt und ist extra mit einem vollgeladenen Transporter auf die Insel gekommen.«

»Es ist wirklich wunderschön«, wiederholte Paula.

Kleine Grüppchen versammelten sich nun um die aufgestellten Stehtische, es wurde Sekt ausgeschenkt, dazu gab es Tapas. Durch Bianca kam Paula mit vielen Leuten ins Gespräch, und alle interessierten sich für Sophies und ihre gemeinsame Vergangenheit. Zu den ungefähr sechzig Gästen zählten Sophies und Florians Eltern, Cousinen und Cousins, Tanten und Onkel und Freunde aus Sophies neuer Heimat. Einige waren extra für die beiden nach Mallorca gekommen, nur um dort deren Traumhochzeit zu feiern.

Paula erfuhr, dass Sophie und Florian bereits heimlich im Standesamt geheiratet hatten und heute die kirchliche Trauung stattfinden würde. Um dieses wunderbare Ambiente zu nutzen, fand die Zeremonie allerdings nicht in einer Kirche, sondern hier auf der Dachterrasse statt.

Paula nippte an ihrem zweiten Sekt und sah die fröhlichen Gesichter um sich herum. Sie konnte gar nicht beschreiben, wie froh sie war, hergekommen zu sein.

Nachdem Florian noch einmal alle Gäste begrüßt und die letzten Details mit dem Pfarrer abgesprochen hatte, stieg die Gesellschaft die Wendeltreppe zur Dachterrasse hinauf. Auch hier war alles liebevoll mit Blumen, Lampions und Gläsern dekoriert. Mitten auf der Terrasse, die einen atemberaubenden Blick auf die Berge offenbarte, waren weiße Holzstühle aufgereiht. Die Familie und die älteren Gäste nahmen Platz, Freunde und die Jüngeren standen hinter den Stuhlreihen. Für diejenigen, die nicht im Schatten der hohen Zypressen saßen, gab es kleine bunte Sonnenschirme aus Holz und Papier. Alles war perfekt organisiert.

Mittlerweile schien auch Florian aufgeregt zu sein und wartete ungeduldig auf seine Braut. Einige Minuten später bekam der Gitarrenspieler endlich das Signal und zupfte die ersten Akkorde. Alle Blicke richteten sich zur Wendeltreppe, an deren Ende Sophie mit ihrem Vater stand und sich langsam auf Florian zubewegte. Sie sah umwerfend aus. Ihr weißes schulterfreies Kleid war mit kleinen Perlen besetzt und leuchtete in der Sonne. In das hochgesteckte Haar war nun eine lange Schleppe eingearbeitet, die sie hinter sich herzog. Sophie strahlte über das ganze Gesicht. Ihr Vater, ein etwas rundlicher, gestandener Mann, trug einen schwarzen Anzug und eine große Sonnenbrille, wahrscheinlich um ein paar Tränen zu verbergen. Langsam führte er seine Tochter zwischen den Gästen hindurch und übergab sie mit einem Lächeln und einem Schulterklopfen an Florian. Sophie und Florian schauten sich verliebt in die Augen.

Es war ein wunderschöner Moment, dessen Emotionen die gesamte Zeremonie begleiteten. Obwohl der Pfarrer einen gewöhnungsbedürftigen norddeutschen Dialekt hatte, bei dem der ein oder andere sich ein Lachen nicht verkneifen konnte, machte er seine Sache souverän und charmant.

Paula stand in einer der hinteren Reihen bei den anderen Mädels. Sie genoss diesen magischen Augenblick und musste sich immer wieder die Tränen aus dem Gesicht tupfen.

Nachdem Sophie und Florian sich unter der mallorquinischen Sonne das Ja-Wort gegeben hatten, blieben sie etwas irritiert vor dem Pfarrer stehen. Florian und er tuschelten miteinander.

»Natürlich!«, rief der Pfarrer. »Ich habe den Kuss vergessen. Liebes Brautpaar, ihr dürft euch jetzt natürlich küssen!«

Florian setzte lachend zum Kuss an, und die Gäste jubelten. Paula und Bianca waren sich sicher: Über diesen Moment würde noch viel erzählt und gelacht werden.

Nachdem Sophie und Florian alle Glückwünsche und Küsse entgegengenommen hatten, verabschiedeten sie sich für eine halbe Stunde, um mit Bianca im Garten die Hochzeitsfotos zu machen. Die Gäste blieben währenddessen auf der Terrasse, auf der mittlerweile eine Bar aufgebaut war, und tranken Cocktails in der frühen Abendsonne. Sophies Freundinnen erzählten eine Geschichte nach der anderen. Paula hatte das Gefühl, so viel von Sophies Leben verpasst zu haben, und bereute, dass sie sich so lange aus den Augen verloren hatten.

Als das Brautpaar wieder zurück war, wurden bunte Luftballons in den Himmel geschickt und erneut angestoßen. Paula merkte bereits, dass ihr der Alkohol zusammen mit der Sonne in den Kopf stieg. Wenn das so weiterging, würde sie um zwölf Uhr ins Bett gehen müssen.

Es war mittlerweile sieben, und das Fest wurde in den Innenhof verlagert. Paula war erleichtert, dass sie sich mit Bianca und der Mädelsgruppe einen Tisch teilte. Leider war ausgerechnet die Kellnerin für sie zuständig, mit der Paula zuvor zusammengestoßen war, und die schien sie bei jeder Bestellung zu mustern.

Nachdem erst Florian und anschließend Sophies Vater zwei sehr bewegende Reden gehalten hatten, wurde das Büfett eröffnet. Verschiedene Nudelgerichte, Tapas, Salate und knusprig gegrilltes Fleisch verströmten einen köstlichen Duft.

Paula fühlte sich wie in eine andere Welt hineinversetzt. Das Fest war so harmonisch. Es wurde gelacht, gejohlt, gegessen und getrunken. Jeder hier schien so viel Spaß zu haben, dass er noch wochenlang davon zehren würde. Mit jedem Cocktail stieg die Stimmung weiter, bis sich das dunkle Blau des Himmels in ein Schwarz verwandelte. Sophie und Florian tanzten zu Joe Cocker, als plötzlich die Liveband zu spielen begann und alle Gäste im Schein der Fackeln mit auf die Tanzfläche stürmten. Paulas Wangen glühten. Während sie ausgelassen tanzte und trank, schien ihre Welt für einen Abend stillzustehen. Noch nie in ihrem Leben hatte sie so viel Spaß gehabt, sich so frei gefühlt. Keinen einzigen Moment lang dachte sie an morgen, an die Zeit danach, an ihre Eltern oder daran, dass Peter sich immer noch nicht gemeldet hatte.

4

Paulas Kopf fühlte sich an, als hätte ihn jemand mit einem Baseballschläger bearbeitet. Ein kalter Schauer erfasste ihre Glieder. Sie rieb sich die schmerzenden Augen und blickte an sich herunter. Als sie merkte, dass sie lediglich in Slip und BH auf dem Bett lag, zog sie schnell die Decke über sich. Neben ihr schnarchte jemand. Paula sah ein nasses Jackett unter der Decke hervorschauen. Oh Gott, was hatte sie gemacht? Sie konnte sich an nichts mehr erinnern. Unweigerlich dachte sie an Peter. Sie liebte ihn, obwohl sie sauer auf ihn war und nicht immer alles problemlos verlief, obwohl er manchmal seinen Freigeist über Konventionen stellte, womit Paula nicht immer umgehen konnte. Panisch sprang sie aus dem Bett und hüllte sich in die Bettdecke. Das Schnarchen hörte schlagartig auf, und das Jackett drehte sich.

»Was machst du denn da? Lass mich schlafen«, grummelte Bianca.

Erleichtert sah Paula aus dem Fenster. Die Sonne stand hoch am Himmel. Sie suchte ihr Handy und fand es neben dem Kopfkissen.

»Verdammt!«, stieß sie aus und fuhr mit der Hand an ihre Stirn. »Ich hab meinen Flieger verpasst!«

»Dann kannst du dich ja wieder hinlegen«, brummte Bianca.

»Du verstehst nicht! Ich kriege sowieso schon genug Ärger!«, rief Paula. »Oh Gott, wie viel haben wir denn getrunken?«

»Um deinen Flüssigkeitshaushalt brauchst du dir jedenfalls keine Sorgen zu machen«, sagte Bianca und setzte sich im Bett auf.

»Sehr witzig!«

»Entspann dich. Und versuch bitte, ein bisschen leiser zu sprechen. Ich hab ein ganz fieses Brummen im Schädel.«

Paula plumpste aufs Bett und atmete tief durch. Es war bereits vierzehn Uhr und ihr Flieger seit drei Stunden weg.

»Wieso ist denn das ganze Bett nass?«, fragte Paula irritiert.

»Oh Mann, weißt du gar nichts mehr?«

Paula schüttelte den Kopf. »Ich weiß noch, dass Sophie und Florian getanzt haben. Und dass es danach Cupcakes gab.«

Bianca grinste.

»Dann fehlt dir ungefähr der beste Teil des Abends!«, sagte sie und lachte mit schmerzverzerrtem Gesicht.

Ohne auf Biancas Kommentar einzugehen, tippte Paula auf ihrem Handy, um den nächstmöglichen Rückflug zu buchen. Ernüchtert stellte sie fest, dass sie keinen Internetempfang hatte.

»Bianca, hast du Internetempfang?«

Mürrisch griff Bianca nach ihrem Handy und stellte wenig später fest, dass auch sie keine Verbindung hatte.

»Da du mich ja sowieso nicht mehr schlafen lässt, versuchen wir jetzt, was zu essen und hundert Aspirin aufzutreiben. Und dann buchst du in Ruhe einen Rückflug.«

Bianca quälte sich aus dem Bett, streifte sich das nasse Jackett ab und stieg in eine Jeans.

»Okay, und dann muss ich aber schauen, wie ich wieder nach Hause komme.«

»Das kriegen wir schon hin.«

Als Paula sich ein Kleid übergezogen und etwas frisch gemacht hatte, gingen die beiden Richtung Finca. Auf dem Weg trafen sie Dennis, Chris und Martin, die sich in Flipflops und Badehose den Hang hinaufschleppten. Gemeinsam betraten sie den Innenhof der Finca und fanden fast die Hälfte der Hochzeitsgesellschaft an den Tischen sitzend vor. Bis auf die älteren Herrschaften, die das Fest wohl früher verlassen hatten, sahen die meisten ziemlich mitgenommen aus. Wider Erwarten war noch ein komplettes Frühstücksbüfett aufgebaut, an dem sich Paula und Bianca mit Orangensaft, Eiern und Toast bedienten. Als sie sich ebenfalls gesetzt hatten, kam Sophie um die Ecke und stürzte auf Paula zu.

»Du bist ja immer noch da! Wie schön!«, sagte sie und umarmte Paula.

»Sie hat sich so wohl gefühlt, dass sie noch etwas länger bleiben möchte«, warf Bianca ein und zwinkerte Paula zu.

»Du hast aber auch getanzt wie eine junge Göttin!«, sagte Sophie.

»Habe ich das?«, fragte Paula verunsichert.

»Zur Erklärung, Sophie: Paula kann sich ab den Cupcakes an so ziemlich nichts mehr erinnern.«

Sophie krümmte sich vor Lachen. »Mach dir nichts draus. Florian geht es genauso. Er liegt immer noch im Bett!«

Wenig später kamen auch Anne, Stefanie und Samira dazu.

»Na, Dancing Queen! So feiert man also in Hamburg!«, sagte Anne. »Habt ihr gut geschlafen, ihr zwei?«

»Es war etwas nass, aber okay«, antwortete Bianca und kaute weiter auf ihrem Toast.

»Selbst schuld, wenn man morgens um fünf unbedingt noch eine Arschbombe in den Pool machen muss!«

Paula machte große Augen.

»Okay, klärt ihr mich bitte auf?«

Die Gruppe erzählte sich alle Geschichten der vergangenen Nacht. Paula sank immer tiefer in ihrem Stuhl, als sie hörte, wie viele Whiskey-Cola sie getrunken hatte, wie sie völlig in Trance getanzt haben musste und wie sie mit Bianca vor versammelter Mannschaft in Slip und BH in den Pool gesprungen war.

Noch nie hatte sie so viel Alkohol getrunken, noch nie hatte sie sich vor fremden Menschen ausgezogen und noch nie einen kompletten Filmriss gehabt.

Die Jungs und Mädels fanden aber nichts dabei, im Gegenteil. Sie sagten, dass Paula perfekt in die Gruppe gepasst hatte und es ein richtig toller Abend mit ihr gewesen war.

Endlich kam Paula dazu, sich richtig mit Sophie zu unterhalten. Die beiden saßen noch in der späten Nachmittagssonne, als sich längst alle für das Abendessen fertig machten. Sophie berichtete ausführlich von ihrer Familie, ihrem Kennenlernen mit Florian während eines Mallorca-Urlaubs, dem Tourismus-Studium, von ihren Freundinnen in München und dem Plan, bald eine Familie zu gründen. Sophies Leben klang so harmonisch, dass sich Paula daraufhin etwas zurücknahm. Sie erzählte lediglich von ihrem Studium, von Fabi, Peter und dem anstehenden Praktikum.

Bei dem Gedanken an das Praktikum zog sich ihr Magen auf die Größe einer Murmel zusammen. Ihr Vater würde spätestens heute Abend mit ihrer Rückkehr rechnen und sich darauf verlassen, dass sie morgen früh im Business-Outfit in seinem Unternehmen erschien.

Sofort unterbrach Paula das Gespräch mit Sophie und prüfte erneut die Internetverbindung. Hier oben reichte der Empfang gerade so, um die Seite der Airline laden zu können. Zehn Minuten später musste sie feststellen, dass die nächste freie Maschine morgen Mittag um dreizehn Uhr ging. Wie sollte sie das bloß ihrem Vater erklären?

»Und, wie sieht's aus?«, fragte Bianca, die fertig angezogen am Tisch erschien. »Haben wir dich noch bis morgen?«

»Es sieht so aus …«, sagte Paula resigniert.

»Na, es gibt doch Schlimmeres, meinst du nicht? Wir sind alle noch bis morgen da. Du kannst wieder bei mir schlafen. Komm, mach dich fertig, und wir gehen irgendwo was essen.«

Bianca hatte gut reden. Auf sie wartete kein zorniger Vater, der an die Decke gehen würde, wenn er von der Verspätung erfuhr. Es ließ sich dennoch nicht vermeiden, ihn davon in Kenntnis zu setzen. Also tippte Paula eine Nachricht:

Hallo Papa, es tut mir furchtbar leid, aber es gab heute Probleme mit dem Flug. Die nächste freie Maschine geht erst morgen um dreizehn Uhr. Ich bin spätestens um sechzehn Uhr bei dir im Büro. Liebe Grüße, Paula

Erst als Paula sich fertig gemacht hatte, piepte ihr Handy.

Paula, ich bin mehr als enttäuscht von dir. Was du dir da erlaubst, ist unbeschreiblich. So haben wir dich nicht erzogen. Erst blamierst du mich vor dem gesamten Restaurant und nun auch noch vor der gesamten Belegschaft. Das wird Konsequenzen haben. Richard

Während Paula die Nachricht las, verflog die Leichtigkeit der letzten Nacht innerhalb eines Wimpernschlags. Sie fühlte ein Stechen in der Brust, als würde ihr Herz aussetzen.

»Bier?«, fragte Bianca.

Paula griff verzweifelt nach der Dose. Kurz darauf piepte das Handy erneut. Diesmal stellte Paula erleichtert fest, dass es eine Nachricht von Peter war. Er fragte, wie es ihr ging, und berichtete von der Fotoausstellung eines Freundes, die er gerade besuchte. Schnell tippte Paula eine Antwort, dann verließ sie mit Bianca das Zimmer.

Da sich eine Gruppe von zehn Leuten zusammengefunden hatte, um in der Nähe ein Restaurant zu suchen, fuhren sie mit drei Autos. Es war bereits dunkel, als sie sich die Berge hinaufschoben. Paula war völlig egal, wo sie essen würden. Sie war sich nicht einmal sicher, ob sie überhaupt einen Bissen hinunterbekommen würde. Zugegeben, der Abend und auch der ganze Tag waren wirklich schön gewesen. Die Zeit mit Sophie hatte Paula richtig gutgetan. Aber die Aussicht auf den nächsten Tag raubte ihr jede Motivation.

Bereits nach zwanzig Minuten hielt das vorausfahrende Auto vor einem Schild, auf dem *Francos Pizza* stand. Der Ort war winzig, und es war gefühlt das einzige Restaurant im Umkreis von zwanzig Kilometern.

Einige Treppenstufen später saß die Gruppe an drei zusammengeschobenen Tischen und schwärmte noch immer von dem gestrigen Abend. Bianca hatte ihre Kamera mitgenommen und zeigte die ersten Bilder. Selbst unbearbeitet sahen die Fotos einfach unglaublich aus. Sie hatte wirklich jeden Moment in seiner vollen Schönheit eingefangen, Menschen, Emotionen, Details der Dekoration bis hin zur Stimmung während der Party. Paula beneidete Bianca für solch ein Talent.

Gerade als Paula ihre Bestellung aufgegeben hatte, piepte ihr Handy erneut.

»Was kommt denn jetzt noch?«, flüsterte sie und las die Zeilen. »Hä?«, stieß sie dann fragend aus.

»Zeig mal her«, sagte Bianca und beugte sich neugierig über das Display. »Hm, verstehe ich auch nicht. Wer ist Clara?«

Stefanie, die Paula gegenübersaß, fing an, zu kichern. »Clara?«, fragte sie. »Ja, Moment, da war doch was. Zeig mal her.« Stefanie las die Nachricht laut vor.

Paula sah Stefanie fragend an. »Was bedeutet das?«

»Ich erinnere mich!«, prustete Stefanie. »Da war doch diese eine Kellnerin, die du angerempelt hast, oder so.«

Paula wusste, wen Stefanie meinte, blieb aber immer noch ratlos. Die ganze Gruppe hörte nun gespannt zu, was es mit der Nachricht auf sich hatte.

»Du hast dich angeregt mit ihr unterhalten, als du schon einiges intus hattest. Na ja, eher hast du sie unterhalten. Egal. Jedenfalls hast du ihr Sachen erzählt wie, dass du unglücklich seist, dein Freund ein Arsch sei, dass alles so kompliziert sei mit deinem Vater und du am liebsten das machen würdest, was sie macht.«

Paulas Kopf fühlte sich an, als richte jemand einen Schweißbrenner auf ihr Gesicht. War dieser Moment an Peinlichkeit noch zu übertreffen?

»Und dann …« Stefanie hyperventilierte vor Lachen. »Und dann hat sie gesagt, dass du gern einmal in ihre Rolle schlüpfen könntest …«

Paulas Kopf drohte zu explodieren, aber sie verstand noch immer nicht, was das zu bedeuten hatte.

»Und dann …?«, fragte sie kleinlaut.

»Dann hat sie gesagt, dass ihre Chefin eine Aushilfe suche, und gemeint, dass sie ein Probearbeiten für dich organisiere. Morgen früh um acht!«

5

Paula stand mit weichen Knien vor einer großen Lagerhalle in einem Industriegebiet am Rand von Palma. Es war kurz vor acht. Das Taxi blieb mit laufendem Motor vor der Halle stehen. Paula hatte dem Fahrer klargemacht, dass sie nur einen Moment brauche, bevor es weiter zum Flughafen ginge. Er sah sie dennoch misstrauisch an und bestand auf Zahlung der bisher angefallenen Fahrtkosten. Er habe schon viel erlebt.

Nach Paulas peinlichem Auftritt auf der Hochzeit hatte der gestrige Abend dem Ganzen die Krone aufgesetzt. Nachdem Stefanie die Nachricht dieser Clara laut vorgelesen und alle darüber aufgeklärt hatte, was Paula alles erzählt zu haben schien, wäre sie am liebsten im Erdboden versunken.

Alle hatten sich köstlich amüsiert und waren aus dem Lachen gar nicht mehr herausgekommen. Der Tiefpunkt war erreicht gewesen, als Martin sie dazu hatte überreden wollen, ihnen die Pizza zu servieren, um schon einmal für das Probearbeiten zu üben.

»Mach dich locker«, hatte Bianca versucht, sie zu beruhigen. »Ist doch nichts Schlimmes passiert. Du schreibst ihr einfach, dass es ein Missverständnis war, und die Sache ist abgehakt.«

Nachdem ihr alle gut zugeredet hatten, hatte sich Paula gar nicht mehr so sehr für das geschämt, was sie gesagt hatte, sondern wie es auf die Kellnerin gewirkt haben musste. Paula lebte im puren Luxus, und diese Clara verdiente als Kellnerin sicher gerade einmal so viel, dass es zum Leben reichte. Sie musste Paula für verrückt und herablassend gehalten haben, in ihre Rolle schlüpfen zu wollen.

Im Internet hatte sie die Adresse ausfindig gemacht und festgestellt, dass sie auf dem Weg zum Flughafen lag. Obwohl es Paula einiges an Überwindung kosten würde, hatte sie sich entschieden, vorbeizufahren, um sich persönlich zu entschuldigen. So viel Anstand musste sein.

Von dieser Peinlichkeit abgesehen, war der Abend in der Pizzeria sehr schön gewesen. Nach der Heimfahrt zurück zur Finca hatte es eine große Verabschiedung mit vielen Umarmungen, Küssen und Versicherungen, sich bald in München wiederzusehen, gegeben. Paula hatte sich für die wunderbare Hochzeit bedankt, die vielen schönen Momente und mit einem verlegenen Grinsen auch für ihren ersten Filmriss. Mit Sophie hatte sie ausgemacht, nicht wieder fünfzehn Jahre bis zu einem nächsten Treffen verstreichen zu lassen. Sophie hatte sogar einige Tränen verdrücken müssen. Mit Bianca wollte Paula ebenfalls Kontakt halten. Die beiden waren sich vom ersten Moment an sympathisch gewesen, und von ihrer gelassenen Lebensart würde Paula noch eine Menge lernen können.

Trotzdem war sie schließlich mit einem unguten Gefühl ins Bett gegangen. Die Entschuldigung am Morgen würde sicher ihr kleinstes Problem werden. Viel schlimmer war die Vorstellung, ihrem Vater wieder unter die Augen treten zu müssen. Erst Stunden später war Paula endlich in einen unruhigen Schlaf gefallen.

Die Hausnummer 10–12 war mit weißer Farbe auf die grüne Metalltür gemalt. Auf dem verrosteten Schild daneben stand *Sabor – Mallorca Catering.*

Geschmack im Namen traf zu, denn das Hochzeitsessen war köstlich gewesen. Unsicher ging Paula auf die Tür zu, bevor diese sich schwungvoll öffnete und Clara heraustrat. Sie trug Jeans, Turnschuhe, ein schwarzes T-Shirt und eine hüfthohe weiße Schürze. Ihre lockigen dunkelbraunen Haare hatte sie zu einem dicken Pferdeschwanz gebunden. Mit zusammengekniffenen Augen blieb sie stehen und musterte Paula von oben bis unten, als würde irgendetwas nicht stimmen. Paula trug ein schlichtes blaues Kleid und dazu braune Riemchensandalen.

»Du bist also gekommen«, sagte Clara auf Spanisch und sah unbeeindruckt an Paula vorbei Richtung Taxi.

Gerade als Paula ihren ganzen Mut zusammengenommen hatte und zu einem Erklärungsversuch ansetzen wollte, griff Clara ihr Handgelenk und zog sie durch die geöffnete Eisentür.

»Moment, ich …«, begann Paula hilfesuchend, aber Clara zog sie weiter den dunklen Flur entlang. Die Metalltür fiel mit einem lauten Geräusch hinter ihnen zu. Clara ging durch eine Schwingtür mit einem runden Fenster, und die beiden standen mitten in einer Großküche. Clara drückte Paula eine Schürze in die Hand und verschwand.

Reglos stand Paula in der Küche und wurde von drei sichtlich amüsierten Köchen gemustert. Ruckartig drehte sie sich um, verließ die Küche und lief durch den dunklen Flur zurück zum Eingang. Sie riss die quietschende Metalltür auf und eilte nach draußen.

Ihr Trolley stand auf dem Kies, die Handtasche hing über dem ausgefahrenen Griff. Das Taxi war verschwunden. Paula sackte in sich zusammen und ging in die Hocke. Es fehlte nicht viel, und sie würde vor Verzweiflung anfangen, zu weinen. Zum Glück hatte sie noch reichlich Zeit, um ein neues Taxi zu rufen.

Sie atmete einmal tief durch. »Alles wird gut«, sagte sie sich und stand auf.

»Du wolltest doch tauschen. Dann zeig mal, was du kannst«, sagte Clara diesmal auf Deutsch und stand, die Hände in die Hüfte gestemmt, im Eingang.

»Das ist alles ein großes Missver…«, begann Paula.

»Ahhh, sí. Du bist jetzt schon überfordert …«, winkte Clara ab, drehte sich um und ging.

»Das gibt's doch wohl nicht!«, ärgerte sich Paula. »Diese …«

Sie griff in ihre Handtasche, zog ihr Handy heraus und sah auf die angezeigte Uhrzeit. Von hier bis zum Flughafen waren es nur zwanzig Minuten. Sie hatte lediglich Handgepäck, und das Boarding würde um zwanzig nach zwölf starten. Paula hatte also noch locker drei Stunden Zeit, bis sie hier losfahren müsste.

»Dir werd ich's zeigen!«, murmelte sie, hob ihren Trolley die Stufe hinauf und lief Clara hinterher.

Vor der Küche angekommen, nahm sie sich eine Schürze von der Wand, band sie sich um und ging durch die Tür.

Clara stand vor einem langen Tisch mit unzähligen Weingläsern, sah Paula mit hochgezogenen Augenbrauen an, sagte aber nichts. Stattdessen warf sie ihr ein Tuch zu und begann, die Gläser zu polieren.

Wortlos stellte sich Paula neben sie, griff nach einem Glas und tat es ihr energisch gleich. Sie musste sich nicht umdrehen, um zu wissen, dass die Köche sich prächtig amüsierten.

Paula und Clara polierten ein Glas nach dem anderen und wurden dabei immer schneller, als wäre es ein Wettstreit. Clara sah dabei nicht auf und sagte kein Wort. Als auch das letzte Glas funkelnd auf dem Tisch stand, schmerzte Paula das Handgelenk.

Clara verließ die Küche und ließ Paula verunsichert zurück. Der hohe Raum war an allen vier Wänden mit Arbeitsflächen, Regalen und Haushaltsgeräten vollgestellt. In der Mitte befanden sich Herdplatten und Grillflächen, über denen riesige Abzugshauben hingen. Die drei Köche schienen nach der gestrigen Hochzeit bereits das nächste Fest vorzubereiten, denn sie schnitten Gemüse, brieten Fleischspieße und schmeckten Soßen ab. Die drei wirkten zwar etwas chaotisch, schienen aber dennoch alle Arbeitsschritte blind ausführen zu können.

»¡Vamos!«, rief Clara, die durch die gegenüberliegende Tür schaute.

Paula eilte ihr hinterher und betrat eine große Halle, die viele aufgereihte Hochregale wie das Lager eines Möbelhauses erscheinen ließen. In der ersten Reihe standen unzählige verschieden aussehende Tische. Dahinter Dutzende von Stühlen, es folgten fein säuberlich zusammengelegte Tischdecken und Servietten, dann Besteck, und in den hintersten Regalen stapelten sich Kisten mit Kerzen, Girlanden und anderer Dekoration.

Ein Rolltor öffnete sich, und ein weißer, zerbeulter Transporter fuhr rückwärts in die Halle. Als er zum Stehen kam, stieg ein älterer Mann aus, winkte Clara kurz zu und ging wieder.

Wortlos lief Clara zu dem Transporter und machte die Tür zur Ladefläche auf. Sie griff nach einer Kiste mit Besteck, trug sie zu einem der Regale und fing an, Messer, Gabeln und Löffel einzusortieren. Dabei notierte sie die Anzahl auf einem Zettel.

Nachdem Paula sie einen Moment lang beobachtet hatte, ging sie ebenfalls zu dem Transporter und nahm eine Kiste.

Die beiden trugen Kiste für Kiste zu den Regalen und sortierten Besteck, Gläser, Tischdecken und später auch Stühle und Tische ein. Auch wenn Paula merkte, wie ihre Arme von der schweren Last immer länger wurden, erfüllte es sie mit Zufriedenheit, als der Transporter schließlich leer war. Die Arbeit war zwar etwas eintönig, aber es fing langsam an, ihr Spaß zu machen.

»Pause«, sagte Clara anschließend, besorgte zwei Flaschen Wasser aus der Küche und setzte sich auf einen der Klappstühle am Eingang der Halle.

»Ich bin sofort wieder da«, sagte Paula, eilte durch die Küche und zog ihr Handy aus der über dem Trolley hängenden Handtasche. Es war zwanzig nach elf. Paula musste also gleich aufbrechen, um ihren Flieger zu erwischen. Außerdem hatte sie dieser Clara und auch sich selbst nun ausreichend bewiesen, dass sie kein verzogenes deutsches Mädchen war, sondern auch zupacken konnte.

Eine neue Nachricht von Fabi blinkte auf dem Display.

Schwesterherz, du kleine Rebellin! Da ist man mal ein Wochenende nicht da und schon erfährt man, dass du heimlich nach Mallorca gedüst bist und deinen ersten Arbeitstag verpasst! Ich bin stolz auf dich! Fabi

Mit einem zufriedenen Lächeln im Gesicht ging Paula wieder in die Halle, griff nach ihrer Wasserflasche und setzte sich neben Clara. Fabis ermunternde Nachricht war jetzt genau das Richtige für ihre strapazierten Nerven.

Paula sah Clara an. Ihr Blick wirkte schon weicher als noch drei Stunden zuvor.

»Wo hast du eigentlich Deutsch gelernt?«, fragte Paula, da sie nicht wusste, wie sie sonst ein Gespräch anfangen sollte.

»Es war mal ein deutscher Koch hier. Der hat mir alles beigebracht.«

Paula nickte. »Also …«, begann sie. »Es ist so, ich muss gleich wieder los.«

Clara sah sie überrascht an.

»Ich wollte mich eigentlich nur wegen vorgestern Abend entschuldigen.«

»Okay«, reagierte Clara sichtlich enttäuscht. Sie stand auf und sah unruhig nach oben zu einem großen Fenster innerhalb der Halle. Es war Paula gar nicht aufgefallen. Dahinter lagen wohl die Büros des Cateringservice. Plötzlich bewegte sich etwas hinter dem Fenster. Dann hörte man das Klackern von hochhackigen Schuhen auf einer Metalltreppe.

Paula sah Clara verwundert an. Wer war das nur?

Eine Frau trat in die Halle. Sie trug ein elegantes rotes Kostüm mit einem knielangen Rock und schwarze High Heels. Ihr gebräuntes, streng wirkendes Gesicht zeigte bereits einige Falten um Mund und Augen. Graue Strähnen durchzogen die halblangen schwarzen Haare.

Aus dem Augenwinkel bemerkte Paula, dass Clara zum ersten Mal an diesem Tag lächelte. Die Frau im roten Kostüm strahlte eine Energie aus, vor der man umgehend Respekt hatte. Schüchtern sah Paula sie an.

Die Frau blieb wenige Meter vor ihr stehen.

»Has conseguido el trabajo. Seis días a la semana. Novecientos euros neto. Mañana empiezas. Clara te mostrará todo.«

Paula stand mit offenem Mund da, als die Dame sich wieder umdrehte und die Halle langsamen Schrittes verließ.

Was war das denn? Paula sah Clara an, die nun diebisch grinste. Hatte Paula das richtig verstanden? Nervös kratzte sie sich an der Schulter.

»Du hast den Job und fängst morgen an«, stellte Clara zufrieden fest.

»Aber …« Paula war sprachlos. »Aber das geht nicht.«

Clara zog fragend die Augenbrauen nach oben.

»Ich muss jetzt los zum Flughafen. Es tut mir leid. Ehrlich. Aber … ich muss los!«

Ohne sich noch einmal umzudrehen, eilte Paula aus der Halle durch die Küche, griff nach Trolley und Handtasche und verließ heftig atmend das Gebäude. Was hatte sie sich selbst und Clara da eingebrockt? Sie hatte doch nur beweisen wollen, dass Clara sich in ihr täuschte, hatte die Herausforderung angenommen, ohne darüber nachzudenken, was das für Clara bedeutete. Wie es schien, hatte sie tatsächlich dieses Probearbeiten für Paula ausgemacht, und allem Anschein nach hatte Claras Chefin ihr eben den Job gegeben. »Sechs Tage die Woche, neunhundert Euro netto. Morgen fängst du an. Clara zeigt dir alles«, hatte sie gesagt.

Geistesabwesend stapfte Paula durch den Kies zur Straße und blickte sich um. Ein Taxi zu rufen, würde unnötig Zeit kosten, und da eine Kreuzung weiter die Hauptstraße sein müsste, könnte sie dort sicher ein Taxi heranwinken und sich schnellstmöglich auf den Weg zum Flughafen machen.

Sie lief weiter, bis sie die Straße erreichte, und folgte dieser bis zum nächsten Wohngebiet. Ihre Arme taten immer noch weh, und ihre Füße fingen nun auch an, zu schmerzen. Hoffentlich bekam Clara keinen Ärger, dachte sie. Nach zwanzig Minuten sah Paula endlich ein Taxi in der Ferne und winkte. Es kam näher und blieb neben ihr stehen, als ihr Handy piepte. Sie öffnete die Tür des Taxis und sah beiläufig auf das Display.

Paula, du brauchst heute nicht mehr im Büro zu erscheinen. Ich möchte erst sichergehen, dass du wieder bei klarem Verstand bist, ehe ich dich im Unternehmen einführe. Richard

Paula krallte sich am Türrahmen des Wagens fest. Ihre Finger verkrampften sich. Die ganze Zeit hatte sie Angst, ihrem Vater wieder unter die Augen treten zu müssen. Sie sorgte sich sogar darum, ihn zu enttäuschen, ihn unfair behandelt zu haben. Und jetzt? Ein einziges Mal hatte sie nicht getan, was er wollte, und schon zweifelte er an ihrem Verstand. Sie hatte die Familienbilder auf der Kommode vor Augen, ihre Mutter, die nie für sie einstand, und Fabi, der mit seiner Offenheit und Ehrlichkeit dem Glück am nächsten war. Dann sollte er eben an ihr zweifeln!

Paula warf die Tür des Taxis zu.

6

Der Handywecker klingelte. Es war kurz vor acht Uhr. Paula drückte den Ton weg und zog die Decke weit über den Kopf. Normalerweise war sie ein Morgenmensch, aber heute fehlte ihr jeder Antrieb. Nur noch eine halbe Stunde weiterschlafen, dachte sie, und drehte sich auf die Seite. Ihre Hand tat weh, und im Rücken stellte sie ein leichtes Ziehen fest. Auch wenn sie es gestern noch gut verbergen konnte, heute merkte sie, dass sie körperliche Arbeit nicht gewohnt war. Außerdem spürte sie jede Feder des Bettrosts durch die dünne Matratze.

Es klopfte an der Tür.

»Sí. Un momento por favor«, rief Paula, doch die Tür ging bereits quietschend auf.

»Guten Morgen«, sagte Clara fröhlich und betrat den Raum. Sie lächelte Paula erwartungsvoll an. »Wie war deine erste Nacht?«

»Ich brauche dringend einen Schlüssel für diese Tür«, antwortete Paula mürrisch.

Clara kicherte. »Jaja. Morgen. Ich warte draußen auf dich. Die Sonne scheint. Es wird ein schöner Tag.«

Als Clara verschwunden war, sah sich Paula um. Ihr war gestern Abend gar nicht aufgefallen, dass es kein Fenster in diesem Zimmer gab. Na ja, Zimmer konnte man es auch kaum nennen. Es war mehr eine Abstellkammer – gerade so groß, dass ein rostiges Metallbett, ein schmaler Holzschrank und ein Waschbecken hineinpassten. Die grüne Farbe blätterte bereits von den Wänden, und es gab nur eine kleine Lampe an der Decke, die man über ein dünnes Seil ein- und ausschalten konnte.

Paula raffte sich auf, putzte sich die Zähne, machte sich frisch und stieg in das Kleid, das sie bereits gestern getragen hatte. Sie war schon zwei Tage länger auf Mallorca als geplant. Entsprechend ging ihr die frische Kleidung aus. Sie war angespannt und dennoch neugierig, was dieser neue Tag für Überraschungen bereithalten würde.

Nachdem Paula gestern nicht ins Taxi zum Flughafen gestiegen war, hatte sie sich auf einen Bordstein gesetzt und gegen ihr Gedankenkarussell angekämpft. Tränen der Verzweiflung waren auf den Asphalt getropft, bevor Paula schließlich nach ihrem Trolley gegriffen und zurück zur Lagerhalle marschiert war. Unsicher war sie zurück durch die Küche in die Halle gegangen. Sie hatte mit Skepsis, Abneigung oder sogar Gleichgültigkeit gerechnet, doch Clara hatte sie lediglich überrascht angesehen und dann gelächelt.

»So, ich habe alles geklärt«, hatte Paula so selbstbewusst wie möglich gesagt. »Ich nehme das Angebot an.«

Claras hochgezogene Mundwinkel hatten ihre aufrichtige Freude verraten. Schwungvoll hatte sie Paula durch das Gebäude geführt und ihr das Zimmer gezeigt. Natürlich wäre es nur für den Anfang, hatte Clara optimistisch versichert, aber hier könne sie erst einmal unterkommen. Anschließend hatten die beiden schweigend weitergearbeitet, bis die rote Abendsonne durch das offene Rolltor gelugt hatte. Paula war froh über die

Beschäftigung gewesen und auch darüber, dass Clara nicht weiter nachgefragt hatte, was eigentlich passiert war.

»Du ruhst dich jetzt erst einmal aus«, hatte sie gesagt. »Und morgen früh ist ein neuer Tag.«

Paula verließ ihre Kammer und trat durch die Eingangstür nach draußen. Die sommerlich duftende Luft umfing ihr Gesicht. Clara lehnte an einem rostigen Fiat Panda und spielte mit ihren Locken.

»Müssen wir nicht langsam an die Arbeit?«, fragte Paula unruhig.

»Nein, Dienstag ist immer frei«, antwortete Clara kurz. »Steig ein.«

Anstatt Clara zu fragen, warum sie ihr das erst jetzt mitteilte oder wohin sie überhaupt fahren wollte, holte Paula ihre Handtasche und stieg erwartungsvoll in den Wagen.

»Ich möchte dir etwas zeigen.«

Clara fuhr los, und Paula genoss den angenehmen Fahrtwind, der durch das heruntergekurbelte Fenster hineinwehte und ihr die Müdigkeit aus den Augen vertrieb. Es war ein unbeschreibliches Gefühl auf den kurvigen Straßen durch die wunderschöne Landschaft zu fahren, vorbei an gemauerten Häusern, an deren Fassaden sich lose Kabel entlangschlängelten.

Dennoch kreisten die immer gleichen Gedanken durch Paulas Kopf. Sie dachte an die verpassten Anrufe ihrer Mutter und an ihren Vater, wie er sich wohl wütend allein ins Büro aufmachte. Offensichtlich merkte Clara, dass Paula etwas beschäftigte, drängte sich aber glücklicherweise nicht auf und begann unverfänglich: »Die Hochzeit deiner Freunde war sehr schön. Mallorquinische Hochzeiten sind eben ganz anders.«

»Ja, es war wirklich sehr schön«, bestätigte Paula. »Auch wenn ich etwas zu viel getrunken habe.«

Clara schmunzelte. »Das habe ich gemerkt.«

»Es tut mir wirklich leid, was ich alles zu dir gesagt habe. Ich hatte kein Recht dazu.«

»Das ist nicht schlimm. Ich habe schon ganz andere Sachen auf Veranstaltungen erlebt. Außerdem hast du ja dein Wort gehalten und bist gekommen. Nur das zählt.«

Paula lächelte sanft. »Es hat mich auch viel Überwindung gekostet«, gestand sie.

»Möchtest du denn länger hierbleiben?«

Paula lenkte den Blick in die Ferne und versuchte, tief in sich hineinzuhorchen. Ehrlich gesagt, wusste sie nicht, was sie gerade hier machte, geschweige denn, wie lange sie hierbleiben würde. Ohne sich darüber im Klaren zu sein, hatte sie schon mehr als einen Schritt über ihre gewohnten Grenzen gemacht. Eine völlig neue Situation für sie.

»Wir werden ja sehen«, unterbrach Clara das Schweigen und brachte den Wagen zum Stehen. »Ich besorge uns erst einmal ein Frühstück.«

Clara stieg aus und verschwand im Hintereingang eines kleinen Cafés. Paula war unschlüssig, ob sie ihr folgen sollte, und entschied sich, im Auto zu warten.

Wenig später erschien Clara wieder, reichte Paula eine Papiertüte und startete den Wagen. »Mein Cousin arbeitet hier. Es bleibt meistens so viel Essen übrig, dass er mir etwas mitgeben kann«, erklärte sie.

Paula nickte unsicher. Zu Hause wurden nie irgendwelche Reste gegessen. Die Köchin kochte jeden Tag frisch.

Clara fuhr weiter, trieb den alten Wagen über steile und kurvige Straßen, bis sie auf einem von tiefen Rissen durchzogenen Parkplatz stehen blieb. Nachdem Clara eine Thermoskanne aus dem Kofferraum gegriffen hatte, gingen die beiden durch ein schattiges Waldstück. Büsche und Äste erschwerten den Weg, doch die immer angenehmer werdende Ruhe und der Duft der Bäume zogen die beiden tiefer in den Wald. Der weiche

Boden gab bei jedem Schritt etwas nach, und Paula hatte keine Ahnung, worauf Clara zusteuerte.

Als Paula gerade vorschlagen wollte, umzukehren und sich in ein Café zu setzen, sah sie ein tiefes Blau durch die rauen Baumstämme schimmern. Wenige Schritte später stiegen sie durch ein letztes Gebüsch und standen auf einer felsigen Lichtung.

»Wir sind da«, sagte Clara freudig und setzte sich auf einen Felsvorsprung.

Paula blieb hinter ihr stehen und war gefangen von dem weiten Blick. Die Lichtung lag hoch über dem Meer, das sich vor ihnen öffnete. Paula sah hinab auf kurvige Straßen, die sich einen Weg durch den Wald bahnten, eine geschwungene Felsküste, gegen die die Wellen schlugen und sich in weiße Gischt verwandelten, und kleine Buchten, die nur über steile Pfade erreichbar waren. Es fühlte sich an, als könnte Paula das feine Salz in der Luft schmecken.

Gebannt setzte sie sich neben Clara, die bereits den Inhalt der Tüte sondierte und zufrieden einige Servietten neben sich legte.

»Es ist traumhaft.«

»Ich komme gern hierher, wenn ich allein sein möchte«, erwiderte Clara. »Heute bin ich allerdings sehr froh, nicht allein zu sein.«

Paula spürte die Wärme, die sich bei dem Gedanken um ihr Herz legte, dass Clara diesen besonderen Ort mit ihr teilte.

»So, wir haben heute im Angebot: Baguettes mit Schinken, Croissants, Datteln und ein Stück Käse. Die Baguettes und Croissants hat Raúl noch einmal für uns aufgebacken.«

Clara reichte Paula ein Croissant, griff nach der Thermoskanne und goss frischen Kaffee in einen Becher.

»Ich freue mich sehr, dass du hier bist«, sagte sie und nippte an dem heißen Kaffee.

Skeptisch biss Paula in das Croissant und stellte fest, dass es nicht nur köstlich schmeckte, sondern gerade genau das Richtige war.

»Du siehst zufrieden aus«, stellte Clara fest.

»Jetzt in diesem Moment bin ich es«, gab Paula zu. »Aber irgendwie geht mir gerade viel im Kopf herum.«

»Erzählst du mir davon? Vielleicht wird es dann besser«, sagte Clara sanft.

Paula wusste nichts über Clara, aber schon jetzt konnte sie spüren, dass sie sich mögen würden.

»Ach, es ist alles ein wenig kompliziert. Es hört sich vielleicht komisch an, aber ich weiß momentan nicht, was ich vom Leben erwarten soll«, begann sie leise. »Es fühlt sich so an, als hätte ich noch nie eigene Entscheidungen getroffen. Als … als hätte ich noch nie richtig gelebt. Das wird mir gerade bewusst.«

Clara sah sie an, und Paula spürte, dass sie offen und ehrlich zu ihr sein konnte. Sie versuchte, in wenigen Sätzen zu beschreiben, in welcher misslichen Lage sie sich befand. Dass sie nicht wusste, ob sie mit Peter glücklich sein konnte, ob sie überhaupt glücklich sein konnte. Dass sie das Gefühl hatte, den Ansprüchen ihrer Eltern nicht gerecht zu werden und dass sie nicht wusste, wie sie damit umgehen sollte.

»Ich glaube, ich möchte nicht nur die Tochter meiner Eltern sein, weißt du? Ich möchte ich selbst sein können, ohne andere enttäuschen zu müssen.«

Noch nie hatte Paula so offen mit jemandem über ihre Gedanken gesprochen. Sie hatte immer versucht, die Gefühle wegzusperren wie einen bissigen Hund, wie etwas, was Schaden anrichtet, sollte es jemals ihren Kopf verlassen.

»Danke, dass du mir das anvertraust«, sagte sie. »Wenn ich dir irgendwie helfen kann, tue ich das gern.«

Die beiden sahen sich tief in die Augen und wussten, dass dieser Moment der Beginn einer Freundschaft war.

»Das weiß ich sehr zu schätzen, danke. Aber genug von mir«, sagte Paula und nestelte an ihrem Kleid herum. »Erzähl mir von dir und deiner Familie.«

Etwas zurückhaltend begann Clara von ihrem Leben auf Mallorca zu erzählen.

Weil Paula gebannt lauschte, plauderte Clara immer weiter.

Sie erzählte von ihrer Kindheit, dass es ihre Familie zwar nicht immer leicht gehabt hatte, sie jedoch gemeinsam stets einen Weg gefunden hatten, ein gutes Leben zu führen. Sie erzählte von dem Geschäft ihres Vaters, der Baustoffe verkaufte, von ihrer Mutter, die ein typisch spanisches Familienoberhaupt war, und von dem Job im Catering, den Clara bereits seit zehn Jahren machte, seit sie vierzehn war.

Clara war in der Inselmitte aufgewachsen, in einem kleinen Dorf mitten auf dem Land. Sie wohnte noch immer bei ihrer Familie, da sie sich keine eigene Wohnung leisten konnte. Dennoch unterstützte ihre Familie sie, wo sie konnte. Clara schwärmte von der Herzlichkeit ihrer Eltern und gab zu, sich dessen nicht immer bewusst zu sein. Doch der Zusammenhalt in der Familie war der Mittelpunkt ihres Lebens. Oft hatte sie sich ausgemalt, wie es wäre, mehr von der Welt zu sehen, zu studieren, teure Kleider zu tragen und einem tollen Job in einer Metropole nachzugehen. Doch um nichts in der Welt würde sie ihre Familie und diese Insel, die sie so sehr liebte, eintauschen.

Paula hätte Clara stundenlang zuhören können. Nicht nur wegen des charmanten spanischen Akzents, sondern wegen der für sie völlig unbekannten und spannenden Welt, einer Welt voller Liebe und Zusammenhalt, einer Welt voller Bodenständigkeit und Zufriedenheit. Selbst wenn die Lebensumstände von Claras Familie nicht immer hoffnungsvoll gewesen waren, schien sie doch stets das Beste daraus zu machen. Zwangsläufig zog Paula den Vergleich zu ihren eigenen Eltern. Würden sie jemals zufrieden sein? Oder würden sie nach einem immer größeren Haus, einer größeren Jacht und einem größeren gesellschaftlichen Einfluss in der Hamburger Upperclass streben?

Paula wollte mehr über diese Insel erfahren, über Clara, ihre Familie, über die mallorquinische Mentalität und über das Leben hier, das offensichtlich im absoluten Gegensatz zu ihrem eigenen stand. Ärger würde sowieso reichlich auf Paula warten. Warum sollte sie also nicht noch einige Tage hier verbringen?

7

Clara bog eilig in die Zypressenallee ein und hatte keine Zeit für die Schönheit dieses Anwesens. Paula hingegen war verliebt in den Anblick dieses kleinen Gutshauses. Bereits der abenteuerliche Weg hierher durch die mit Weinstöcken bepflanzten Hänge war wie aus einem Bildband der schönsten Orte des Mittelmeers entsprungen. Da Clara und Paula jedoch wegen eines geplatzten und anschließend notdürftig gewechselten Reifens fünfzehn Minuten verloren hatten, drückte Clara nun das Gaspedal durch, sodass der Kies hinter dem Lieferwagen aufspritzte.

»Nimm du die Spieße. Dann nehme ich die Paella«, sagte Clara, nachdem sie den Wagen auf einem gepflasterten Platz nahe dem Anwesen zum Stehen gebracht hatte.

Sie sprangen aus dem Auto, öffneten quietschend die Tür der Ladefläche und griffen jeweils nach einem der beiden Warmhaltebehälter aus Edelstahl, denen ein köstlicher Duft entströmte. Schnellen Schrittes gingen sie eine halbrunde Steintreppe hinauf und balancierten dabei die Behälter auf den Schultern. Das Haus war etwas in die Jahre gekommen, sah aber vielleicht gerade deswegen verwunschen und geheimnisvoll aus. Die Fassade war über und über mit grünen Ranken bedeckt. Zu

gern hätte Paula einen Blick in das Innere des Gebäudes geworfen. Links und rechts der eisenbeschlagenen Eichentür standen
sonnenverbrannte Weinfässer aus Holz. An der Tür klebte ein
Zettel. Der Pfeil darauf zeigte nach links, also gingen die beiden
weiter bis zur Rückseite des Hauptgebäudes.

Dort angekommen, blieb Paula einen Moment lang stehen
und betrachtete die außergewöhnliche Umgebung. Der gepflas-
terte Hinterhof, von dem aus zwei Flügeltore in eine Scheune
voller Weinfässer führten, war umrandet von Orangenbäumen
und blühenden Büschen. Die Mitte des Platzes überdeckten
Holzbalken, an denen sich Weinreben entlangschlängelten.
Darunter standen zwei lange Tafeln aus Eichenholz. Ungefähr
fünfzehn Menschen saßen daran, tranken Wein und lachten
herzhaft. Sie schienen das verspätete Catering bisher nicht zu
vermissen.

Als Clara und Paula den Hof betraten, kam ihnen bereits
ein adrett gekleideter Herr mit Hemd, Hosenträgern und
Bundfaltenhose entgegen.

»Soll ich Ihnen denn nicht helfen?«, fragte er freundlich,
doch Clara entgegnete, er müsse sich keine Gedanken machen,
sondern könne in Ruhe sein Fest genießen.

Während Clara bestimmt hoffte, dass die Paella heute
besonders gut gelungen war, damit die Verspätung schnell vergessen sein würde, fragte Paula den Mann, was die Gesellschaft
denn feiern würde.

»Wir feiern den Start einer neuen, erfolgreichen Weinsaison«,
antwortete der bärtige Mallorquiner euphorisch. »Mein Vater
führt dieses Weingut seit zweiundvierzig Jahren, und unser Wein
war noch nie so gut wie im letzten Jahr. Wir hoffen, dass wir in
dieser Saison einen noch feineren Tropfen kreieren können.«

Clara sah Paula eindringlich an und deutete mit dem Kopf
in Richtung des bereits für das Catering vorbereiteten Tisches,
was nicht unbemerkt blieb.

»Bitte machen Sie sich keine Umstände. Wie Sie sehen, ist hier noch niemand vor Hunger umgekommen. Möchten Sie sich nicht zu uns setzen, um herauszufinden, ob Ihre Köche gute Arbeit geleistet haben?«

Schmunzelnd lehnten die beiden ab, da sie gleich im Anschluss die nächste Veranstaltung beliefern mussten.

»Gewöhn dich bloß nicht daran«, sagte Clara amüsiert, als sie wenig später wieder im Wagen saßen.

Paula zog fragend die Augenbrauen nach oben.

»Es sind nicht alle Kunden so nett und laden einen auch noch zum Essen ein.«

Paula lachte. »Das hatte ich mir schon gedacht. Trotzdem hätte ich nur zu gerne mehr von dem Anwesen gesehen.«

Es war bereits Nachmittag, und es mussten noch zwei weitere Locations versorgt werden. Also machten sie sich wieder auf den Weg in die Zentrale, um das nächste Menü in Empfang zu nehmen. Paula machte es viel Freude, etwas zu den meist ausgelassenen Festen beitragen zu können, die sie seit zwei Tagen gemeinsam belieferten.

Im Gegensatz zu Clara sah sich Paula die Orte und die Menschen sehr genau an. Sie beobachtete, an welchen Dingen sich die Gäste erfreuten, und überlegte unwillkürlich, wie solche Feste vielleicht noch perfektioniert werden könnten. Dabei kamen ihr viele Kleinigkeiten in den Sinn: zum Ambiente passende Musik, einige Kerzen hier und da, eine andere Position des aufgebauten Caterings oder einige Kellner, die den Gastgebern Arbeit abnehmen könnten. Obwohl die Art der Veranstaltungen sich deutlich von den Empfängen in Hamburg unterschied, waren es doch die gleichen Dinge, von denen es abhing, ob es ein angenehmes oder chaotisches Fest wurde.

Als Clara den Wagen vor der Cateringhalle abgestellt hatte und sie beide Richtung Küche marschierten, entwich ein beißender Geruch den Ritzen der Küchentür. Drinnen herrschte ein wildes Durcheinander aus spanischen Flüchen und dichtem Rauch, während die Chefin Claudia durch die Küche eilte und den Köchen scharfe Kommandos gab.

»Sollen wir nicht helfen?«, fragte Paula unruhig, während sie durch das Küchenfenster sah und Clara keine Anstalten machte, dem Trubel beizuwohnen.

»Glaub mir, da willst du dich jetzt nicht einmischen«, antwortete sie amüsiert und winkte Rubén, dem Koch, belustigt zu. Der reagierte mit einem neckischen Augenzwinkern und zog seelenruhig einen verbrannten Auflauf aus dem Ofen.

»Aber ich vermute, dass sich unsere nächste Lieferung ebenfalls verzögert.«

Die beiden setzten sich auf den Treppenabsatz vor der Eingangstür und genossen die kurze Pause in der warmen Sonne. Plötzlich fing Paula unfreiwillig an, zu grinsen, um dann herzhaft zu lachen.

Clara sah sie irritiert an.

»Ich musste gerade an gestern Abend denken. Wie dein Onkel vom Stuhl gefallen und den Hang runtergepurzelt ist.« Paula prustete vor Lachen. »Gott sei Dank hat sich der arme Mann nichts getan.«

»Ja ... mein Onkel ...«, lachte Clara. »Er würde eher behaupten, dass es ein Erdbeben gegeben hat, als zuzugeben, dass die zweite Flasche Wein keine gute Idee war. Aber das Schlimmste musstest du ja nicht mehr miterleben.«

Paula versuchte, sich zu beruhigen, und sah Clara erwartungsvoll an.

»Als ich heute Morgen ins Wohnzimmer kam, lag er halb auf dem Sofa, halb auf dem Boden und hatte nur noch eine sehr ... na ja, verrutschte Unterhose an ...«

Die beiden krümmten sich vor Lachen, und Paula bekam das Bild des rundlichen Mannes nicht mehr aus dem Kopf.

Genau in diesem Moment flog die Tür auf und erschreckte die beiden, die daraufhin nur noch mehr lachen mussten. Sie verstummten allerdings prompt, als sie in das wütende Gesicht ihrer Chefin sahen.

»No te pago para que te sientas. ¡Vamos!«

Verständlich, dass Claudia sie nicht fürs Rumsitzen bezahlen wollte. Wie zwei Mädchen, die beim Naschen erwischt wurden, trotteten sie Claudia hinterher und mussten sich zusammenreißen, um nicht wieder herumzualbern.

Wenig später hatten sie den Transporter erneut beladen und belieferten die nächste Veranstaltung. Es würde noch ein langer Abend werden.

Die letzten beiden Tage waren voller schöner Überraschungen für Paula gewesen. Nach dem emotionalen und doch wundervollen Frühstück auf der hoch gelegenen Lichtung war eine besondere Verbindung zwischen Paula und Clara entstanden. Sie hatten über Ängste, Träume und Familie gesprochen und waren sich einig: Irgendwann würde auch Paula ein zufriedenes Leben führen können, wie auch immer das aussah. Lange hatten sie noch an Claras Lieblingsplatz gesessen und die glitzernden Wellen beobachtet, die eine beruhigende Wirkung auf Paula hatten.

Als sie zurück durch den Wald gelaufen und wieder im Auto waren, hatte Paula gebeten, noch kurz bei einem Geschäft haltzumachen, um sich einige frische Klamotten besorgen zu können. Clara hatte sie in einen versteckten Laden im Zentrum eines malerischen Bergdorfes geführt, in dem Paula eine Jeans, einige Oberteile und etwas Unterwäsche kaufen konnte. Clara hatte derweil die verrücktesten Kleider und Hüte anprobiert und war schwungvoll und lachend durch den Laden geschritten. Anfangs war es Paula furchtbar peinlich gewesen, aber dann hatte sie sich von Claras Leichtigkeit anstecken lassen und ebenfalls einige Kleider übergestreift. Eines davon sogar mit einem Stoffpapagei, der auf eine Schulter genäht war. Hätte Paula nicht für fast zweihundert Euro eingekauft, hätte die etwas betagte Verkäuferin die beiden wahrscheinlich sofort aus dem Laden geworfen, so sehr hatten sie herumgealbert und die Aufmerksamkeit der anderen Kunden auf sich gezogen.

Nach dem tollen Ausflug mit Clara war der gestrige Tag wie im Flug vergangen. Paulas Muskelkater hatte sich gelegt, und pünktlich um acht Uhr hatte sie in ihrem neuen Arbeitsoutfit in der Halle gestanden, bereit für die kommenden Aufgaben.

Nach der anstrengenden Arbeit hatte Clara sie dann gestern Abend zum Essen bei ihrer Familie eingeladen und in ihrem Fiat mitgenommen. Paula hatte sich geehrt gefühlt und es sich nicht nehmen lassen, zwei gute Flaschen Wein als Gastgeschenk zu besorgen.

Claras Familie wohnte in einem zugegebenermaßen sehr einfach wirkenden, aber frei stehenden kleinen Haus mit Garten, nahe dem Ort Sencelles. Der Außenputz blätterte von den Wänden, die Kabel des Strommastes verliefen genau über dem Grundstück, und die Inneneinrichtung wirkte sehr übersichtlich. Dennoch waren die Zimmer gepflegt und boten alles, was die Familie brauchte.

Mit lauten, freudigen Rufen wurde Paula von Claras Mutter Celia begrüßt, die sich offensichtlich sehr über den Besuch freute.

»¡Bienvenida! Puedes sentirte como en tu casa«, stieß sie laut aus und küsste Paula herzhaft auf die Wangen.

Sie solle sich wie zu Hause fühlen ... Paula war völlig überrumpelt von so viel Herzlichkeit. Claras Vater Bruno war etwas zurückhaltender und schüttelte Paulas Hand mit seinen großen, rauen Pranken. Zuletzt stellte sich der etwas beleibte Onkel Diego vor, dessen Plastikstuhl wenige Stunden später nachgeben und ihn das abschüssige Gelände herunterpurzeln lassen sollte. Claras Mutter servierte köstliche hausgemachte Leckereien, und alle bemühten sich darum, ein möglichst klares Spanisch zu sprechen, da Paula Probleme hatte, der mallorquinischen Sprache zu folgen.

Zuerst lauschte Paula nur den Gesprächen, bis Celia schließlich alles über sie wissen wollte und sie munter von Sophies Hochzeit erzählte, dass sie zufällig auf Mallorca gelandet war, die Insel ihr aber jetzt bereits sehr ans Herz gewachsen war.

Claras Familie war genauso, wie diese sie beschrieben hatte. Obwohl ihre Einkünfte sie keine großen Sprünge machen ließen und Bruno gestand, dass er Probleme mit seinem Baustoffhandel hatte, sahen sie unbeschwert und glücklich aus, als würden sie jeden Tag ihres Lebens genießen und als könnte nichts auf der Welt das Glück ihrer Familie infrage stellen.

Gedankenverloren und etwas angetrunken war Paula mit einem Taxi zurück zur Cateringfirma gefahren und binnen Sekunden in ihrer Kammer eingeschlafen.

Mittlerweile spürte Paula die Erschöpfung der aufregenden letzten Tage. Nachdem sie und Clara die letzte Tour gefahren waren, war sie froh darüber, dass sie heute Abend nur noch in ihr unbequemes Bett steigen musste und die Augen schließen konnte.

Lediglich eine letzte Besprechung stand noch an. In der Abendsonne briefte Claudia das Team für den nächsten Tag, an dem eine mallorquinische Hochzeit für den kommenden Samstag vorbereitet werden musste. Wenig später fuhren Claudia, Clara und die Köche nach Hause, und Paula ließ sich kraftlos auf ihr Bett fallen. Sie griff gerade nach ihrem Handy, um den Wecker zu stellen, als es vibrierte. Peter! Er hatte sich in den letzten Tagen nur sporadisch gemeldet und wusste noch nichts von ihrer Arbeit. Sie war kurz davor, den Anruf wütend wegzudrücken, als sie sich doch nach seiner ruhigen Stimme sehnte.

»Hallo?«, sagte Paula schnell, als sie den Anruf annahm.

»Hi Babe, ich bin's«, antwortete Peter locker.

»Hey. Na?« Paula biss sich auf die Lippe für diese dumme Floskel. Sie war wütend. Warum sagte sie das nicht?

»Wie geht's dir, Babe? Bleibst du noch länger auf der Insel?«

»Äh, mir geht es … okay. Ich … ehrlich gesagt, weiß ich noch nicht, wie lange ich bleibe.«

»Na, das hört sich ja nicht so prickelnd an.«

»Ja, also … es ist wegen meines Vaters … und ich hatte schon gehofft, dass du dich öfter meldest«, sagte Paula.

»Ich weiß, Babe.« Peter schluckte. »Und was machst du den ganzen Tag? Liegst du wenigstens ein bisschen am Strand und genießt die Sonne?«

»Ich arbeite in einem Cateringservice«, schoss es aus Paula heraus. »Ich habe auf Sophies Hochzeit Clara kennengelernt, und sie arbeitet hier und …«

»Du machst was?«, unterbrach Peter ihren Redefluss.

»Ich arbeite in …«

Peter lachte.

»Wieso lachst du?«, fragte Paula irritiert.

»Weil das überhaupt nicht zu dir passt«, sagte er, und Paula konnte hören, wie er dabei grinste. »Und weil ich einfach nicht glauben konnte, was dein Vater mir erzählt hat.«

Sekundenlang brachte Paula keinen Ton heraus. Sie setzte sich auf und hielt sich an der Bettdecke fest.

»Babe?«, fragte Peter prüfend, als ob die Verbindung unterbrochen wäre.

»Wieso … wieso hast du mit meinem Vater geredet?«

Peter schluckte. »Pass auf, es kam mir auch sehr seltsam vor, das musst du mir glauben. Ich weiß ja nicht einmal, woher er meine Nummer hat. Ich dachte schon, du hättest sie ihm gegeben.«

Paula schluckte ebenfalls. »Nein, habe ich nicht.«

»Also … jedenfalls hat er gesagt, dass ich dafür sorgen soll, dass du so schnell wie möglich wieder nach Hause kommst.«

Paula konnte ihren Herzschlag an der Schläfe spüren. Was hatte ihr Vater gemacht?

»Also, ich weiß auch nicht! Er meinte, dass es sich für mich lohnen würde. Ich sollte dir aber nichts davon sagen.«

Wieder eine lange Pause.

»Weißt du, was er damit meint?«

Paula spürte einen heftigen Schmerz, als würde sich ein langes Messer in ihren Rücken bohren. Hatte ihr Vater versucht, Peter zu bestechen, um sie wieder nach Hause zu holen? »Peter, bitte sag mir, dass du ihn hast abblitzen lassen! Du hast ihm doch gesagt, dass du nichts unternehmen wirst, oder?«, flehte sie förmlich.

»Na klar, Babe. Ich meine … es ist doch deine Entscheidung, wie lange du wegbleibst«, antwortete Peter.

Er schien einen Moment lang nachzudenken.

»Im Gegenteil, ich finde es total gut, dass du auf Mallorca bist, und überlege, ob ich nicht auch ein paar Tage vorbeikomme, wenn ich das Geld zusammenkriege.«

Unvermittelt fing Paula an, zu weinen. Sie wusste nicht, ob es Tränen der Erleichterung über Peters Rückhalt waren oder Tränen der Verzweiflung wegen ihres Vaters. Der Gedanke, dass dieser Peter gegen sie ausspielen wollte, zerriss sie innerlich. Am liebsten hätte sie ihn sofort angerufen und zur Rede gestellt. Stattdessen saß Paula regungslos auf dem Bett, und all ihre Gedanken lösten sich in weitere Tränen auf.

»Babe, weinst du?«

»Nein … also ja, ein bisschen. Ich bin nur … erleichtert, dass du zu mir hältst«, schluchzte sie. »Und gleichzeitig bin ich so sauer auf meinen Vater. Er wollte dich bestechen, Peter. Ist dir das eigentlich klar?« Ihre Stimme drohte zu versagen.

»Hey, alles wird gut, okay? Versprochen!«

»Okay«, sagte Paula leise. Sie rieb sich die feuchten Augen und zog ihre Knie an die Brust. »Ich vermisse dich, Peter.«

»Ich dich doch auch, Babe!«

Paula sehnte sich nach seiner Nähe. Sie wollte ihn umarmen, lieben und der Welt beweisen, dass ihr Vater unrecht mit ihm hatte.

»Du, ich muss gleich los. Dennis ist jeden Moment da. Ist es okay, wenn wir Samstag wieder telefonieren? Da habe ich mehr Zeit.«

»Da ist eine Veranstaltung. Aber vielleicht am späten Abend?«

»Okay. Ich melde mich dann. Und Kopf hoch.«

»Schlaf gut.«

»Du auch. Bis Samstag.«

Peter hatte aufgelegt.

* * *

»Dieser verdammte Idiot!«, stieß Richard aus, als er Paulas Nachricht las.

Wie kannst du nur? Halt dich bloß von Peter fern! Ich komme nach Hause, wann ich will!, stand darin. Dieser Taugenichts hatte Paula also von seinem Anruf bei Peter erzählt.

Richard zog nachdenklich an seiner Zigarre und blies den Rauch durch den holzvertäfelten Raum. Paulas kleiner Ausreißer konnte empfindliche alte Wunden aufreißen und damit alles gefährden, was er sich aufgebaut hatte. Wer hätte auch ahnen können, dass sie so an ihrem dämlichen Freund hing und im Restaurant eine solche Szene machen würde. Aber vielleicht würde sich Peters Dummheit noch zu einer Chance entwickeln. Richard wusste, dass Peter ihn und alles, wofür er stand, hasste. Aber wenn es eine Sache gab, womit sich jeder locken ließ, war es Geld. Früher oder später hatte es auf jeden eine Anziehungskraft, der man nicht widerstehen konnte. Das hatte Richard schon mehr als einmal bewiesen.

In Gedanken ging er die weiteren Schritte durch. Zuerst musste er dafür sorgen, dass Paula wieder nach Hause kam. Dann müsste er dringend ihren Freund loswerden, um Platz für Martin Grossmann zu machen. Mit der Zeit würde Paula schon wieder zur Vernunft kommen und tun, worauf er sie seit Jahren vorbereitete, wenn schon sein eigener Sohn keinen Funken Loyalität gegenüber den Familiengeschäften besaß! So sehr Richard das Rampenlicht genoss, irgendwann müsste er in die zweite Reihe treten, sonst würde ihm die Vergangenheit auf die Füße fallen.

»Ja, das müsste funktionieren«, murmelte Richard in sich hinein und lehnte sich in seinem ledernen Schreibtischstuhl zurück.

8

Paula stand in Claudias Büro und trat nervös von einem Bein auf das andere. Die resolute Chefin hatte sie heute Morgen zu sich bestellt, und Paula hatte ein ungutes Gefühl, als sie nun vor Claudias von Dokumenten bedecktem Schreibtisch stand.

Es herrschte eine bedrückende Stimmung, die nicht einmal durch die helle Morgensonne gemildert werden konnte, die durch das Oberlicht schien. Paula hatte bisher nicht viele Berührungspunkte mit der Cateringchefin gehabt und war froh darüber gewesen. Einerseits sprach Claudia ein sehr schnelles Spanisch, bei dem Paula beinahe schwindelig wurde, andererseits hatte sie auch eine seltsam einschüchternde Wirkung. Was sie nun von ihr wollte, wusste Paula nicht. War sie nicht zufrieden mit ihrer Arbeit?

»Sie wollten mich sprechen?«, fragte Paula unterwürfig.

Claudia, die ein gewohnt schickes Outfit, bestehend aus einem dunkelblauen Hosenanzug und schwarzen High Heels, trug, saß schweigend an ihrem Schreibtisch und fuhr mit dem Finger über die Zeilen eines Lieferscheins. Paulas Anwesenheit schien sie nicht aus der Ruhe zu bringen.

Erst einige lange Sekunden später stand sie auf und sah Paula an. »Du kommst heute mit mir«, sagte sie, drückte Paula einen Block in die Hand und verließ kommentarlos das Büro.

Etwas befangen eilte Paula hinterher und folgte ihr zu einem roten Mazda-Cabrio, das hinter der Halle parkte. Clara trat aus dem Rolltor und winkte Paula aufgeregt zu, als würde gerade der spanische König Felipe höchstpersönlich vorbeifahren.

Claudia ließ sich elegant in den Wagen gleiten und startete den Motor. Paula blieb unsicher neben dem Cabrio stehen. Wenig später öffnete sich knarzend das Stoffdach des Wagens.

»Vamos. Einsteigen«, rief Claudia ungeduldig.

Paula drehte sich noch einmal zu Clara herum, zuckte irritiert mit den Schultern und stieg dann ebenfalls ins Auto, das sich umgehend geräuschvoll in Bewegung setzte.

Paula umklammerte mit beiden Händen ihren Block und überlegte krampfhaft, ob ihr in den letzten Tagen irgendein Fehler unterlaufen war. Ihr kam diese Fahrt wie eine Strafe vor, sie fühlte sich wie eine Schülerin, die bei der Direktorin vorsprechen musste. Dennoch entging ihr nicht das leichte Schmunzeln, das Claudias Lippen umspielte und so gar nicht zu Paulas Gefühlen passen sollte.

Fast zwanzig Minuten fuhr Claudia schweigend über die Insel, bevor sie zu Paula hinüberblickte.

»Wir sind unterwegs zu der Abschlussbesprechung für die morgige Hochzeit«, sagte sie und bog in einen von der Hauptstraße abzweigenden Kiesweg. »Ich möchte, dass du Notizen machst und den Ablauf festhältst.«

Erleichterung überkam Paula, doch gleichzeitig war sie irritiert. Warum nahm sie nicht Clara mit, die schon wesentlich mehr Erfahrung in diesen Dingen hatte?

Claudia brachte das Cabrio hinter einem abgehalfterten weißen Kleinwagen zum Stehen und stieg aus. Paula tat es ihr gleich. Aus dem Tor des gepflegt wirkenden Bauernhofs trat eine leicht gebückte alte Dame. Als sie Claudia entdeckte, strahlten ihre dunklen, von Falten gesäumten Augen. Claudia ging zu ihr, und die beiden küssten sich freundschaftlich auf die Wangen. Es machte den Eindruck, als würden sie sich gut kennen. Sie wechselten einige Worte miteinander, bevor sich Claudia an Paula wandte und die alte Dame als Valentina vorstellte. Paula nickte freundlich, und die drei betraten den Innenhof des Anwesens.

In der Mitte des gepflasterten Hofs, der augenscheinlich für landwirtschaftlichen Betrieb genutzt wurde, waren bereits zehn runde Tische um einen weitverzweigten Johannisbrotbaum aufgebaut. Überall standen weiße Klappstühle verteilt, die nicht so recht zu dem eher kargen Hof passen wollten.

Claudia und Valentina unterhielten sich angeregt, während Paula noch damit beschäftigt war, das Ganze auf sich wirken zu lassen.

»Warum schreibst du nicht?«, rief Claudia.

Hektisch klappte Paula den Block auf und tastete suchend ihre Taschen ab.

Claudia lächelte sanft und reichte Paula etwas herüber.

»In Zukunft solltest du immer einen Stift bei dir haben«, sagte sie und wandte sich wieder Valentina zu.

Dankbar nahm Paula den Kugelschreiber aus Olivenholz entgegen und fing an, mitzuschreiben, während sie sich darauf konzentrierte, den Anschluss an das Gespräch nicht zu verlieren.

Eine halbe Stunde später hatten die drei eine Runde um den Hof gemacht und anschließend die Küche besichtigt. Paula machte fleißig Notizen zum Aufbau der Tanzfläche, der Bar und des Caterings, dem Arrangement der Tische, der zu ergänzenden Dekoration und dem geplanten zeitlichen Ablauf. Ihr Kopf drohte von der Informationsflut zu platzen, und sie würde

Schwierigkeiten haben, ihre eigenen Aufzeichnungen zu entziffern. Immer wieder notierte sie sich zu den Stichpunkten einige spanische Ausdrücke, die sie nicht verstand und nach deren Bedeutung sie Clara fragen wollte.

»Paula?«, fragte Claudia bereits ein zweites Mal, als Paula gedankenverloren noch einmal die Notizen durchging.

»Äh, ja? Sí?«, bestätigte sie ihre Anwesenheit.

»Hast du noch Ideen oder Vorschläge?«, wollte Claudia wissen.

»Äh, nein … nein«, wiederholte Paula, die nicht darauf gefasst war, etwas zur Planung beitragen zu müssen.

»Okay.«

Claudia und Valentina gingen voraus zu den Autos. Paula lief hinterher und sah sich abschließend noch einmal um. Mit dem Finger fuhr sie über den Block. Sie hatte einen kleinen Grundriss des Hofes mit dem geplanten Aufbau gezeichnet.

»Claudia?«, rief sie Richtung Eingangstor.

Claudia und Valentina drehten den Kopf.

»Ja?«

»Ich … also ich hätte doch einen Vorschlag.«

Claudia sah Paula aufmerksam an. Paula nahm ihren Mut zusammen und zeigte Claudia den gezeichneten Plan.

»Wenn wir das Catering hierher verlegen, würde das die Laufwege zur Küche verkürzen. Und hier an der Bar könnte man einige Stehtische platzieren, das lockert alles ein wenig auf, besonders, wenn später getanzt wird. Und unter dem Baum wird es vielleicht zu dunkel werden, deshalb könnte man in die Äste einige Lichterketten und Lampions hängen.«

Anerkennend sah Claudia zu Valentina hinüber. Paula sah ihr an, wie sie die Änderungen abwog, was für Paulas Geschmack jedoch viel zu lange dauerte. Vielleicht hätte sie sich doch nicht einmischen sollen?

»Es war nur …«, begann sie, doch Valentina schnitt ihr das Wort ab.

»Das sind gute Ideen! Sehr gut, Kleines«, sagte sie.

Claudia nickte ebenfalls zufrieden.

Zum Abschied hatte Valentina nun auch Paula mit Küssen verabschiedet und dem Cabrio hinterhergewinkt, das Claudia zurück durch die Einfahrt steuerte. Paula war erleichtert.

»Danke«, sagte sie und reichte ihrer Chefin den Stift.

»Behalt ihn«, antwortete sie. »Du wirst ihn noch brauchen.«

Paula bedankte sich noch mal und strich mit dem Finger über das hübsche Schreibgerät. Sie würde es in Ehren halten.

»Weißt du, ich war ungefähr in deinem Alter, als ich nach Mallorca kam«, bemerkte Claudia.

Paula sah sie überrascht an. Sie war davon ausgegangen, dass Claudia von der Insel stammte.

»Ich war gerade fertig mit meiner Ausbildung. Ein verwöhntes Mädchen aus Barcelona, das der Liebe wegen alles hinter sich gelassen hatte und nach Mallorca gekommen war.«

Paula wusste nicht, wie sie darauf reagieren sollte. Es überrumpelte sie, dass die sonst so strenge Claudia sich ihr gegenüber so umgänglich zeigte.

»Meine große Liebe hat mich kurz darauf verlassen. Die Liebe zu dieser Insel ist jedoch bis heute geblieben.« Claudia blickte auf die vorbeiziehende Landschaft. »Valentina hat mich damals aufgenommen und mir alles beigebracht, was ich wissen musste, um auf eigenen Beinen stehen zu können.«

Minutenlang schwiegen die beiden, bis der Wagen wieder in das Industriegebiet einbog, in dem sich der Cateringservice befand.

»Du hast dich sicher gefragt, wohin wir heute fahren und warum ich dich mitnehme«, sagte Claudia.

Paula sah sie zustimmend an.

»Ich wusste, dass mehr in dir steckt. Um das herauszu-finden, habe ich dich mitgenommen.« Sie parkte den Wagen hinter der Halle. »Valentina war auch sehr angetan von dir.« Claudia drehte sich zu Paula und sah ihr tief in die Augen.

»Aber warum bist *du* hier? Was möchtest du vom Leben?«

Paula rutschte das Herz in die Hose. Für einen Moment fühlte sie sich, als würde Claudia ihr tief in die Seele blicken. Kurz darauf stieg sie aus und verschwand. Paula starrte auf das Handschuhfach und blieb allein im Wagen zurück. Was war das für ein seltsames Gespräch? Was hatte Claudia ihr damit sagen wollen?

* * *

Clara saß mit offenem Mund da, als Paula ihr von der Besprechung und dem anschließenden Gespräch im Auto erzählte. Na ja, es war viel mehr so etwas wie eine Ansprache als ein Gespräch.

»Wow«, staunte Clara. »Ich wusste, dass sie tief im Inneren einen weichen Kern hat. Aber so etwas habe ich noch nie bei ihr erlebt. Vielleicht sieht sie etwas von sich selbst in dir«, mut-maßte Clara.

Paula blickte nachdenklich zu dem großen Fenster oberhalb der Lagerhalle. Vielleicht erinnerte sie Claudia wirklich an sich selbst vor vielen Jahren? Oder sie wollte ihr schlicht und einfach klarmachen, dass Paula nicht hierhergehörte, keine Träume und keine Ziele hatte …

»Immerhin scheint ihr deine Arbeit zu gefallen«, stellte Clara fest. »Ich habe schon einige Angestellte hier ein und aus gehen sehen. In der ersten Woche hat sie noch nie jemanden mit auf einen Termin genommen. Erst recht nicht auf einen Termin mit Valentina. Die beiden arbeiten schon seit Ewigkeiten zusammen.«

»Wie dem auch sei! Lass uns weitermachen, okay?« Paula wollte vorerst nicht mehr darüber nachdenken.

Außerdem würden sie eine Nachtschicht vor sich haben, wenn sie nicht langsam in die Gänge kämen. Clara war einverstanden, und die beiden gingen los, um die Transportboxen für das Geschirr zu holen. Ein kurzer Blick auf ihr Handy verriet Paula, dass Peter erneut mehrere Nachrichten geschrieben hatte. Er sagte, er vermisse sie, und wünschte ihr einen schönen Tag auf der Sonneninsel. Paula war sehr ergriffen bei dem Gedanken, dass es einen Menschen gab, der auf sie wartete und sich auf sie freute, egal, wie lange sie wegblieb. Sie hatten lediglich eine kurze Pause gebraucht, um zu merken, wie viel sie sich gegenseitig bedeuteten. Da war sich Paula sicher.

Mit frischer Energie machte sie sich an die Arbeit, und gemeinsam mit Clara, den Köchen und den Aushilfskellnern waren alle Vorbereitungen pünktlich bis zum frühen Abend erledigt.

Mit Claudia hatte sie nach der *Unterhaltung* im Auto nicht mehr gesprochen, allerdings hatte sie deren aufmunterndes Zwinkern bemerkt, als auch sie die Firma verließ.

Paula setzte sich draußen auf einen Stapel Holzkisten und sah auf ihr Handy. Ihr Vater hatte sich seit ihrer Nachricht nicht mehr gemeldet. Hatte er resigniert, oder war er noch verärgerter als vorher? Hatte er Peter möglicherweise wirklich aus Sorge um sie bestechen wollen?

Lange wog Paula ab, was sie tun sollte. Ihre Finger glitten über das Handy und stoppten bei einem nicht entgegengenommenen Anruf ihrer Mutter. Sie legte den Daumen auf das Rückruffeld. Bilder entstanden in ihrem Kopf. Sie zeigten kurze Momente aus der Vergangenheit. Paula lag weinend mit zerrissener Reithose neben ihrem Pferd. Hilda ärgerte sich über ihren Sturz. Paula gewann ein Segelrennen. Hilda sah sie verärgert an, da Paula den Sohn eines Investors überholt hatte. Paula machte einen überragenden Studienabschluss. Hilda starrte die Serviette an, als Richard Paula im Restaurant bloßstellte.

Paula aktivierte die Tastensperre und legte das Handy zur Seite. Selbst weit in der Vergangenheit fiel Paula kein Moment ein, in dem ihre Mutter einmal aufrichtig stolz auf sie gewesen war. Fieberhaft dachte sie nach, doch sie konnte sich an kein einziges Mal erinnern, bei dem Hilda sie herzlich umarmt hatte, ohne dass Kameras auf sie gerichtet waren, oder sie Paula auch nur einmal vor ihrem Vater in Schutz genommen hatte.

9

Paula merkte, wie ihr Körper sich bedenklich nach vorn neigte, während ihr die Box mit dem Geschirr zu entgleiten drohte. Ihr Fuß war genau an dem einen von vielen Hundert Pflastersteinen hängen geblieben, der einen Zentimeter zu weit aus dem Boden ragte. Sie versuchte, die Box zu umklammern, während ihre Haare flatterten und sie die Zähne fest aufeinanderpresste. Plötzlich erschienen zwei Arme vor ihr, und Paula bemerkte, wie die Kiste samt ihrem Körper an Fallgeschwindigkeit verlor.

Die starken Arme zogen Paula wieder in die Höhe, und als sie zum Stehen kam, lag nur der Abstand der Kiste zwischen ihrem Gesicht und dem eines kernigen Mallorquiners im eleganten Anzug. Er sah sie eindringlich mit glänzenden Augen an, lächelte und flüsterte: »Ich liebe Frauen, die zupacken können …«

Peinlich berührt, versuchte Paula, sich seitlich wegzudrehen, doch seine Hände lagen auf ihren und gaben nicht nach.

»Wo willst du denn hin?«, fragte er und ließ seinen Blick langsam über ihren Körper wandern.

Paula startete einen zweiten Versuch und drehte sich ruckartig zur Seite. Diesmal ließen seine Hände von ihr ab.

»Danke für die Hilfe!«, sagte sie mit nach unten gerichtetem Blick und eilte weiter zum Cateringbereich. »Was für ein unheimlicher Typ!«, dachte sie und hoffte, dass nicht die gesamte Hochzeitsgesellschaft aus solchen Schleimern bestand. Es war ihr furchtbar unangenehm.

Wenig später hatte sie den Vorfall weitgehend vergessen und konzentrierte sich ganz auf die letzten Vorbereitungen. Dass bereits ein Gast hier war, bedeutete, dass die Trauung mittlerweile vorüber sein musste und die Hochzeitsgesellschaft anrückte. Den ganzen Tag hatten Clara und sie Valentina tatkräftig beim Aufbau unterstützt. Valentina, die seit über dreißig Jahren Feste in der Umgebung organisierte, gestand, dass sie sich solche großen Veranstaltungen nicht mehr regelmäßig zutraute. Mit Ende siebzig wollte sie nun doch darüber nachdenken, sich endlich in den Ruhestand zu verabschieden. Paula hatte großen Respekt vor Valentina und ihrer immer noch bemerkenswerten Tatkraft.

Als die Hochzeitsgesellschaft laut lärmend eintraf, hatte sich die Sonne bereits hinter dem Ziegeldach des Bauernhofs verabschiedet. Die Lichterketten, Kerzen und Lampions verbreiteten ein warmes Licht, und der Hof war mit Girlanden und Blumen wunderbar geschmückt.

Paula und Clara hatten sich nun dunkle Stoffhosen, weiße Hemden und schwarze, hüfthohe Schürzen angezogen und halfen dem vierköpfigen Kellnerteam beim Servieren der Getränke. Später wurde das üppige Büfett eröffnet und nach dem ersten Tanz des sympathisch wirkenden Brautpaares auch die Bar. Paula und Clara mussten schmunzeln, als ein mindestens sechzigjähriger grauhaariger Mann hinter das DJ-Pult trat und die ersten Partysongs auflegte. Überraschenderweise traf er jedoch genau den Geschmack der Gäste, die sich ausgelassen über den Hof bewegten.

Clara räumte die Reste des Caterings ab und begann mit dem Abwasch, während Paula die Käseplatten für den Mitternachtssnack anrichtete.

»Das sieht ja appetitlich aus«, sagte ein Mann neben ihr und steckte sich genüsslich ein Stück Käse in den Mund.

Paula sah ihn von der Seite an. Er trug seine blonden Haare zu einem Dutt zusammengefasst und langte erneut zu. Er musste ihren fragenden Blick bemerkt haben, denn er sagte: »Ich habe das Essen verpasst und habe tatsächlich Hunger.«

Sein Lächeln erreichte seine Augen und nahm Paula für einen Moment gefangen, als ein lautes Rauschen aufbrandete. Erschrocken drehte sie sich um.

Eine aus dem Nichts entstandene Windböe zerrte an einem der tiefen Äste des Johannisbrotbaums, der ein lautes Knacken von sich gab.

Bevor Paula etwas sagen konnte, war der Mann, der eben noch neben ihr gestanden hatte, schon zu dem Baum geeilt und drückte den angebrochenen Ast mit vollem Körpereinsatz komplett zur Seite, bis er auf den Boden fiel.

Genauso schnell wie der Wind gekommen war, war er auch wieder verschwunden, und die tanzenden Gäste hatten anscheinend nichts davon mitbekommen. Paula wollte sich bei dem Mann bedanken, dass er womöglich Schlimmeres verhindert hatte, und ging auf ihn zu. Als sein Handy klingelte, blieb Paula in einem Abstand stehen und hörte, wie er sagte, dass er sofort käme.

Er nickte ihr nur kurz zu und verschwand mit schnellen Schritten.

Paulas Dankeruf erreichte ihn nicht mehr.

Aufgeregt ging sie zu Clara, die am Spültisch stand, und berichtete ihr von dem Vorfall.

»Das muss eine Windhose gewesen sein, die gibt es immer wieder mal. Aber sag mal«, sie grinste Paula an, »der Typ scheint ja Eindruck bei dir gemacht zu haben.«

Hatte er, gestand sich Paula ein, doch sie schob den Gedanken gleich wieder beiseite. »Ach was, mich hat nur beeindruckt, wie schnell er reagiert hat.«

»Wenn du meinst«, sagte Clara, zwinkerte ihr kurz zu und hielt ihr ein Geschirrtuch hin.

Es war ein anstrengender Tag gewesen, doch mit Clara und dem großartigen Team hatte es sehr viel Spaß gemacht.

Da die Gäste gegen drei Uhr anfingen, sich selbst an der Bar zu bedienen, konnte auch der letzte Kellner seine Stellung verlassen. Valentina hatte sich schon vor Stunden verabschiedet. Sie hatte ausreichend Erfahrung, um zu wissen, dass die Feier ein voller Erfolg war und ihre Anwesenheit nicht weiter benötigt wurde.

Hinter dem Hof saß nun das gesamte Team auf Getränkekisten, und einer der Kellner verteilte kühles spanisches Bier.

»Es ist super gelaufen, danke, Leute!«, rief Clara, und die Bierflaschen stießen klirrend in der Mitte der Runde zusammen. Paula genoss es, nach getaner Arbeit mit den Köchen und Kellnern zusammenzusitzen und den erfolgreichen Abend ausklingen zu lassen.

Die wenigen noch verbliebenen Gäste saßen unter dem Johannisbrotbaum, der nun um den Ast ärmer war, den der Mann zur Seite gezogen und vor der Hauswand abgelegt hatte. Den Gästen, die lachten und sich wilde Geschichten erzählten, fiel es anscheinend gar nicht auf. Paula schmunzelte, als sie an Sophies Hochzeit denken musste, die erst eine Woche zurücklag. Sie hätte nie gedacht, dass sie noch eine Hochzeit hier erleben würde, geschweige denn, dass sie diese mitorganisieren und Gäste bedienen würde. Wenn Peter sie eines Tages heiraten würde, sollte die Hochzeit ebenfalls auf Mallorca stattfinden.

Gedankenverloren lief Paula über den Hof und verschwand in einem gemauerten Gang, der zu den Toiletten führte.

Plötzlich rumpelte es, und sie zuckte zusammen. Eine dunkle Gestalt wankte aus der Herrentoilette und blieb nur wenige Zentimeter vor ihr stehen. Paula spürte den alkoholisierten und nach Zigarre riechenden Atem auf ihrer Stirn. Sie wich zurück.

»Ist ... ist alles in Ordnung?«, fragte sie den Mann, den sie nun im Halbschatten erkannte. Es war der gleiche, der ihren Sturz kurz vor Beginn der Veranstaltung verhindert hatte.

Er sah sie mit glasigen Augen an. Seine Krawatte hing lose herab. Seine dunklen, akkurat nach hinten gekämmten Locken waren mittlerweile zerzaust. Sein Hemd war weit aufgeknöpft, und Schweißperlen liefen über seine behaarte Brust.

»Na sieh mal an«, flüsterte er und verschlang Paula mit seinen lüsternen Augen. Er trat noch einen Schritt auf sie zu.

Paula rutschte das Herz in die Hose. Beim Anblick dieses Mannes bekam sie es mit der Angst zu tun. Sie wollte sich gerade umdrehen und schnell wieder zurück über den Hof laufen, als sie erneut seine starken Arme spürte.

Eine Hand drückte Paula gegen die kalte Steinmauer. Blitzschnell hatte der Mann seine Lippen auf Paulas gelegt, und seine feuchte Zunge suchte nach ihrer. Die andere Hand umfasste grob ihren Busen. Als sie sich endlich aus der Schockstarre lösen konnte, drückte Paula ihre Hände fest gegen die Brust des Mannes und versuchte krampfhaft, sich zu befreien, doch er küsste sie gierig weiter.

Ein schriller Schrei ertönte. Der Mann ließ blitzartig von Paula ab. Klackernde Schritte näherten sich, und Paula presste ihren Rücken gegen die Wand, ihre Arme immer noch gegen seine Brust stemmend. Entsetzt sah sie dem Mann in die nun klarer wirkenden Augen.

»Du kleine Schlampe!«, rief eine helle Frauenstimme. »Lass sofort meinen Verlobten los, du Miststück!«

Blitzartig zog Paula ihre Hände zurück und konnte nun endlich seitlich ausweichen. Der Mann hob unschuldig seine

Arme. Im nächsten Moment spürte Paula eine Hand und gleich darauf einen beißenden Schmerz in ihrem Gesicht. Als Paula realisierte, was passiert war, hatte die Frau im kurzen schwarzen Kleid den Mann bereits am Arm gepackt und war mit ihm zurück durch den Flur marschiert.

»Das wirst du bereuen!«, sagte sie in einem bedrohlich ruhigen Ton, als sie am Ende des Ganges angekommen war und sich noch einmal umdrehte. »Und wehe du kommst Carlos noch einmal zu nahe!« Dann waren die beiden verschwunden.

Paula ließ sich zitternd auf den Boden sinken, und die Umgebung verschwamm vor ihren Tränen gefüllten Augen. Minutenlang saß sie auf dem rauen Boden und konnte sich nicht bewegen. Der Schock versetzte sie in einen ihr bisher völlig unbekannten Zustand.

Erst als Clara suchend den Flur betrat und hektisch auf sie zurannte, rieb sich Paula schluchzend die Augen.

»Was ist denn passiert?«, rief Clara, kniete sich neben sie und strich vorsichtig mit der Hand über Paulas gerötete Wange.

»Ich … ich«, stotterte Paula, doch jedes weitere Wort schien sich aus ihrem Kopf verflüchtigt zu haben. Clara blieb weitere zehn Minuten wortlos neben Paula sitzen, bevor sie ihr aufhalf und sie durch einen Seiteneingang nach draußen brachte.

»Ich bin sofort wieder da«, hatte Clara gesagt, nachdem sie Paula in den Lieferwagen geholfen hatte. »Ich gebe Rubén Bescheid, dass wir dringend wegmüssen.«

Kurze Zeit später fuhren die beiden los. Paula starrte stumm ins Leere.

»Wenn du reden möchtest … ich bin für dich da«, sagte Clara voller Mitgefühl.

Heiße Tränen liefen über Paulas Wangen.

»Er … er hat mich angefasst«, murmelte sie.

»Wer hat dich angefasst?«

»Er hat mich festgehalten und geküsst.«

»Paula, wer hat dich angefasst?«, fragte Clara nun energischer.

»Und sie … sie dachte, ich hätte …«

Clara verlangsamte den Wagen und brachte ihn auf dem Seitenstreifen zum Stehen. Sie löste den Gurt und rutschte vorsichtig auf den Mittelsitz des Transporters.

»Alles wird gut.« Clara legte sanft ihre Hand auf Paulas. »Sollen wir die Polizei rufen?«

»Nein«, antwortete Paula hektisch. »Nein, bloß nicht.«

»Sollen wir erst mal zu mir nach Hause fahren?«, bot Clara an.

Paula konnte den ekelhaften Atem von Carlos noch auf den Lippen spüren. Sie wischte sich mit der Handfläche über den Mund. Ihr war übel, und bei dem Gedanken an seine Berührungen verkrampften sich ihre Muskeln.

Als sie die Augen schloss und ihren Kopf auf Claras Schulter legte, sah sie Peter vor sich. Sie sah Fabi, ihre Mutter, selbst ihren Vater. Tränen tropften auf Claras Shirt.

»Das alles war ein Fehler. Ich möchte nach Hause.«

10

Der lange Glastisch war elegant gedeckt. Kunstvoll verzierte Porzellanschüsseln wurden dampfend darauf abgestellt und die schweren Deckel zur Seite gelegt. Paula blickte abwesend auf ihren Teller, der sich nach und nach mit Erbsen, gebratenen Champignons und Rinderfilet füllte. In der Spiegelung des Glastisches sah Paula, dass zwei Augenpaare auf sie gerichtet waren. Sie griff nach dem polierten Silberbesteck und schob das Essen auf dem Teller herum.

»Was ist denn los, Kind? Hast du keinen Hunger?«, fragte ihre Mutter.

Paula schüttelte den Kopf. »Nein. Nicht wirklich.«

»Iss etwas. Du hast doch bestimmt genug von Tapas und Fisch«, kommentierte Richard trocken.

Tränen sammelten sich in Paulas Augenwinkeln.

Paula hatte sich einen herzlichen Empfang erhofft, als das Taxi sie vor der Villa ihrer Eltern abgesetzt hatte. Stattdessen hatte die Haushälterin die Tür geöffnet und Paula ein leeres Haus vorgefunden.

Hilda war wie jeden Sonntag zu einem Kaffeekränzchen bei einer ihrer Freundinnen eingeladen gewesen und Richard war wohl ins Büro gefahren.

Kraftlos hatte Paula ihr Zimmer betreten. Es war ein komisches Gefühl gewesen, wieder hier zu sein. Sie fühlte sich fremd. Langsam ging sie durch den Raum und sah sich um. Sie stellte ihren Trolley neben die Kommode und setzte sich auf das große Bett, das so viel weicher war als das rostige Gestell im Raum der Cateringfirma. Sie ließ sich nach hinten fallen und blieb regungslos liegen. Peter hatte sie bereits versucht anzurufen, doch es meldete sich nur die Mailbox. Am liebsten wäre sie an die frische Luft gegangen und hätte den Schiffen im Hafen zugesehen. Das hatte sie schon immer beruhigt. Doch dazu fehlte ihr im Moment die Kraft. Als Paula gerade ihre Augen schloss, klingelte ihr Handy. Hastig nahm sie das Gespräch an.

»Peter!«, stieß sie freudig aus.

»Hi Babe, wie geht's dir?«

»Oh, es tut so gut, dich zu hören! Das ganze Haus ist leer und ...«

»Du bist schon zu Hause?«, unterbrach er sie überrascht.

»Ja, ich ... es ging alles etwas schnell, aber ich bin wieder zu Hause. Können wir uns nachher sehen?«

»Oh Babe, das tut mir leid. Also, ich freue mich natürlich, aber ich bin gerade mit Denny in Berlin. Ich helfe ihm bei einem Auftritt.«

Paula seufzte enttäuscht.

»Hätte ich gewusst, dass du heute schon kommst, hätte ich natürlich abgesagt ... aber wieso bist du überhaupt schon wieder zurück? Ich dachte, du wolltest noch etwas länger bleiben.«

Paula schluckte. Sie hatte die halbe Nacht darüber nachgedacht, ob sie Peter von dem abscheulichen Vorfall mit Carlos erzählen sollte. Zu gern hätte sie sich an seine starke Schulter geschmiegt, um ihre Wut und Scham zu lindern, doch gleichzeitig fühlte sie eine seltsame Angst, dass es etwas zwischen ihnen kaputtmachen könnte, sollte er davon erfahren.

»Meine Eltern haben sich solche Sorgen gemacht, ich wollte sie nicht länger im Stich lassen«, log sie.

»Oh, okay. Ja schade, ich hätte dich ja gern auf Mallorca besucht«, antwortete Peter zurückhaltend. »Pass auf, ich bin morgen wieder in Hamburg. Wollen wir uns dann am Hafen treffen und was beim Chinesen holen?«

»Ja, das wäre schön!«, sagte Paula sofort.

»Perfekt. Treffen wir uns um sieben am Steg?«

»Ja, machen wir!«

»Okay. Du, ich muss wieder hinter die Bühne, Dennys Auftritt geht gleich los.«

»Dann viel Spaß euch beiden.«

»Danke, Babe.«

»Peter ...?«

»Ja? Was ist los?«

»Ich freue mich auf dich!«

»Ich mich auch auf dich, Babe.«

Paula legte auf. Sie freute sich über Peters Anruf und auch auf ihr Treffen. Für einen kurzen Moment hatte sie die Gedanken an Carlos verdrängen können, doch nun verkrampfte sich ihr Körper wieder. Wäre Peter doch hier, dachte sie. Wäre er doch schon ins Restaurant zum Essen mit ihren Eltern gekommen, dann wäre das alles nicht passiert. Paula ertappte sich bei der Frage, ob er Denny wohl auch so im Stich gelassen hätte. Für seine Freunde fand Peter eigentlich immer Zeit und reiste sogar nach Berlin, um sie zu unterstützen. Ihre Augenlider wurden schwerer, und kurz darauf schlief sie ein.

Gefühlte Stunden später ließ ein Klopfen Paula aufschrecken. Die Tür öffnete sich, und ihr Vater trat herein. »Du bist wieder da!«, stellte er fest und musterte sie skeptisch.

Paula stand hastig auf und fuhr sich verlegen durch die Haare.

»Ich bin vorhin angekommen, aber es war niemand da«, antwortete sie und sah ihm ehrfürchtig in die Augen.

»Gut. Wir essen in fünf Minuten. Mach dich etwas frisch, und leiste uns Gesellschaft. Deine Mutter wartet unten.«

Paula nickte, und ihr Vater schloss die Tür hinter sich.

Nachdem sich Paula ein frisches Kleid angezogen und die Haare gebürstet hatte, war sie zögernd die Treppe hinuntergegangen und hatte ihre Mutter in der Küche vorgefunden.

»Hallo Mama«, hatte Paula gesagt.

»Paula, Schatz.« Hilda hatte eine Serviette auf die Arbeitsfläche gelegt, war auf Paula zugekommen und hatte sie auf die Wange geküsst. »Gut, dass du wieder da bist, Schatz. Dein Vater hat sich solche Sorgen um dich gemacht. Komm mit ins Esszimmer. Erika bringt gleich das Essen.«

»Wie geht's dir denn, Mama?«

»Ach, es war eine furchtbar anstrengende Woche. Gott sei Dank ist sie vorbei. Komm, lass deinen Vater nicht warten.«

Dieses Abendessen verlief völlig anders, als sich Paula erhofft hatte, und stand für alles, was Paulas Familie darstellte. Paula fügte sich den Wünschen ihrer Eltern und aß, obwohl sie keinen Hunger hatte, Fabi war nicht zu Hause, Hilda erzählte von den vielen Ereignissen ihrer Woche, ohne nach den Gefühlen ihrer Tochter zu fragen, und Richard platzierte nur ab und an einige spitze Kommentare. Während des gesamten Essens wurde kein einziges Wort darüber verloren, was Paula eigentlich auf Mallorca gemacht hatte oder warum sie länger geblieben war als ursprünglich gedacht.

Als der Kaffee serviert wurde, blieb es still im Esszimmer.

»So, Paula. Hast du uns etwas zu sagen?«, fragte Richard und sah Paula eindringlich an.

Paula konnte ihre Tränen nicht länger zurückhalten. Stumm blickte sie auf die Kaffeetasse vor sich, auf deren glatter Oberfläche sich Szenen des letzten Tages abspielten wie in einem dunklen Spiegel. Sie sah Carlos, wie er sie an die Wand drückte, sie anfasste und küsste. Sie sah sich selbst, wie sie zusammengekauert an der Wand saß und sich zu Peter und ihren Eltern gewünscht hatte. Sie sah, wie Clara sie zum Flughafen brachte und mit feuchten Augen fest umarmte. Und sie sah, wie sie in dieses große, leere Haus trat.

Richards ernsten Blick auf sich spürend, fühlte Paula, wie sich eine bedrückende Schuld über ihre Gedanken legte. Das Zittern der letzten Nacht verflog, sie war nicht enttäuscht von ihren Eltern und nicht wütend auf Carlos. Nein, Paula schämte sich für ihre Entscheidung, auf Mallorca geblieben zu sein. Sie schämte sich plötzlich dafür, ihren Vater enttäuscht zu haben. Ohne diese trotzige Entscheidung wäre all das nicht passiert, dachte sie.

»Es tut mir leid, Papa. Es tut mir wirklich leid«, schluchzte sie mit zitternden Lippen. »Ich werde dich ganz bestimmt nicht wieder enttäuschen.«

Hilda tupfte sich eine Träne von der Wange und war bemüht, die Fassung zu bewahren. Richard stand auf, ging um den Tisch herum und legte seine Hand auf Paulas Schulter.

»Ich bin froh, dass du Einsicht zeigst, meine Paula«, sagte er zufrieden. »Morgen ist ein neuer Tag, und du kommst mit mir ins Büro. Es gibt einiges aufzuholen.«

* * *

Richard lenkte den Jaguar in eine breite Parklücke direkt vor dem hohen Gebäude aus Stahl und Glas. *Richard Hansen – Hansen Group* stand auf einem schwarzen Schild vor dem Wagen. Paula stieg aus und folgte ihrem Vater durch den hohen

Eingangsbereich, vorbei an respektvoll nickenden Menschen in Anzügen und Business-Outfits, hinein in einen von vier Aufzügen.

Richard drückte die Nummer neun, und der Lift fuhr nach oben. Nicht umsonst hatte er die obersten drei Etagen für seine Firma gewählt. Es war ein Ausdruck seiner Haltung, seiner Ambitionen und seiner Sicht auf die Dinge. Paula sah in den bodentiefen Spiegel. Sie sah sich selbst in die Augen und schluckte ihre Unsicherheit hinunter. Sie hatte die Entscheidung getroffen, zurück nach Hause zu kommen und dem Ruf ihres Vaters in das Unternehmen zu folgen. Völlig egal, was vorgefallen war, nun musste sie dazu stehen und das Beste daraus machen. Der Aufzug hielt geräuschlos, und die breiten Türen öffneten sich. Richard ging den hellen Flur entlang, ohne die Angestellten zu beachten, die ihm auswichen. Sofort heftete sich eine junge Frau an seine Fersen und begann, ihm Termine vorzulesen.

»Guten Morgen, Herr Hansen. Ich hoffe, Sie hatten ein angenehmes Wochenende. Das Meeting mit Herrn Ludwig und seinem Team beginnt in fünfzehn Minuten. Es ist alles vorbereitet. Hier ist das aktuelle Exposé der Agentur. Für elf ist die Konferenz mit den LLG-Investoren angesetzt. Um eins haben Sie einen Termin zum Lunch mit dem Bauträger des OceanSkyline-Projekts. Den Nachmittag habe ich Ihnen wie gewünscht freigehalten.«

Paula folgte den beiden bis zum Eckbüro am anderen Ende der Etage.

»Der Espresso steht bereits auf Ihrem Schreibtisch.«

»Danke, Martha«, sagte Richard knapp und griff nach dem Exposé, das ihm seine Assistentin entgegenstreckte. An seiner Bürotür blieb er stehen und wandte sich zu Martha.

»Bitte zeigen Sie Paula ihren Arbeitsplatz. Hat Herr Ahrens sich bereits um alle IT-Angelegenheiten gekümmert?«

»Ja, Herr Hansen. Laptop, Telefon, Handy und alles Weitere sind eingerichtet.«

»Gut«, sagte er, betrat sein Büro und schloss die Tür hinter sich.

Paulas Blick wechselte irritiert zwischen Richards Bürotür und Martha, die Paula verlegen ansah. Das war also die Einführung in das Unternehmen ihres Vaters? Er hatte Paula nichts zu sagen? Wollte ihr nicht viel Erfolg oder viel Spaß wünschen? Ihr erklären, was sie zu tun hatte?

Martha riss Paula aus ihren Gedanken.

»Kommen Sie bitte mit, Frau Hansen«, sagte die hübsche junge Frau, die etwa in Paulas Alter sein musste.

»Äh, Paula. Paula ist völlig ausreichend.«

»Okay – Paula. Kommen Sie bitte mit? Ich zeige Ihnen Ihr Büro.«

Paula rappelte sich auf und folgte der jungen Frau durch die Gänge. Es musste über ein Jahr her sein, seit Paula das letzte Mal hier gewesen war. Die Räumlichkeiten glichen mehr einem Architektenhaus als einem Ort, an dem Menschen arbeiteten. Jedes Element, jedes Material und jedes Kunstwerk schien sorgfältig ausgewählt worden zu sein. In Mauern aus Sichtbeton waren große Glaselemente integriert, die Einblicke in die einzelnen Büros gewährten. Der Boden bestand aus echtem Eichenparkett, die hohen Wände waren mit großformatigen Schwarz-Weiß-Fotografien anspruchsvoller Bauprojekte besetzt, und ein besonderes Lichtkonzept aus verschiedenen Designerlampen ließ die Räume hell und freundlich erscheinen.

Die vielen auf Paula gerichteten Blicke waren weniger freundlich. Paula fühlte sich beobachtet, kritisch gemustert und als Tochter des Chefs abgetan. Sie war froh, in ihrem Büro mit den Glaswänden verschwinden zu können, an dem ein Schild mit *Paula Hansen, Junior Vice President Marketing* angebracht war. So viel zu ihrer Praktikantenstellung.

Ein Strauß frischer Blumen stand neben Laptop und Telefon auf einem ausladenden Glasschreibtisch.

»Ich hoffe, Sie mögen Windröschen. Ich war mir nicht sicher«, gestand Martha.

»Äh, nein, ja, sie sind sehr schön. Danke!«, antwortete Paula abwesend. Sie war weder darauf vorbereitet gewesen, ein eigenes Büro zu bekommen, geschweige denn mit frischen Blumen oder dem Titel *Junior Vice President* begrüßt zu werden. Besonders nach der letzten Woche hatte sie damit gerechnet, in einer dunklen Abstellkammer ihr Praktikum anzutreten. Stattdessen stieg sie mindestens fünf Stufen darüber ein und hatte ein elegantes Büro nur für sich allein. War ihr Vater doch nicht so sauer, wie er tat, oder wollte er sie mit Verantwortung und harter Arbeit bestrafen?

»Das hier sind die Einführungsunterlagen und das hier die relevanten Informationen zu den laufenden Projekten. Ich bin gleich wieder da und bringe Ihnen einen Cappuccino, wenn Sie mögen.«

Martha drückte Paula einige Dokumentenmappen in die Hand und verschwand, bevor sie widersprechen konnte.

Das Zimmer war ebenso stilvoll eingerichtet wie der Rest der Etage. Die Seite zum Flur hin bestand komplett aus Glas. An der linken Wand stand ein hohes Metallregal, gefüllt mit Ordnern, Broschüren und kleinen Skulpturen. Rechts befand sich ein weißes Sideboard, von dem zwei gerahmte Familienfotos blickten. Das war sicher Marthas Werk gewesen. Die bodentiefe Fensterfront hinter dem Schreibtisch eröffnete einen atemberaubenden Blick über den Hamburger Hafen.

Paula ließ sich auf den Schreibtischstuhl fallen, drehte sich um und sah hinunter. Sie musste zugeben, dass dieser Arbeitsplatz spektakulär war. Ihr Vater wusste um ihre Liebe zum Hafen und dass sie das Beobachten der Schiffe schon immer beruhigt hatte.

Es klopfte an der Tür, und kurz darauf stand ein dampfender Cappuccino auf Paulas Schreibtisch.

»Wenn ich sonst noch etwas für Sie tun kann, melden Sie sich gerne jederzeit unter der Durchwahl sechzehn. Mein Schreibtisch steht direkt neben dem Büro Ihres Vaters.«

»Danke, Martha. Ich denke, das ist nicht notwendig.«

»Nur für alle Fälle, einfach die Sechzehn wählen.« Martha verließ den Raum und wandte sich noch einmal Paula zu. »Ihr erster Termin mit dem Marketingteam ist um elf im Konferenzraum drei.«

»Äh, danke«, antwortete Paula, und Martha war verschwunden. Schwer atmend sah Paula durch die Verglasung in den Flur. Anschließend fing sie an, in der Einführungsmappe zu blättern, und stellte fest, dass ihr Vater nichts dem Zufall überließ. Von Anwesenheitszeiten über Meeting-Kultur bis zur Einhaltung der Datenstruktur war alles im Detail beschrieben.

Nachdem Paula ihren Laptop aufgeklappt und ein wenig in den Projektordnern herumgeklickt hatte, verbrachte sie den Rest des Tages überwiegend damit, sich in Baubeschreibungen, Exposés und Marketingstrategien für aktuelle und kommende Projekte einzulesen. Sie musste zugeben, dass die Arbeit sie alles andere vergessen ließ. Nur ein einziges Mal sah sie ihren Vater, und das war während des Meetings mit der Marketingabteilung. Paula wurde gerade vom Marketingchef, einem sportlichen Vierzigjährigen im Designeranzug, mit schwarzer Hornbrille, vorgestellt, als sie ihren Vater vor dem verglasten Konferenzraum erblickte. Er rührte sich nicht. Er winkte nicht, er nickte ihr nicht zu, und er kam auch nicht ins Zimmer, um Paula beizustehen. Er stand einfach da und beobachtete sie. Wollte er sie kontrollieren? Wollte er sehen, ob sie der Sache gewachsen war? Sein Erscheinen hatte lediglich dazu geführt, dass Paula sich noch unsicherer fühlte. Sie hatte nicht gewusst, wie ihre Rolle im Unternehmen aussehen würde. Sie war von einem

Praktikum ausgegangen, um das Geschäft nach und nach kennenzulernen. Der Mann mit Hornbrille erklärte nun allerdings, dass sie ein Team aus fünf Marketingspezialisten führen sollte, die Paula mit großen Augen ansahen. Offenbar hatten sie ebenfalls nichts davon gewusst.

Ein riesiger Kloß bildete sich in Paulas Hals. Sie wusste nicht im Geringsten, woran diese fünf Spezialisten arbeiteten oder was sie ihnen sagen sollte. Schließlich entschied sie sich dafür, zuallererst mit jedem von ihnen jeweils eine Stunde zusammenzusitzen, um etwas über ihre Aufgaben und Fähigkeiten zu erfahren. Die Idee kam bei allen Beteiligten gut an, und Herr Siebert, der Mann mit Hornbrille, beendete Paulas erste Bewährungsprobe.

Erschöpft verließ Paula den gläsernen Aufzug und ging durch die Eingangshalle nach draußen, wo es bereits dunkel war. Der erste Arbeitstag war überstanden, und Paula freute sich auf das Wiedersehen mit Peter. In der frischen Luft ließ die Anspannung in ihrem Kopf langsam nach. Sie spazierte Richtung Hafen, überquerte die Brooksfleet, den Zollkanal und ging weiter Richtung Elbphilharmonie. Bereits von Weitem sah sie Peter an der Promenade stehen und auf die glitzernde Elbe blicken. Paula lächelte. Er trug einen grünen Parka und eine weinrote Mütze, die ihn wie einen Seemann wirken ließ. Paula blieb einige Meter von ihm entfernt stehen und lehnte sich an das Geländer. Als Peter sie schließlich bemerkte, lächelte auch er und trat auf sie zu.

»Hallo, schöne Frau. Sagen Sie, kennen wir uns?«

Paula schloss ihn fest in die Arme und sah ihm lange in die Augen. Dann küsste sie ihn.

»Blödmann«, sagte sie dann und lachte.

Peter musterte sie im Schein der Laterne. »Du hast Farbe bekommen. Steht dir gut.«

»Danke«, sagte Paula verlegen und versuchte, über seine Schulter zu blicken. »Was versteckst du da? Du hast doch nicht etwa schon ohne mich gegessen?«

Peter holte eine Tüte hinter seinem Rücken hervor. »Ich gebe zu, ich habe schon eine Frühlingsrolle probiert. Natürlich nur, um sicherzugehen, dass sich die Qualität von Herrn Lius Essen nicht verschlechtert hat.«

Lachend gingen die beiden zu einer Bank direkt an der Promenade und setzten sich.

»Es kommt mir vor, als hätten wir uns eine Ewigkeit nicht gesehen.«

»Haben wir auch nicht«, stellte Peter fest. »Deswegen habe ich von allem doppelt so viel bestellt«, sagte er und öffnete die große Plastiktüte.

Paulas Magen knurrte, und sie griff sofort nach einer Teigtasche.

»Und jetzt erzähl, wie war dein erster Tag in der Hansen-Strafanstalt?« Peter grinste und öffnete eine Schachtel mit gebratenen Nudeln.

»Sag doch so was nicht«, antwortete Paula enttäuscht. »Ich bin freiwillig dort, und es war bisher … ganz okay. Aber meinen Vater habe ich eigentlich den ganzen Tag nicht gesehen.«

»Na immerhin«, sagte Peter kauend.

Paula reagierte nicht auf seine Anspielung.

»Und wie war es in Berlin? Denny ist ja mittlerweile viel unterwegs, oder?«

»Ja, er hat ein paar echt coole Gigs, und ich kümmere mich um den Sound. Läuft ganz gut. Und dann waren wir noch etwas feiern … so bis heute Morgen um sieben.« Er sah Paula unschuldig an, aber sie bemerkte sein schelmisches Lächeln. »Wie war's denn auf Mallorca? Hast du das Outfit auch beim Catering getragen?«

Paula kniff ihre Augen zusammen. Was war nur los mit Peter? Sie hatte sich so sehr auf ihn gefreut, doch nun nutzte er jede Gelegenheit, um sie blöd dastehen zu lassen.

»Es war sehr schön«, sagte sie. »Bis auf das Ende.«

Peter sah sie fragend an. »Wieso, was war denn am Ende?«

Paula kämpfte erneut mit ihrer Scham und besiegte sie schließlich. »Ach, es ging nur alles so schnell.«

»Hey«, begann Peter, stellte seine Nudeln zur Seite und beugte sich zu Paula rüber. »Es tut mir leid wegen meiner blöden Kommentare.« Er nahm ihr Gesicht in die Hände und gab ihr einen Kuss auf die Stirn. »Aber du weißt ja, dass ich mit deinem Dad nicht warm werde, und ich kann mir einfach nicht vorstellen, dass du dort glücklich wirst. Ich meine es wirklich nicht böse, okay?«

Paula spürte die Intensität seines Blickes und merkte, wie Tränen in ihre Augen traten. Sie wusste, dass Peter nichts mit dem Lebensstil ihrer Eltern anfangen konnte. Sie wusste, dass er sich ein anderes Leben für sie wünschte. Und sie wusste, dass er trotzdem hier bei ihr war, jetzt in diesem Moment, obwohl sie sich für dieses Leben entschieden hatte. In diesem Augenblick fühlte sie sich Peter ganz nah und genoss seine feste Umarmung, seinen Geruch und seine zärtlichen Hände.

»Ich weiß nicht, wie es dir geht, aber ich bin satt«, sagte er unvermittelt, grinste und wischte Paula eine Träne von der Wange.

Paula lächelte. »Ich auch.«

Peter stand auf, entsorgte den Abfall und half Paula auf die Beine. »Soll ich dich nach Hause bringen?«

Paula genoss es, Arm in Arm mit Peter an der Elbe entlangzulaufen, Menschen zu beobachten und einfach mal wieder über Alltägliches zu reden. Peter hatte sich nochmals für seine scharfen Bemerkungen entschuldigt und sie anschließend über ihren ersten Arbeitstag ausgefragt. Als der Spaziergang schließlich vor der Hansen-Villa endete, spürte Paula, dass die Distanz, die sich in den letzten Wochen zwischen ihnen gebildet hatte, deutlich kleiner geworden war. Sie fühlte sich wieder richtig wohl in Peters Nähe und merkte, dass es ihm ebenso ging. Mit einem langen Kuss verabschiedete er sich schließlich.

Obwohl Paula auf der Stelle hätte einschlafen können, kam sie nicht drum herum, auch ihrem Vater über den ersten Arbeitstag Bericht zu erstatten. Nachdem sie allerdings versicherte, dass sie sich wohl im Unternehmen fühlte und alles ihrer Vorstellung entsprach, konnte sie endlich in ihr Zimmer gehen.

Im Bett las sie die letzten Nachrichten von Clara und dachte dabei an die schönen Momente mit ihr, ihren Eltern, Claudia und Valentina. Die beiden hatten sich gestern und auch heute viele Nachrichten geschrieben, und Paula hatte sich mehr als einmal für Claras aufrichtigen Beistand bedankt. Es fühlte sich gut an, sie nah zu wissen, obwohl sie beinahe zweitausend Kilometer entfernt war. Und es fühlte sich gut an, zu wissen, dass all die Ereignisse der letzten Wochen nichts an ihren Gefühlen zu Peter geändert hatten.

11

Ein luxuriöses Wohngefühl mit feinsinniger Architektur und atem-
beraubenden Ausblicken über die Elbe. Hochwertig ausgestattete
Townhouses und Penthouses mit fulminanten Dachterrassen bereits
ab 1,9 Mio. Euro. Lassen Sie Ihren Wohntraum wahr werden.

Paulas Nackenhaare stellten sich auf, als sie die ersten Zeilen
des Exposés las. Mit feinsinniger Architektur hatte dieser kantige
Betonbunker, der im kommenden Jahr in der HafenCity entstehen würde, nun wirklich nichts zu tun. Wie viele Menschen
würden das wohl lesen und sich darüber ärgern, dass sie niemals
bezahlbaren Wohnraum in der Nähe ihres Arbeitsplatzes finden würden? Dieses Bauprojekt war, wie alle aktuellen Projekte
des Unternehmens, den oberen fünf Prozent der Gesellschaft
vorbehalten, Menschen wie ihrem Vater, Menschen wie … ihr?
Schnell schlug Paula die Broschüre zu.

Zwei Wochen waren vergangen, und sie empfand noch
immer keinen Funken Leidenschaft für die Geschäfte ihres
Vaters. Stupide arbeitete sie ihre To-do-Listen ab, saß in
Meetings und Telefonkonferenzen mit dem Team, Agenturen
und Kunden oder pflegte Tabellen mit Zielgruppenanalysen
und Kundenprofilen. Schneller als ihr lieb war, hatte sie in
ihren Job hineingefunden, und, obwohl es ihr oftmals vorkam,

als hätte sie keine Ahnung von dem, was sie tat, nahmen die Projekte langsam Form an. Paula wollte gar nicht wissen, wie viele Überstunden ihre Mitarbeiter in Kauf nehmen mussten, um ihre Fehler zu korrigieren. Sie taten es, ohne zu murren, aus Respekt. Nicht aus Respekt vor ihr, sondern aus Respekt vor ihrem Vater. Sie bemühte sich Tag für Tag, ihr Team kennenzulernen und zu zeigen, dass sie eine von ihnen war, doch sie würde wahrscheinlich immer bloß die Tochter des Chefs bleiben. Verübeln konnte sie es niemandem. Sie würde wohl das Gleiche denken.

Selbst die Treffen mit Peter konnten Paula nicht aufheitern. Auch wenn ihr erstes Wiedersehen am Hafen und der lange Spaziergang sie einander wieder ganz nahe gebracht hatten, schien doch irgendetwas zwischen ihnen zu stehen. Peter wirkte auf eine seltsame Weise mit sich selbst beschäftigt. Er war liebevoll und fürsorglich, doch es war die Art, wie er Paula ansah. Irgendetwas hatte sich verändert. Sie wusste nicht, was es war oder wie man dieses Gefühl loswerden könnte, und das belastete sie sehr.

Mit dem vergangenen Osterwochenende war schließlich der Tiefpunkt der letzten beiden Wochen erreicht.

»Und jetzt zeigen Sie mir Ihr fröhlichstes Lächeln«, rief der Fotograf, als die Familie sich zum Porträt unter der großen Lärche versammelt hatte. Eine Stunde dauerte es, bis das Licht Richards Wünschen entsprach und der Bildausschnitt passte. Paulas Gesicht war bereits so verkrampft, dass es ihr schwerfiel, die unnatürliche Verformung ihrer Mundwinkel wieder zu lösen.

Anschließend gab es ein mehrgängiges Frühstück, bevor Richard und Hilda sich zurückzogen, um sich für die abendliche Gartenparty chic zu machen, die dank des lauen Frühlingstages wie geplant stattfinden konnte.

Bereits am Vortag hatte der Veranstaltungsservice Pavillons und Tische aufgebaut, Lampen installiert, die Küche in Beschlag genommen und den Garten in einen eleganten weißen Ballsaal auf saftig grünem Grasparkett verwandelt. Hildas Aufregung hatte sich nach einer hektischen Woche zugespitzt, denn es war einer der wichtigsten Events des Jahres. Kunden, Geschäftspartner, Investoren und die Hamburger Oberschicht ließen es sich selbst an Ostern nicht nehmen, die Veranstaltung der Hansens zu besuchen. Erfahrungsgemäß würden die Gäste daher mit Familie kommen. Alles musste wohldurchdacht und perfekt organisiert sein, um auch in den nächsten Jahren mit hochkarätigem Besuch rechnen zu können. Außerdem sollte die Party dazu dienen, Paula als neues Mitglied der Hansen Group in die Kreise der einflussreichsten Menschen der Branche einzuführen.

Am Nachmittag hatte sich Paula auf Wunsch ihrer Mutter in ein für ihren Geschmack viel zu biederes Kostüm gezwängt und saß nun mit Fabi in einem Strandkorb abseits der Pavillons. Viele Stunden hatten die beiden schon an diesem Platz verbracht, sich ihre Zukunft ausgemalt und nicht darüber nachgedacht, dass alles auch anders kommen könnte. Fabi sah gut aus in seinem hellgrauen Anzug. Lediglich das etwas zu weit aufgeknöpfte Hemd und der lockere Pferdeschwanz deuteten darauf hin, dass er nicht wie der Rest der Familie war.

»Ich bin dafür, dass Mum nächstes Jahr eine Mottoparty organisiert statt der immer gleichen weißen Unschuldsnummer.«

Paula lachte. »Welches Motto?«

»Wie wär's mit ›Nutten und Priester‹ wie in dem Film mit Renée Zellweger?«

»Kannst du dir Mama als Nutte vorstellen?«

Jetzt lachte Fabi. »Ich finde Dad als Priester fast unglaubwürdiger.«

Paula schlug ihm mit der flachen Hand auf die Schulter und kicherte.

»Wie läuft's denn im Büro?«, fragte Fabi und streckte seine Beine aus, sodass die Hose etwas hochrutschte und seine bunt gemusterten Socken sichtbar machte.

»Ach ... ganz okay«, antwortete Paula.

»Du hasst es dort, richtig?«

»Es ist ... schwierig«, wich sie aus.

»Du hasst es«, wiederholte Fabi bestätigend.

»Es dauert wahrscheinlich etwas, bis man reinkommt. Das ist normal, denke ich.«

»Ich verstehe nicht, warum du dir das antust, ehrlich. Ich meine, schau dir die ganzen Typen doch mal an, die nachher hier aufkreuzen. Wie hältst du das aus?«

»Papa erwartet es nun mal so. Und ich habe es ihm versprochen.« Paula lockerte den etwas zu engen Kragen ihrer Bluse.

»Du willst es wirklich durchziehen, hm?«

Paula sagte nichts, was Fabi als Antwort genügte.

»Als du deinen Flug nach Hause verpasst hast und dann länger geblieben bist ... Ich habe wirklich gedacht, dass du es dir anders überlegt hast mit der Arbeit. Eigentlich habe ich es sogar gehofft«, sagte er nachdenklich.

»Fabi ... bitte lass es.«

»Ich sag ja nur ... Du musst das nicht machen, wenn du nicht willst.«

Paula nickte langsam. Sie wusste, dass ihrem Bruder viel an ihrem Glück lag und er es nur gut meinte. Darüber reden wollte sie jedoch gerade nicht. Sie hatte sich damit abgefunden, wie es war.

»Okay, ich hole uns erst mal einen Drink«, sagte Fabi und schälte sich stöhnend aus dem Strandkorb. »Kommst du mit?«

Am späten Nachmittag trafen die Gäste ein, und Paula musste, gemeinsam mit ihrer Mutter, jeden von ihnen willkommen heißen. Richard war dafür zuständig, die ersten Gespräche entstehen zu lassen, während Fabi sich um das jüngere Publikum kümmerte. Jeder hatte seine Rolle zu erfüllen.

Später ließ sich Paula widerstrebend von Gespräch zu Gespräch führen, um sich zu präsentieren und, viel wichtiger, ihre Dankbarkeit gegenüber ihrem Vater zu erwähnen. Richard nahm sie noch einmal kurz zur Seite und erinnerte sie daran, welch großes Privileg es war, in seine Fußstapfen treten zu dürfen. Er habe hart für seinen Erfolg arbeiten müssen und erwarte ebenso viel Engagement und harte Arbeit von seiner Tochter. Sie solle sich zusammenreißen und die Chance nutzen, die er ihr bot.

Paula merkte schnell, dass die Gäste weniger an ihr als an ihrem Vater interessiert waren, worüber sie einerseits froh war, was ihr andererseits jedoch gehörig auf die Nerven ging.

»Ich beglückwünsche Sie zu dem Einstieg in das Unternehmen Ihres Vaters, Frau Hansen.«

»Mit einem Mann wie Ihrem Vater an der Seite werden Sie die Branche sicherlich schon bald mitgestalten.«

»Es ist einfach großartig von Ihrem Vater, dass er das Unternehmen in Familienhand belässt.«

Als auch noch der schleimige Martin Grossmann auftauchte und Richard ständig versuchte, die beiden in ein Gespräch zu verwickeln, reichte es Paula.

»Ich gehe kurz meinen Freund anrufen«, sagte sie lauter als notwendig und ging auf die Terrasse hinter der Villa. Als sie kurz zurückblickte, bemerkte sie die Verunsicherung in Martins Gesicht. Offenbar hatte Richard ihm anderweitige Hoffnungen für den heutigen Abend gemacht.

Fabi folgte Paula unauffällig, und die beiden verbrachten den Großteil des Festes abseits der Gäste, womit sich Paula definitiv den nächsten Ärger einhandeln würde. Endlich hatten die beiden jedoch etwas Zeit für sich, und Fabi wollte alles über Mallorca wissen. Paula erzählte ihm von der aufregenden Zeit, den netten Menschen, den schönen Festen und der Unbeschwertheit, die man jede Sekunde spüren konnte. Sie berichtete von einem Mallorca, das ein komplettes Gegenteil zu ihrem Zuhause darstellte.

»Das hört sich richtig cool an! Noch ein Grund mehr, warum ich nicht verstehe, dass du freiwillig zurückgekommen bist.«

Paula ging nicht darauf ein. Sie wollte nie wieder über den Grund ihrer Abreise sprechen, selbst mit ihrem Bruder nicht.

»Fabi, wann sind Mama und Papa eigentlich so geworden?«, fragte sie und lauschte dem Rascheln der Bäume.

»Wie meinst du das?«

»Ich meine … Wann haben sie aufgehört, Freude am Leben zu haben? Wenn du an früher denkst, wann waren die beiden jemals glücklich?«

Fabi sah in sein Whiskey-Glas und ließ die goldene Flüssigkeit kreisen. »Hmm«, machte er. »Ich kann es dir ehrlich nicht sagen. Darüber habe ich mir noch nie Gedanken gemacht. Für mich waren sie eigentlich schon immer, wie sie jetzt sind.«

Paula und Fabi saßen einige Minuten stumm nebeneinander, und beide gruben angestrengt in ihren Erinnerungen, ohne Erfolg. In diesem Moment wurde Paula bewusst, dass sie ihre Eltern überhaupt nicht zu kennen schien. Über ihre Vergangenheit, ihr Kennenlernen, ihre Sorgen und Wünsche als junge Erwachsene, ihre beruflichen Anfänge oder ihre Ehe wurde nie geredet. Paula wusste, dass ihr Vater die Hansen Group gegründet hatte, als sie gerade auf die Welt gekommen war. Innerhalb kürzester Zeit war die junge Familie von einem Randbezirk Hamburgs in ein Loft in der Innenstadt und später in die Hansen-Villa gezogen. Der Mini-Van war gegen einen

Porsche eingetauscht und das rasant wachsende Büro irgendwann in die Speicherstadt verlegt worden. Doch die Zeit vor ihrer Geburt war wie aus den Familienbüchern ausradiert. Paula wusste, dass ihre Eltern aus einfachen Verhältnissen stammten und es nicht immer so rosig um die Familie gestanden hatte. Doch dieser Abschnitt ihres Lebens wurde seit jeher bewusst ausgelassen. Auch die früh verstorbenen Großeltern hatte Paula nie kennenlernen können.

Ob in anderen Familien über solche Dinge gesprochen wurde?, fragte sie sich.

Nachdem alle Gäste das Fest verlassen hatten und Paula sich in ihr Zimmer zurückgezogen hatte, hörte sie laute Schritte auf dem Flur.

»Ich hoffe, du hattest ein schönes Fest, meine liebe Paula?«, fragte Richard mit tiefer Stimme, als er langsam hereinkam.

Paula sagte nichts.

»Weißt du was? Ich habe langsam die Nase voll von deinen Kindereien!«, stieß Richard laut hervor. »Jetzt ist ein für alle Mal Schluss mit dem Theater! Warum meinst du, veranstalten wir jedes Jahr dieses Fest, Paula? Warum? Sag es mir bitte.«

Paula zögerte. »Weil Ostern ist«, meinte sie halblaut.

»Weil Ostern ist …« Richard schnaubte. »Verdammt noch mal, Paula! Meinst du, deine Mutter und ich hatten heute Spaß? Meinst du, es geht hier alles nur um Spaß?«

Paula sah ihrem Vater vorsichtig in die Augen.

»Die wichtigsten Leute aus der Branche waren heute da und sollten dich kennenlernen! Und du verziehst dich mit deinem gelangweilten Bruder hinter das Haus!« Richard schüttelte den Kopf. »Warum erzähle ich dir das eigentlich …«, murmelte er. »Du wirst in den nächsten zwei Wochen jeden verdammten Tag einen Lunchtermin ausmachen! So lange, bis du alle Gespräche aufgeholt hast, die du heute hättest führen sollen!«

Mit diesen Worten drehte er sich um, knallte die Tür zu und beendete das Osterwochenende.

* * *

Lustlos schlug Paula das Exposé wieder auf und arbeitete sich durch die Werbetexte. Sie markierte Fehler, korrigierte überzogene Formulierungen und prüfte den Inhalt auf Abweichungen zur Baubeschreibung. Als sie gerade in einen besonders reißerisch klingenden Absatz vertieft war, bemerkte sie, wie eine Frau in einem weißen Leinenkleid interessiert durch die Glastür sah und anfing, zu lächeln, als sich ihre Blicke trafen. Paula nickte verlegen und widmete sich wieder dem Text.

Plötzlich klopfte es an der Tür, und als Paula erneut aufsah, stand die Frau bereits in ihrem Büro. Ihr halblanges blondes Haar war von einigen grauen Strähnen durchzogen, ihr gebräuntes Gesicht gezeichnet von Lachfältchen, und ihre ganze Erscheinung versprühte eine Energie, von der man sich nur anstecken lassen konnte.

»Bist du Richards Tochter?«, fragte die Frau interessiert, während sie lächelte und ihre strahlend blauen Augen nicht von Paula ließ.

»Äh, ja. Hallo«, stammelte Paula, von der Erscheinung dieser Frau fasziniert, und stand hastig auf.

»Ich heiße Freyja«, antwortete sie und reichte Paula die Hand. »Es freut mich, dich kennenzulernen.«

Freyja setzte sich, als wäre es ihr Büro, und Paula tat es ihr gleich.

»Ich liebe den Hafen«, sagte Freyja und blickte an Paula vorbei durch das Fenster. »Schiffe haben etwas Beruhigendes, nicht wahr?«

»Äh, ja … das finde ich auch.«

»Egal, aus welcher Richtung der Wind bläst, sie finden immer einen Weg, um an ihr Ziel zu gelangen.« Nun sah sie Paula wieder direkt in die Augen. »Arbeitest du schon lange für deinen Vater?«

»Es ist meine dritte Woche«, gestand Paula, ohne zu wissen, wen sie eigentlich vor sich hatte.

Freyja lächelte sanft.

Plötzlich flog die Bürotür auf, und Richard trat hektisch herein. Freyja stand langsam auf und drehte sich zu ihm.

»Hallo Richard.«

»Freyja«, erwiderte er mürrisch und schob sie mit seiner Hand auf ihrem Rücken aus dem Raum. Bevor die beiden in Richtung Richards Büro verschwanden, lächelte Freyja noch einmal durch die Glasfassade und zwinkerte Paula zu. Dann war sie verschwunden.

Wer war das denn?, fragte sich Paula und starrte weiter in den Flur. Und wieso hatte Richard sie so bestimmt aus dem Büro bugsiert? War irgendetwas passiert?

Den gesamten restlichen Nachmittag hallte diese seltsame Begegnung in Paula nach, bevor sie am späten Abend das Büro verließ und sich auf den Heimweg machte. Der Jaguar ihres Vaters war bereits verschwunden, also ging Paula durch die Dunkelheit zu Fuß nach Hause.

Als sie die Tür öffnete und ihren Schlüssel auf dem Sideboard ablegte, merkte sie, wie ihre Augenlider ganz schwer wurden. Sie wollte nur noch eine Kleinigkeit essen und dann sofort ins Bett gehen. Der kommende Tag war bereits mit Terminen durchgeplant, und Paula wusste nicht, wo ihr der Kopf stand.

Sie ging durch den Eingangsbereich Richtung Küche, als sie die laute, hektische Stimme ihrer Mutter hörte. Was war denn nun schon wieder los? Paula streckte den Kopf durch die Wohnzimmertür und vernahm nun auch die aufgebrachte Stimme ihres Vaters.

Paula schlich durch den langen Raum und blieb nahe dem Büro stehen.

»Ich dachte, du hast alles unter Kontrolle!«, rief Hilda beinahe hysterisch. »Ich dachte, wir müssten sie nie wiedersehen!« Hilda schien auf und ab zu gehen.

»Hilda, beruhige dich! Sie blufft nur!«

»Und dann lässt du unser Kind auch noch nach Mallorca fahren und unternimmst nichts!« Eine Hand schlug auf den schweren Schreibtisch. »Du weißt doch, was alles auf dem Spiel steht!«

Die Bürotür fiel krachend ins Schloss und verschluckte das Gespräch. Paula atmete schwer. Sie schlich vorsichtig wieder in den Flur. Was hatte das zu bedeuten? Über wen hatten die beiden gesprochen? Über die Frau aus dem Büro? Was hatte das mit Mallorca zu tun? Und was stand auf dem Spiel?

12

Erleichtert lehnte sich Paula in ihrem Stuhl zurück und betrachtete ihren Terminkalender. Der letzte Lunchtermin war geschafft. Ihre Strafe für das verpasste Osterfest war abgesessen. Heute hatte Paula den Chef der Behörde für Stadtentwicklung und Wohnen in ein piekfeines Restaurant in der Innenstadt ausführen müssen.

Der rundliche Mann im zu kurzen Anzug hatte Paula intensiv durch seine randlose Brille gemustert. Das Kobe-Steak hatte er förmlich in sich hineingeschlungen, als hätte er seit Tagen nichts gegessen. Um den Termin nicht unnötig in die Länge zu ziehen, hatte Paula selbst es bei einem kleinen Salat belassen. Als ihr Gegenüber allerdings noch einen Nachtisch bestellt hatte, hatte Paula aufgegeben und das weitere Gespräch über sich ergehen lassen, ohne auf die Uhr zu sehen.

Bereits in den letzten Tagen war sie mit renommierten Architekten, Politikern und Baumogulen zum Lunch verabredet gewesen. Ihr Vater hatte ihr eingebläut, den Herren ein wenig Honig ums Maul zu schmieren, ohne aufdringlich zu sein, eine Flasche vom besten Champagner zu bestellen und natürlich die Rechnung zu übernehmen. Sie war sich dabei lächerlich und fehl am Platz vorgekommen. Für Paula hätte auch ein Sandwich aus der Bäckerei gereicht, das sie an ihrem Schreibtisch gegessen hätte. Doch nun hatten sich Rechnungen über jeweils mehr als dreihundert Euro für ein Mittagessen zu zweit angesammelt.

So ging Paulas Vater bei allen Entscheidern vor, deren Gunst er gewinnen wollte. Sein Netzwerk umfasste alles, was Rang und Namen hatte, und sorgte für Insider-Informationen, Grundstücks-Vorkaufsrechte und beschleunigte Prozesse bei der Absegnung von Bebauungsplänen.

Auf Paulas Frage hin, ob das nicht grenzwertig oder sogar illegal sei, hatte Richard nur gelacht.

»Merke dir, Paula, du musst die Leute für dich gewinnen, bevor du sie brauchst, nicht erst danach. Dann kommen die Gefälligkeiten von ganz allein, und alles ist sauber.«

Im Anschluss an den Lunchtermin quälte sich Paula durch die neuesten Analysen der Interessenten-Datenbank. Über fünfzigtausend Kontakte befanden sich darin, die sich deutschlandweit für Luxusimmobilien interessierten. Paulas Aufgabe bestand darin, diese potenziellen Kunden nach Merkmalen zu gruppieren, um sie möglichst genau auf deren Wünsche und finanzielle Möglichkeiten ansprechen zu können. Das verkürzte die Vermarktungszeit eines Projekts drastisch und bedeutete schnellen Umsatz mit großem Gewinnanteil.

Es waren keine weiteren Meetings mehr geplant, und die Auswertung der Analyse würde erst am nächsten Tag besprochen werden, also entschied sich Paula, die Unterlagen auf der heimischen Terrasse durchzusehen. Sie packte ihre Sachen, aktivierte die Rufumleitung auf ihrem Telefon und verließ schnellen Schrittes das Büro, bevor etwas oder jemand ihren Plan gefährden konnte.

Zu Hause angekommen, setzte sich Paula auf die Terrasse und sah dem Gärtner einen Moment lang bei der Arbeit zu. Er sah glücklich aus, als er die letzten Zweige der Hecke stutzte und anschließend seine Werkzeuge zusammensuchte. Die Sonne war bereits hinter den Hausdächern verschwunden und sein Arbeitstag beendet. Dann griff Paula nach ihren mitgebrachten Dokumenten und ging die Analysen durch.

Zwei Tage waren vergangen, seit Paula das Gespräch ihrer Eltern belauscht hatte, und ihr gingen die Worte nicht mehr aus dem Kopf.

»Ich dachte, wir müssten sie nie wiedersehen!«

»Und dann lässt du unser Kind auch noch nach Mallorca fahren und unternimmst nichts!«

»Du weißt doch, was alles auf dem Spiel steht!«

Es hatte etwas Bedrohliches gehabt, so wie Hildas Stimme dabei vibriert hatte. War es Zufall gewesen, dass diese Frau am gleichen Tag im Büro aufgetaucht war, oder hatte sie etwas damit zu tun? Paula musste es wissen. Sie musste ihre Mutter darauf ansprechen.

Ein Klingeln an der Tür unterbrach ihre Gedanken. Wer konnte das um die Uhrzeit sein? Paula wollte gerade aufstehen, um dem Besuch zu entgehen, als sie ihre Mutter im Flur mit jemandem sprechen hörte.

»Paula ist auf der Terrasse.«

»Äh, sie … ist hier? Ich dachte, sie sei noch im Büro.«

Schritte hallten durch den großen Flur.

»Ich …«, begann Paula und verschluckte den Rest des Satzes, als Peter auf die Terrasse trat.

»Peter? Was machst du denn hier?«

»Hi Babe«, sagte er verlegen und gab Paula einen zurückhaltenden Kuss.

»Setz dich … möchtest du was trinken?«

»Habt ihr Bier?«

Paula verschwand in der Küche und kam wenig später mit zwei Bierflaschen wieder.

»Hier«, sagte sie und reichte Peter eine davon.

»Danke. Du auch?«, wunderte sich Peter und nahm einen großen Schluck.

»Peter, was machst du hier?«, fragte Paula erneut und nippte ebenfalls an ihrem Bier. »Du warst noch nie freiwillig bei mir zu Hause.«

»Ich wollte … mal schauen, wie es dir geht«, sagte er und sah sich unsicher um. »Eigentlich … also, eigentlich muss ich auch gleich schon wieder los.« Er trank einen weiteren großen Schluck, sodass die Flasche nahezu leer war.

Paula sah ihn fragend an. »Peter, was ist los?«

»Also … also, ich wollte es dir eigentlich morgen sagen.«

»Was sagen?«, fragte Paula ungeduldig und setzte sich in ihrem Gartenstuhl auf.

»Ich bin … also ich werde … etwas länger weg sein.« Er sah Paula nicht an, sondern kratzte mit dem Fingernagel an dem Etikett der Flasche.

»Peter, es ist spät, und ich muss noch etwas für morgen vorbereiten. Sag mir jetzt bitte, was los ist«, forderte Paula und stellte ihre Flasche ab.

»Babe, ich werde für ein Jahr wegfahren. Zum Surfen.«

Paulas Gesicht fühlte sich plötzlich wie eingefroren an.

»Ich meine …«, begann Peter erneut. »Ich will etwas erleben, weißt du. Und du wolltest ja nicht auf Mallorca bleiben. Ich meine … ich hätte dich gern besucht und …«

»Peter, weißt du eigentlich, was du da redest?«, fragte Paula und krallte sich an ihrer Stuhllehne fest.

»Ich weiß, es hört sich erst mal komisch an …«, erklärte er, »aber ich hatte das Gefühl, dass sich irgendwas zwischen uns verändert hat.« Er hob den Blick. »Vielleicht tut uns eine kleine Pause ganz gut. Du hast total viel zu tun mit deinem Job und mit deinem Dad …«

Paula legte die Hände auf ihr Gesicht und atmete tief. »Peter, du kannst mich doch nicht einfach im Stich lassen.«

Paula schluchzte. »Es ist so viel passiert, und ich weiß, wir hätten darüber reden müssen, aber du kannst doch nicht einfach gehen ...«

Peter erhob sich. »Es tut mir leid, Paula, ehrlich. Aber ich muss los.«

Fassungslos stand Paula an der Terrassentür und sah ihm nach. Das war es also? Eine einjährige Surftour mit offenem Ausgang? Oder hatte Peter gerade ihre Beziehung beendet? Hatte er, ohne mit Paula darüber zu sprechen, die Konsequenz aus den letzten Wochen gezogen?

Erst als Paula im Bett lag und noch einige Nachrichten mit Peter ausgetauscht hatte, begriff sie, was vorhin passiert war. Er würde morgen nach Südfrankreich fahren und ließ Paula zurück. Sie hatte ihm nicht das bieten können, wonach er sich offenbar sehnte. Sie war nicht das lockere Mädchen gewesen, mit dem man nächtelang durchfeiern konnte, ohne an morgen zu denken. Er hatte es nicht ausgesprochen, aber Paula wusste, dass ihre Beziehung beendet war. Über eine Stunde lang hatte sie noch auf das leuchtende Display gestarrt und auf eine Nachricht gehofft, in der stand, dass sie sich irrte. Dann hatte sie aufgegeben und die Augen geschlossen.

13

Die frische Morgenluft fühlte sich angenehm auf Paulas Gesicht an, denn ihr Kopf glühte von all den Gedanken, die sich darin aufstauten. Sie konnte immer noch nicht fassen, dass Peter gestern seine Reise und die damit verbundene Beziehungspause verkündet hatte, als wäre gar nichts dabei. Er warf ihre mehr als zwei Jahre lange Beziehung einfach hin und ging davon aus, dass sie später da weitermachen würden, wo sie aufgehört hatten, wenn er wiederkam. *Die Zeit wird uns guttun, Paula*, hatte er am Abend geschrieben. *So können wir beide erst einmal durchatmen und herausfinden, was wir wirklich wollen.*

Paulas Sicht auf den Hafen verschwamm, als Tränen sich den Weg über ihre Wangen suchten. Warum lässt ausgerechnet du mich im Stich, Peter?, dachte sie. Warum du?

Paula rang um ihre Fassung, als sie die Straße betrat, an deren Ende sich das Büro befand. Normalerweise genoss sie die zwanzig Minuten, die es dauerte, zur Arbeit zu gelangen. Sie genoss die frische Luft, die Nähe zum Hafen und die kurze Zeit der Freiheit, bevor sie an den gläsernen Wänden des Hochglanzgebäudes emporblickte und gedanklich schon die Aufgaben des Tages durchging. In ihrer gedrückten Stimmung kam ihr die Fassade heute fast wie eine Gefängnismauer vor.

Ein beklemmendes Gefühl stieg in Paula auf. In den letzten Wochen war nichts davon eingetreten, was sie sich erhofft hatte. Ihr Vater war ihr gegenüber kalt und distanziert, ihre Mutter fragte kein einziges Mal, ob ihr die Arbeit denn Spaß machte und alles so liefe, wie sie es sich vorgestellt hatte. Paula hatte sich nicht überwinden können, wenigstens Fabi von dem Vorfall auf Mallorca zu erzählen, um das Erlebte zu verarbeiten, und Peter saß nun schon im Bus auf dem Weg nach Südfrankreich, um dort den Sommer und voraussichtlich auch den nächsten Winter zu verbringen.

Paula hielt ihre Schlüsselkarte an den Sensor, und die Eingangstür des Hochhauses öffnete sich. Um diese Zeit war es noch absolut still im gesamten Gebäude. Die meisten Mitarbeiter fingen gegen acht Uhr an, zu arbeiten, also hatte Paula noch mindestens eine halbe Stunde Ruhe, die sie heute besonders brauchte.

Sie fuhr mit dem Fahrstuhl in die neunte Etage und ging durch den Flur zu ihrem Büro. Sie legte ihre Jacke ab, bog um die Ecke in die Kaffeeküche und machte sich einen Cappuccino. Nachdem ihr Laptop hochgefahren war, öffnete sie eine Nachrichtenseite, nahm einen Schluck von dem Cappuccino, der ihr mittlerweile sehr gut gelang, und fing an, zu lesen.

Nach und nach füllte sich das Stockwerk, und beim Vorbeigehen grüßten alle Mitarbeiter Paula mit überschwänglicher Höflichkeit. Paula nickte stets freundlich, obwohl sie wusste, dass die Freundlichkeit auf der anderen Seite der Glaswand nur vorgetäuscht war. Von einer redseligen Praktikantin hatte Paula erfahren, dass die meisten Kollegen sie abfällig *First Lady* nannten, wenn sie über sie redeten, und kein Blatt vor den Mund zu nehmen schienen, wenn es um ihre fehlende Erfahrung und Kompetenz ging.

Paula war das alles nach nur drei Wochen bereits egal. Sie hatte das Gefühl, dass sie erst fünfzig werden müsste, um hier in einer anderen Art und Weise wahrgenommen zu werden.

Als Paula den letzten Cappuccino-Schaum aus der Tasse schlürfte, fiel ihr ein Artikel ins Auge und zog sofort ihre gesamte Aufmerksamkeit auf sich.

»Weißer Hai auf Mallorca gesichtet!«, warnte die große Überschrift. Gebannt fing Paula an, zu lesen. Sie hatte immer gedacht, dass es keine Weißen Haie im Mittelmeer gebe. Tatsächlich war nahe der Insel Cabrera, die etwa fünfzehn Kilometer südlich von Mallorca lag, ein drei Meter langer Weißer Hai von einem Forschungsboot entdeckt worden – das erste Exemplar seit mehr als zehn Jahren. Allerdings war er nur ein einziges Mal gesichtet worden und dann höchstwahrscheinlich weitergezogen. Trotz des bedrohlich wirkenden Titelbildes musste Paula unwillkürlich schmunzeln. Sie stellte sich vor, dass selbst ein gefährliches Tier wie ein Hai irgendwo auf der Welt Eltern haben musste, die ihn nach Hause zitierten, sollte er zu lange wegbleiben.

Paula war froh über diese interessante Ablenkung und ließ die Seite geöffnet. Sie wollte sich später weitere Artikel über diese ungewöhnliche Entdeckung durchlesen.

Als Martha außer Atem an Paulas Tür auftauchte, war klar: Dies würde ein hektischer Tag werden.

»Was ist los, Martha?«

»Sell… Sellweg & Partner«, keuchte Martha. »Sie haben sich das Grundstück an den Alsterwiesen geschnappt.«

Paula sah auf ihren Schreibtisch. Sie hatte eine Kopie der Bebauungspläne bereits vor sich liegen. Ihrem Vater war das Grundstück zugesichert worden, und nun war es ihm offensichtlich von einem seiner schärfsten Konkurrenten vor der Nase weggekauft worden. Der Tag würde also weitaus schlimmer werden als noch vor fünf Minuten befürchtet.

»Diesen Mistkerl machen wir fertig!«, hörte Paula ihren Vater auch schon rufen, als er an ihrem Büro vorbeieilte. »Martha, bring mir Sellweg, die Ratte, ans Telefon, sofort!«

Martha eilte ihm hinterher und suchte bereits auf ihrem Handy nach der Nummer.

Paula wollte nicht in der Haut von Sellweg & Partner stecken. Sie hatte bereits den einen oder anderen Vorgeschmack auf die Rachepläne ihres Vaters bei geschäftlichen Angelegenheiten bekommen.

Statt sich weiterhin damit zu beschäftigen, griff sie nach der aktuellen Vermarktungsanalyse eines anderen Projekts und ging in den Konferenzraum, um das Morgenmeeting abzuhalten.

Hey, wie geht's dir?, las Paula von ihrem Handy ab. *Geht so ... erzähle ich später, ok?*, tippte sie schnell, drückte auf Senden und betrat den Konferenzraum. Sie wollte Clara später genauer berichten, was es Neues gab.

Wegen unzähliger Meetings war es Paula zwar gelungen, ihrem Vater bisher aus dem Weg zu gehen, allerdings brauchte sie jetzt eine kurze Pause und ließ sich in ihren Bürostuhl fallen. Sie drückte eine Taste auf ihrem Laptop, und der Hai-Artikel erschien. Paula sah sich noch einmal das Bild des kräftigen Tieres an. Sie bekam Gänsehaut bei dem Gedanken, diesem Geschöpf im Wasser zu begegnen.

Ein Klopfen an der Tür ließ Paula zusammenzucken. »Haben Sie mich erschreckt!«

»Oh, Entschuldigung, das wollte ich nicht«, sagte die Frau und lächelte.

Paula sah sie erstaunt an. Es war dieselbe Frau, die sich einige Tage zuvor als Freyja vorgestellt hatte. Sie blieb stehen und schien an Paula vorbeizuschauen.

»Interessant, das mit dem Hai, nicht?« Sie deutete auf Paulas Laptop-Bildschirm.

»Ach so, äh, ja. Ein wenig gruselig sieht er aber schon aus.«

Freyja setzte sich.

»Er hat sich vielleicht ... verschwommen«, scherzte Paula und setzte sich ebenfalls.

»Das glaube ich nicht!«, erwiderte Freyja und sah Paula sekundenlang in die Augen. Erneut konnte Paula die Energie spüren, die von dieser Frau ausging. Ihre lockere Haltung, die Ausstrahlung, das Selbstvertrauen. In ihrer Gegenwart fühlte sich Paula, als könnte sie einfach Paula sein und müsste sich nicht wie bei ihren Kollegen verstellen.

»Wieso glauben Sie das nicht?«

»Ich glaube, der Hai wollte etwas Neues entdecken, aus seiner gewohnten Umgebung an andere Orte des Mittelmeers ausbrechen, um einen schöneren Platz zum Leben zu finden.«

Paula lauschte ihr gebannt. Redete die Frau gerade noch über den Hai, oder philosophierte sie über das Leben?

»Warst du schon einmal auf Mallorca?«

»Ja«, antwortete Paula und schluckte. »Ehrlich gesagt war ich vor einigen Wochen zum ersten Mal dort.«

»Oh wie schön. Hat es dir gefallen?«

»Ja, sehr. Waren Sie auch schon einmal dort?«

»Ich lebe dort. Für mich ist es der wunderbarste Ort der Welt.«

»Das kann ich verstehen.« Paula konnte sich bildlich vorstellen, wie gut Freyja auf die Insel passte.

»Macht dir die Arbeit bei deinem Vater Spaß?«, fragte Freyja unvermittelt und sah Paula weiterhin tief in die Augen.

»Es ist okay«, antwortete Paula, ohne darüber nachzudenken, ob die Frage angebracht war, geschweige denn, ob womöglich sie die Frau war, über die ihre Eltern geredet hatten. »Also, ich meine, ja, natürlich«, korrigierte sich Paula, als ihr klar wurde, was sie da gerade einer wildfremden Person gesagt hatte.

Freyja lachte.

Plötzlich näherte sich ein lautes Stampfen dem Büro.

»Ich fürchte, ich muss schon wieder los«, sagte Freyja gelassen und erhob sich vom Stuhl.

Schon stand Richard vor dem Büro, riss die Tür auf und wartete offensichtlich darauf, dass Freyja diesmal den Raum freiwillig verließ.

Paulas Blick wechselte irritiert zwischen Freyja und ihrem Vater.

Plötzlich beugte sie sich zu Paula hinunter und flüsterte ihr ins Ohr: »Es gibt Tage im Leben, an denen du Dinge tust, die du an anderen Tagen nicht tun würdest. An diesen Tagen bist du frei, Paula. Diese Tage können dein Leben verändern.«

Sie sah Paula erneut in die Augen. »Komm mich einmal besuchen, wenn du auf der Insel bist.« Dann drehte sie sich um und folgte Richard aus dem Büro.

Paula fühlte sich elektrisiert. Was für eine faszinierende Frau, dachte sie. Als sie sich wieder sammelte und auf den Schreibtisch sah, entdeckte sie eine Visitenkarte.

Freyja Matthiessen stand in geschwungener Schrift über einer mallorquinischen Adresse und einer Telefonnummer. Schnell steckte Paula die Karte in ihre Hosentasche, als würde sie etwas Verbotenes tun.

Was hatte diese Unbekannte nur gemeint? *Es gibt Tage im Leben, an denen du Dinge tust, die du an anderen Tagen nicht tun würdest. An diesen Tagen bist du frei, Paula. Diese Tage können dein Leben verändern.*

* * *

Paula sah, wie sich ihr Vater bereits den dritten Scotch einschenkte. Er war merklich schlecht gelaunt nach Hause gekommen, und seine Laune schien sich durch den Alkohol nicht verbessert zu haben.

Das gesamte Büro hatte nach der Mitteilung von dem entgangenen Grundstück kopfgestanden. Eine ganze Schar von Anwälten hatte sich im Konferenzraum versammelt und

Richard alle weiteren Termine absagen lassen. Dennoch schien das Advokaten-Kollektiv keine Lösung für das Problem gefunden zu haben. Der Kauf des begehrten Grundstücks durch die Konkurrenz war rechtens gewesen und nicht mehr zu ändern.

Als Richard anschließend noch die Unbekannte aus Mallorca aus Paulas Büro zitiert hatte, war er sogar noch übellauniger geworden. Paula merkte, dass etwas mit dieser Frau vorgefallen sein musste, und konnte es nicht auf sich beruhen lassen.

Als Richard in seinem Arbeitszimmer verschwunden war und die Tür laut hinter sich geschlossen hatte, fasste sich Paula ein Herz und ging in das Esszimmer zu ihrer Mutter.

»Mama ...«, begann sie zögerlich.

»Ja, Kind? Hast du schon Hunger? Das Essen ist bestimmt gleich fertig.«

»Nein. Also ja, aber ich kann warten.«

»Was ist denn dann?«

Paula nestelte nervös an ihrer Bluse herum. »Ich habe euch letztens gehört ...«

Hilda wandte sich zu ihr und sah sie fragend an.

»Ihr habt über eine Frau gesprochen, von der du dachtest, dass ihr sie nie wiedersehen müsst«, sagte Paula.

Hilda zuckte zusammen, griff Paulas Oberarm und zog sie unsanft durch das Esszimmer in die Speisekammer. »Was hast du noch gehört?«, fragte sie scharf.

Paulas Oberarm schmerzte. Sie wand sich aus dem Griff ihrer Mutter und sah sie verstört an. »Ich ...« Einen Moment lang dachte Paula darüber nach, alles zu erzählen, entschied sich aber dagegen. »Mehr nicht«, log sie. »Das war schon alles.«

Hilda wirkte erleichtert, doch ihre zusammengekniffenen Augen entspannten sich nicht. »Dass du bloß deinem Vater nichts davon erzählst, hörst du? Diese Frau hat schon genug

Schaden angerichtet! Du redest nie wieder davon, hast du verstanden?«

Paula machte einen Schritt zurück und stieß gegen ein Regal. »O… okay«, stammelte sie.

Wortlos verließ Hilda den Raum.

Paula atmete einige Male tief durch. So streng und aufgebracht hatte sie ihre Mutter selten gesehen. Auf was für ein Wespennest war sie denn da gestoßen?

Nachdem sich Paula etwas beruhigt hatte, setzte sie sich in das Esszimmer und dachte über den Vorfall nach, ohne eine sinnvolle Erklärung zu finden. Wenig später kam ihre Mutter ebenfalls herein und platzierte fröhlich einen zusätzlichen Teller und Besteck auf dem Tisch.

Obwohl sich Paula eigentlich eher über den erstaunlichen Stimmungswechsel ihrer Mutter und deren Verhalten wundern sollte, schenkte sie ihre ganze Aufmerksamkeit erst mal dem vierten Gedeck.

»Kommt Fabi heute auch?«, fragte sie, doch Hilda ging nicht darauf ein.

»Richard kommst du?«, rief sie stattdessen.

Es klingelte an der Haustür.

»Ich mache auf«, rief Richard durch den Flur.

Paula hörte leises Gemurmel, dann Schritte.

»Es tut mir wirklich sehr leid für die Verspätung, Herr Hansen. Sie wissen ja, wie einnehmend mein Vater sein kann.«

Paulas Herz setzte einen Moment aus. Das war nicht Fabi.

»Martin, schön, dass Sie kommen konnten«, sagte Hilda fröhlich.

»Vielen Dank für die Einladung, Frau Hansen. Es duftet köstlich. Der ist für Sie. Ein 2009er Villacreces Nebro. Ich hoffe, Sie mögen Rotwein!«, erwiderte Martin Grossmann und reichte Paulas Mutter die edle Flasche. »Hallo Paula. Schön, dich zu sehen.«

Paula sprang auf. Ihr Atem wurde immer schneller. Ihr Körper verkrampfte sich.

»Ist das euer verdammter Ernst?«, rief sie dann und sah abwechselnd ihre Mutter und ihren Vater mit entsetzten Blicken an. Martin Grossmann schenkte sie keine Beachtung.

»Paula, was ist denn nur los?«, fragte Hilda empört.

Wut kochte in Paula hoch. Sie ballte die Fäuste so fest, dass sie morgen schmerzen würden. Sie konnte spüren, wie ihr Gesicht sich rot färbte, so rot, dass einige Adern zu platzen drohten. Ihre Schläfen pochten.

Martin sah betreten zu Boden.

»Paula!«, sagte Richard gereizt, doch die stürmte an ihm vorbei in die Eingangshalle.

Richard eilte ihr hinterher, holte sie kurz vor der großen Wendeltreppe ein und hielt sie an der Schulter fest. »Du benimmst dich jetzt gefälligst und führst dich nicht auf wie eine Fünfjährige! Was soll das denn?«

Paula merkte erst jetzt, dass sie weinte, doch es war ihr egal. Sie drehte sich zu ihrem Vater und sah ihm direkt in die Augen. »Ein Tag! Vor einem Tag erfährst du, dass mein Freund für ein Jahr ins Ausland geht, und schon schleppst du Martin Grossmann an?«

Richard hielt ihrem Blick stand. Nicht nur das. Paula sah ein kleines, aber deutliches Lächeln auf seinen Lippen.

»Und das findest du auch noch witzig? Ich liebe Peter. Ich weiß, er ist nicht perfekt, aber ich gebe uns noch eine Chance. Und du kannst nichts dagegen machen!«, schluchzte sie.

Richards Lächeln wurde breiter. Dann nahm er einen Schluck aus dem Glas, das er nach wie vor in der Hand hielt.

»Was ist denn daran bitte so lustig?«, fragte Paula mit Nachdruck.

»Dein Freund Peter …«, begann Richard ruhig, »dein Freund Peter fährt gerade in einem nagelneuen VW-Bus Richtung Frankreich.«

Paulas Tränenfluss stoppte blitzartig.

Richard lachte. »Hat er dir nicht davon erzählt?«, fragte er triumphierend.

Paula fühlte sich, als würde ihre Lunge kollabieren.

»*Dein Freund* Peter hat es vorgezogen, sich ein schönes Auto von mir kaufen zu lassen und damit durch Europa zu fahren, anstatt bei dir zu sein«, fuhr er fort und nahm erneut einen Schluck von seinem Scotch. »Er hat gestern den Schlüssel abgeholt.«

Paula taumelte. »Du lügst!«, schrie sie, doch dann kamen ihr Bruchstücke einer Unterhaltung mit Peter in den Sinn.

Er meinte, dass es sich für mich lohnen würde. Ich sollte dir aber nichts davon sagen.

»Nein!«, rief Paula. »Hör auf damit!«

Richard blieb ganz ruhig. Er zog sein Handy aus der Hosentasche, tippte einige Male mit dem Finger auf dem Display und hielt es Paula hin, sodass sie die Nachricht lesen konnte.

Noch einmal danke für den Bus, Herr Hansen. Das bleibt aber unter uns, ok? Peter

Paula krallte sich am Treppengeländer fest. Der Boden schien Wellen zu schlagen, und sie drohte den Halt zu verlieren.

»Nein … nein … nein!«, stammelte sie.

»Kannst du dich nun endlich auf deine richtige Zukunft konzentrieren, deine Zukunft als Hansen-Tochter?«, fragte Richard bestimmt.

Auch Hilda und Martin standen nun am Rand der Eingangshalle und beobachteten die Szene mit offenem Mund.

»Lasst sie nur. Sie kommt gleich«, beschwichtigte Richard und wandte sich seinem Gast zu. »Komm, Martin, das Essen ist sicher so weit.«

Paula ließ sich auf eine Treppenstufe sinken. Tränen tropften auf ihre Bluse, bevor sie ihr Gesicht mit den Händen abstützte. »Peter«, schluchzte sie. »Was hast du nur gemacht?«

Minutenlang saß Paula stumm auf der Treppe. Es war niemand da, um sie zu trösten, niemand, um ihr Mut zu machen, dass es für all das eine Erklärung geben musste, niemand der sie aus diesem Albtraum aufweckte.

Ihre Tränen verschwammen zu Bildern. Paula sah dunkelblaues Wasser. Etwas rauschte an ihr vorbei. Sie sah einen großen Weißen Hai auf der Suche nach einem besseren Leben. Er zwinkerte ihr zu. Sie sah Freyja, die sich zu ihr hinunterbeugte, die Hand nach ihr ausstreckte und ihr etwas ins Ohr flüsterte.

Es gibt Tage im Leben, an denen du Dinge tust, die du an anderen Tagen nicht tun würdest. An diesen Tagen bist du frei, Paula. Diese Tage können dein Leben verändern.

14

Der Morgen begann kühl, denn die Sonne hatte noch nicht ihren Weg durch die Wolken gefunden. Paula verschränkte ihre Arme etwas fester vor der Brust. Der steinige Boden drückte sich durch ihre leichten Schuhe, doch sie setzte einen Fuß vor den anderen, ohne darüber nachzudenken. Sie sog die frische Luft ein und roch den angenehmen Duft des kürzlich niedergegangenen Regenschauers, der die trockene Erde hatte aufquellen lassen.

Noch einige Schritte, dann erreichte sie den Rand des lichten Waldes. Sie hörte ein Rauschen und blickte schließlich über einen Felsvorsprung, hinter dem sich das weite Meer scheinbar endlos bis zum Horizont zog.

Paula setzte sich auf einen Felsen und sah hinüber zu dem verschlafenen Ort. Es war erst sechs Uhr morgens, und kein Mensch war ihr auf dem Weg hierher begegnet. Sie war völlig allein, so allein, dass ihr erneut die Tränen kamen, als sie an den Abend vorgestern dachte.

Ihr eigener Vater hatte ihren Freund bestochen, offensichtlich um ihn für längere Zeit aus Paulas Nähe zu schaffen. Es war nicht nur die Skrupellosigkeit ihres Vaters, sondern auch Peters fehlende Integrität, die sie so entsetzte. Wie hatte sie sich so in ihm täuschen können? Paula hatte sich nicht nur im Stich gelassen gefühlt, sondern verraten und betrogen. Wie hatte das nur passieren können? Was hatte sie falsch gemacht? Womit hatte sie das verdient? Als ob das nicht schon genug gewesen wäre, hatte Richard prompt auch noch Martin Grossmann, den Sohn seines Rivalen und strategischen Traumschwiegersohn, zum Essen eingeladen. Kraftlos hatte sich Paula in ihr Zimmer zurückgezogen und versucht, zu realisieren, was passiert war. Mit zitternden Fingern hatte sie eine Nachricht an Peter getippt.

Sag mir, dass das nicht wahr ist mit dem Bus. Bitte sag es mir.

Er hat es dir also doch erzählt ...

hatte Peters kurze Antwort gelautet.

Mehr hatte Paula nicht ertragen können. Obwohl sie auf dem Display gesehen hatte, dass Peter erneut getippt hatte, hatte sie seinen Kontakt blockiert und das Handy aufs Bett geworfen. Sie hatte sich auf der Kommode abgestützt und mit bebendem Atem versucht, nicht die Kontrolle über sich zu verlieren.

Eine Stunde später war Paula leise die Treppe hinuntergegangen, eine schwere Reisetasche in der Hand und einen großen Rucksack auf dem Rücken. Ihr Herz hatte heftig geklopft, als sie das Haus verlassen hatte und auf das Taxi zugegangen war, das bereits am Ende des beleuchteten Weges gewartet hatte. Wollte sie das wirklich durchziehen?

Als das Taxi gerade losgefahren war, hatte sie aus dem Augenwinkel ihren Vater gesehen. Er hatte unter den hohen Säulen der Villa an der Haustür gestanden und Zigarrenrauch in die Luft geblasen.

Paula hatte sich nicht zu ihm umgedreht, nicht mehr zurückgesehen. Sie wollte sich überhaupt nicht mehr umdrehen und niemandem mehr nachsehen. Sie hatte genug von dieser Fassade, dieser Emotionslosigkeit, dieser Skrupellosigkeit ... von diesem Leben. Nervös hatte sie nach der Visitenkarte gegriffen, die immer noch in ihrer Hosentasche gesteckt hatte, und über den festen Karton gestrichen. Ein Kribbeln hatte sich in ihrem Magen ausgebreitet.

»Heute ist der Tag«, hatte sie geflüstert.

Nach einer langen Nacht auf einem der harten Sessel des Terminals hatte Paula das Flugzeug bestiegen und war wenige Stunden später in Palma de Mallorca gelandet. Sie hatte noch unterwegs die erstbeste Pension in einem Ort namens Banyalbufar über ihr Handy gebucht, war in ein Taxi gestiegen und hatte den Rest des Tages in dem kleinen, muffigen Zimmer geschlafen.

Nun saß Paula auf dem Felsen, das Meer zum Greifen nahe, und ihr Kopf fühlte sich vollkommen leer an. Sie hatte keinen Plan, keine Vorstellung davon, was sie tun oder nicht tun sollte. Sie hatte keine Termine, keine Verpflichtungen und keine Ziele. Fühlte sich so die Freiheit an? Oder war es pure Einsamkeit? Oder etwas von beidem? Erst hatte es sich wie Weglaufen angefühlt, doch immer mehr kam es Paula vor, als wenn sie auf etwas zulief. Sie konnte es nicht beschreiben.

Paula hatte ihre Eltern stets geachtet, sie respektvoll behandelt und war ihren Wünschen nachgekommen, ohne dabei eigene zu entwickeln. Doch der gestrige Tag hatte ihr die Augen geöffnet. Sie wollte nicht so sein wie ihre Eltern. Sie wollte kein vorgezeichnetes Leben führen, in dem es ausschließlich darum ging, sich unterzuordnen und den Ansprüchen anderer zu genügen. Sie wollte nicht wie sie eine Fassade aus Freundlichkeit aufbauen, tief im Inneren aber herrschsüchtig, egoistisch und eiskalt sein.

Paula dachte an die seltsame, aber denkwürdige Begegnung mit Freyja. Sie wusste nichts über diese Frau, und dennoch hatte sie ihre Ausstrahlung und die von ihr ausgehende Stärke von der ersten Sekunde an bewundert. Wie hätte Freyja wohl an ihrer Stelle gehandelt? Dann dachte sie weiter zurück, an die Zeit hier auf Mallorca. Wie hätten die letzten Wochen wohl ausgesehen, wäre Paula nicht zu Sophies Hochzeit geflogen? Hätte sie jemals den Mut gehabt, sich ihrem Vater zu widersetzen? Vermisste ein Vogel die Freiheit, wenn er sie gar nicht kannte, weil er sein Leben lang in einem Käfig verbracht hatte? Oder vermisste er sie erst, nachdem er sich das erste Mal, wenn auch nur für kurze Zeit, aus seinem Käfig hatte befreien können? Paula hatte das Gefühl, dass diese Insel etwas in ihr ausgelöst hatte, und sie musste herausfinden, was es war.

Sie tippte eine Nachricht.

Hallo Clara, wollen wir uns nachher treffen?

* * *

»Peter hat mich gegen ein neues Auto eingetauscht, Clara. Kannst du dir das vorstellen?«, sagte Paula leise, nachdem sie alle Vorkommnisse der vergangenen Tage zusammengefasst hatte.

Eigentlich wollte Paula ihre Sorgen erst einmal für sich behalten, doch nachdem sich die beiden innig begrüßt hatten, hatte Clara Paula ermuntert, zu erzählen, warum es ihr nicht gut ging.

»So ein Idiot!«, schimpfte Clara.

»Ich hätte alles ertragen, wenn wenigstens er zu mir gehalten hätte.«

»Du musst nichts ertragen, Paula. Dein Bruder hat recht mit dem, was er sagt. Du kannst machen, was du möchtest, was dich glücklich macht. Das solltest du sogar tun.«

»Wenn ich nur wüsste, was das ist …«

»Das findest du schon heraus. Und bis dahin bleibst du erst einmal hier.«

Ein verzweifelter Lacher entfuhr Paula.

»Wer hätte gedacht, dass wir beide einmal hier sitzen und ich mein Herz bei dir ausschütte, nach dem Start, den wir hatten.«

»Stimmt, die kaputten Gläser musst du noch bei Claudia abarbeiten«, sagte Clara und kicherte. »Aber im Ernst, hast du nicht Lust, wieder im Catering zu arbeiten? Die neue Aushilfe hat bereits nach einer Woche hingeschmissen, die Stelle ist also wieder frei …«

Paula war gerührt über dieses Angebot. »Das weiß ich wirklich sehr zu schätzen, Clara. Alles, was du schon für mich getan hast. Ich denke, ich muss mir aber erst einmal klar darüber werden, wie es weitergeht. Meinst du denn, Claudia würde mich noch einmal nehmen?«

Clara zuckte mit den Schultern. »Du hast doch einen guten Draht zu ihr, und außerdem war sie doch selbst schon mal in einer ähnlichen Situation. Sie wird dich vielleicht noch etwas mehr beanspruchen als normalerweise, aber sie gibt dir sicher noch eine Chance.«

Paula war dankbar für Claras Zuversicht und die Möglichkeit, noch einmal bei Claudia vorsprechen zu können. Dennoch wollte sie, sich selbst und Claudia zuliebe, diesmal nicht überstürzt handeln, sondern erst einmal in Ruhe nachdenken und eine Nacht darüber schlafen.

In einer kleinen Bar nahe ihrer Pension lud Paula Clara zu Tapas und Wein ein.

»Ich glaube, die Insel wird dich so schnell nicht mehr loslassen«, sagte Clara zum Abschied und winkte Paula durch das Fenster ihres Fiats zu, der langsam in der Dunkelheit verschwand.

15

Paula war früh aufgestanden und fühlte sich lebendig und ausge-
schlafen. Der gestrige Abend mit Clara hatte ihr Mut gemacht,
und sie bereute keinen Moment lang ihre Entscheidung, nach
Mallorca gekommen zu sein. Sie hatte zwar immer noch keine
Vorstellung davon, wie es weitergehen würde, aber sie spürte
förmlich, wie sehr sie den Abstand von zu Hause brauchte. Auf
der Insel zu sein, fühlte sich richtig an, und sie entschloss sich,
erst einmal hierzubleiben und Claudia zu bitten, wieder bei ihr
arbeiten zu dürfen. Alle Nachrichten und Anrufe ihrer Mutter
hatte sie ignoriert und dabei kein schlechtes Gewissen gehabt.

Nach einem schnellen Frühstück im Speiseraum der
Pension hatte sich Paula die Busverbindungen zu Claudias
Firma herausgesucht und wollte ihr ganz offen und ehrlich ihre
momentane Situation erklären. Es war nur fair, Claudia darüber
zu informieren, dass sie nicht wusste, wie lange sie tatsächlich
bleiben würde oder wie es weiterging. Paula war auf alles gefasst
und ermahnte sich, nicht enttäuscht zu sein, falls sie den Job
nicht zurückbekommen würde.

Der Bus hatte etwas Verspätung, doch Paula erreichte den
Anschluss, sodass sie sogar noch vor acht Uhr am Eingang von
Sabor – Mallorca Catering stand. Es war noch niemand da, also

setzte sie sich auf die Stufe und wartete, während die ersten Sonnenstrahlen durch die Wolken blitzten.

Pünktlich um acht rollte Claudias Cabrio in die Einfahrt. Paula stand hastig auf. Als sie die skeptischen Blicke der Cateringchefin sah, die den Wagen an Paula vorbei auf den Hinterhof lenkte, stieg Paulas Aufregung. Hatte sie sich das wirklich gut überlegt? Wie würde Claudia reagieren? Paula hatte sich dazu entschlossen, bei Claudia vorzusprechen, bevor Clara sie hatte ankündigen können. Sie wollte es allein schaffen. Aber war es eine gute Idee?

Unruhig wippte Paula mit dem Fuß, als Claudia um die Ecke bog und durch den knirschenden Kies auf sie zusteuerte. Paula hatte den Eindruck, dass sie nicht gerade erfreut aussah.

Als Claudia jedoch vor Paula stehen blieb und sie anblickte, zeichnete sich ein feines Lächeln auf ihren Lippen ab.

»Hola, Claudia.«

»Ich wusste, dass wir uns wiedersehen«, sagte Claudia sanft. »Komm rein, ich brauche erst einmal einen Kaffee.«

Verdutzt ging Paula hinter ihr her und sah schweigend zu, wie sie zwei doppelte Espresso in der Küche zubereitete.

»So, wie geht's dir? Was führt dich zu mir?«, fragte Claudia schließlich, als sie Paula eine Tasse reichte und sich in ihren Bürostuhl setzte.

Paula hielt die Tasse mit beiden Händen fest.

»Ich möchte mich entschuldigen«, begann sie mit gesenktem Blick. »Ich hätte nicht einfach abreisen sollen, aber es ... es ging nicht anders.«

Claudia trank einen Schluck Espresso.

»Ich brauchte etwas Zeit, und jetzt ... jetzt bin ich hier und möchte gern wieder für Sie arbeiten.«

Claudia beugte sich etwas nach vorn und sah Paula an.

»Warum bist du wieder auf Mallorca?«

Paula zögerte. Sie hatte sich vorgenommen, Claudia nichts vorzuenthalten. Jetzt fühlte es sich allerdings seltsam an. Dennoch fasste sich Paula ein Herz und begann, zu erzählen.

»Mein Vater hat ein Unternehmen in Hamburg, wissen Sie. Er hat mich mein Leben lang darauf vorbereitet, es einmal zu übernehmen. Es gab für mich nie eine andere Option. An dem Tag, an dem ich hier bei Ihnen angefangen habe, hätte ich eigentlich bei meinem Vater anfangen sollen. Als ich wieder nach Hamburg geflogen bin, ist alles anders gewesen, als ich es mir erhofft hatte. Meine Eltern, sie ...«

Paula schluckte und machte eine kurze Pause.

»Mein Vater hat mich hintergangen ... und mein Freund Peter ebenfalls. Ich ... ich kann momentan nicht wieder zurück.«

Paula spürte eine große Erleichterung, als sie ihre Gedanken erneut aussprach.

Claudia streckte ihre Hand über den Schreibtisch und legte sie auf Paulas. »Ich weiß genau, wie du dich fühlst, glaub mir. Aber das Gefühl wird sich verändern, wenn du erst einmal herausgefunden hast, was du wirklich möchtest. Die Stelle ist noch frei, du kannst also gern wieder ...«

»Moment«, unterbrach Paula sie.

Claudia hob erwartungsvoll die Augenbrauen.

»Ich möchte nur, dass Sie wissen, dass ich ... ich weiß noch nicht, wie lange ich bleiben werde und kann nichts versprechen. Ich wollte nur, dass Sie das wissen.«

Claudia lachte.

»Das ist in Ordnung. Aber du musst dringend an deiner eigenen Präsentation arbeiten«, sagte sie. »Du solltest einem Arbeitgeber lieber sagen, warum er dich einstellen sollte, und nicht, warum er es nicht tun sollte.«

Paula schmunzelte.

»Zweifle nie an dir.« Claudia hob ihre Tasse und trank den letzten Schluck des starken Espresso. »Ich kümmere mich um den Papierkram. Wenn du länger bleiben möchtest, brauchst du eine NIE-Nummer, das ist eine Steuernummer. Und eine Versicherung.«

Paula strahlte.

»Und jetzt ab an die Arbeit!«

Paula nickte hastig. »Ich werde Sie nicht enttäuschen.«

»Das hoffe ich!«, erwiderte Claudia lächelnd. »Und jetzt raus mit dir.«

»Danke, Claudia!«, sagte Paula und verließ freudestrahlend das Büro. Sie hatte es geschafft.

Im Flur hörte sie die Eingangstür zufallen und erkannte Clara im fahlen Licht. Clara blieb stehen und sah Paula erstaunt an. Nachdem Paula lächelnd nickte, stieß Clara einen Schrei aus, lief auf sie zu und umarmte sie.

Gemeinsam gingen sie durch die Küche, und Clara löcherte Paula mit Fragen.

* * *

Am nächsten Tag blieb der Caterer geschlossen. Paula hatte zwar angeboten, trotzdem zu arbeiten, doch Claudia hatte dankend abgelehnt. Der Dienstag sei zur Erholung gedacht, und Paula solle ihn nutzen, um erst einmal in Ruhe anzukommen. Die nächste Zeit werde hektisch genug werden.

Clara musste heute ihrem Vater helfen, also hatte Paula den Tag mit einem ausgiebigen Frühstück begonnen und sich anschließend nach einem günstigen Mietwagen erkundigt. Zwar waren die Bushaltestellen nicht weit von Pension und Arbeitsstelle entfernt, doch sie wollte mobil sein, um in der freien Zeit die Insel ein wenig erkunden zu können.

Am Vormittag hatte Paula an der Mietwagenstation des Flughafens schließlich einen Fiat 500 in Empfang genommen und fuhr mit offenen Fenstern aus dem Parkhaus. In einer dahinter gelegenen Parkbucht brachte sie das Auto zum Stehen und dachte nach. Seit ihrer Abreise musste sie ständig an Freyja denken, die mysteriöse Bekannte aus dem Büro. Sie musste diese Frau noch einmal sehen, um herauszufinden, was es mit ihr auf sich hatte. Paula zog das Handy aus ihrer Hosentasche und suchte im Portemonnaie nach Freyjas Visitenkarte.

Hallo Freyja, hier ist Paula Hansen. Ich bin zufällig auf Mallorca. Wollen wir uns treffen?, tippte sie, bevor sie den Text wieder löschte. Schließlich öffnete sie die Karten-App und tippte Freyjas Adresse in die Eingabemaske. *Navigation starten.*

Der Ort namens Bunyola lag etwa fünfzehn Kilometer nördlich von Palma und direkt an den Ausläufern des Tramuntanagebirges.

Angespannt lenkte Paula den Wagen durch einen Kreisel, auf die Autobahn und schließlich auf die Ma-11 Richtung Sóller. Während sie den Bergen immer näher kam, überlegte sie, was sie Freyja eigentlich sagen wollte. War sie es, über die ihre Eltern geredet hatten? Was hatte Paulas Mutter damit gemeint, dass alles auf dem Spiel stand? Und was hatte sie damit zu tun? War Freyja vielleicht doch nicht so freundlich und offen, wie Paula dachte?

Als sie den Ort erreichte, der von Bergen eingefasst war, war Paula erneut fasziniert von der Schönheit dieser Insel. Strahlend weiße Häuser mit grünen Fensterläden, kleine Gärten mit Oliven- und Orangenbäumen und dahinter der Blick auf die wunderschönen Berge.

Die Navigationsapp führte Paula über verwinkelte Straßen, vorbei an einem Rathaus bis zum Ortsausgangsschild. Offensichtlich wohnte Freyja gar nicht im Ort selbst, sondern etwa einen Kilometer außerhalb. Hier wurde die Straße zu einem Kiesweg, der sich Kurve um Kurve den Berg hochschlängelte.

Ihr Ziel befindet sich links, sagte die monotone Frauenstimme der App, als Paula langsamer wurde. Sie bog nach links ab und fuhr weiter zwischen ausladenden Bäumen hindurch, bis sie ein Haus entdeckte. Trotz der schönen Umgebung und der wärmenden Sonne war sie nervös. Noch nervöser wurde sie, als sie einen roten Kleinwagen vor dem Haus sah. Es musste also jemand da sein.

Das zweistöckige Gebäude sah aus wie ein traditionelles, in die Jahre gekommenes Herrenhaus im Stil einer Finca. Die Fassade bestand aus rauen Steinen, und von den Fensterläden blätterte die grüne Farbe. Den Eingang bildete eine geschwungene Flügeltür aus verwittertem Holz. Alles wirkte charmant und gemütlich, ein schöner Ort zum Leben.

Bitte wenden, sagte die Frauenstimme aus der App und brachte Paula dazu, tatsächlich über diese Option nachzudenken. *Was mache ich eigentlich hier?*, fragte sie sich.

Dann zog sie energisch den Schlüssel aus dem Zündschloss und stieg aus. Sie ging auf die große Pforte zu und suchte nach der Klingel. Sie fand keine, also schlug sie mit dem schweren Klopfer zweimal gegen das Holz.

Sofort ertönte ein lautes Bellen aus dem Inneren, und Paula fuhr zurück. Als sich wenig später die Tür quietschend öffnete, liefen mindestens acht Fellknäuel auf Paula zu und sprangen an ihr hoch. Obwohl sie ein wenig erschrak, streichelte sie die Tiere, die sich daraufhin schnell beruhigten und im Rudel zurückflitzten.

»Das ist ja eine Überraschung!«, sagte die Frau im grünen Sommerkleid, die nun im Eingang erschien und strahlte. »Paula Hansen!«

»Hallo«, antwortete Paula und versuchte unbeholfen, ihre von den Hunden verschmutzte Hose sauberzuwischen, und streckte ihre Hand zur Begrüßung aus.

Freyja trat auf Paula zu, ignorierte die ausgestreckte Hand und küsste Paula rechts und links auf die Wange. »Willkommen auf Mallorca! Magst du nicht reinkommen?«

Freyja deutete in Richtung Holzpforte, und Paula trat ein. Der Anblick raubte ihr den Atem. Sie stand in einem mit Terrakottafliesen ausgelegten Patio, einem spanischen Innenhof, dessen Mitte ein alter Ziehbrunnen bildete. Drei der umliegenden Seiten bestanden aus überdachten und grün berankten Fluren, von denen jeweils Türen abgingen. Die vierte Seite war offen, und man sah eine weite Terrasse, die den Blick auf den Ort und die dahinterliegenden Berge preisgab.

»Das ist ... wirklich wunderschön«, staunte Paula.

»Vielen Dank. Komm ruhig rein. Die Rasselbande ist schon wieder im Garten verschwunden.«

Freyja ging über den Innenhof Richtung Terrasse. »Du hast Glück, ich bin erst gestern Abend wiedergekommen. Magst du etwas trinken? Ich habe frischen Eistee mit eigenen Zitronen.«

Paula folgte ihr. »Sehr gern, danke.«

Auf der beplankten und überdachten Terrasse stand ein großer Holztisch, an dem bequem zehn Personen Platz fanden. Freyja deutete auf einen der Sessel und ging zu einem Kühlschrank in der Ecke. Paula setzte sich.

Freyja kam strahlend zum Tisch zurück, stellte zwei Gläser ab und goss Eistee aus einer Karaffe, in der Zitronenstücke schwammen.

»Ich hoffe, ich störe nicht.«

»Quatsch! Schön, dass du hier bist. Was führt dich auf die Insel? Der Hai? Oder das Geschäft?«, fragte Freyja amüsiert und setzte sich ebenfalls.

Paula lächelte. »Nichts von beidem. Also ... ich, äh ...«

»Schon gut, du brauchst dich nicht zu erklären«, kam Freyja ihr zu Hilfe. »Bleibst du denn länger?«

»Ja«, sagte Paula schneller als beabsichtigt, woraufhin Freyja erneut lachte.

»Okay, das ist eine Ansage. Du wirst es hier mögen, das verspreche ich dir.«

Plötzlich streifte Paula etwas an ihrem Bein. Als sie nach unten sah, entdeckte sie einen kleinen, braun-weiß gefleckten Hund mit zerzausten Ohren.

»Und schon hast du deine erste Freundin gefunden«, stellte Freyja fest. »Das ist Cielo.«

Die kleine Hündin stieg mit den Vorderbeinen auf Paulas Sessel, legte ihren Kopf auf ihrem Oberschenkel ab und sah sie mit treuen Augen an.

»Hallo Cielo. Du bist ja eine Hübsche.«

»Cielo bedeutet Himmel. Leider fand sie ihr Vorbesitzer nicht so himmlisch, daher ist sie erst einmal bei mir.«

Paula sah Freyja fragend an.

»Das Tierheim ist völlig überlastet, und ich nehme ab und zu Hunde bei mir auf. Momentan sind es zehn.«

»Du wirst sicher schnell ein neues Zuhause finden«, sagte Paula und streichelte Cielos flauschigen Kopf, der noch immer auf ihrem Bein ruhte.

»Was hast du denn vor auf Mallorca? Siehst du dir die Insel ein wenig an, bevor es wieder ins verregnete Hamburg geht?«

»Ich … also ich habe einen Job.«

»Wow, Glückwunsch. Das hört sich in der Tat längerfristig an.«

»Na ja, ich weiß es noch nicht genau.«

»Wo arbeitest du denn? Bei einem Makler? Davon gibt es hier ja tatsächlich viele.«

»In einer Cateringfirma. Und was machen Sie eigentlich?«, fragte Paula und biss sich auf die Lippe. Das war direkter als beabsichtigt.

Freyja lachte. »Ich habe schon viel gemacht. Momentan bin ich Coach und Trainerin für ein zufriedeneres Leben. Ich denke, der neumodische Begriff ist Lifecoach. Ich lade Einzelpersonen und kleine Gruppen nach Mallorca ein und helfe ihnen, ausgeglichener und zufriedener mit sich und ihrem Leben zu sein.«

Paula fühlte sich in ihrem ersten Eindruck bestätigt. Mit Freyjas ansteckender Energie würde kein Beruf der Welt besser zu ihr passen.

»Wie bist du denn zu diesem Cateringjob gekommen?«, fragte Freyja gespannt. »Es ist wirklich nicht einfach, hier auf der Insel Arbeit zu finden.«

Paula fing an, von Sophies Hochzeit zu erzählen, davon, wie sie dort Clara kennengelernt hatte und wie sie zufällig in diesem Aushilfsjob gelandet war, der ihr zugegebenermaßen sehr viel Spaß machte. Je mehr sie erzählte, desto unbeschwerter wurde sie. Freyja war sehr interessiert, und so entwickelte sich ein munteres Gespräch, das bis weit nach Sonnenuntergang dauerte. Paula genoss Freyjas Gegenwart und traute sich schließlich auch, danach zu fragen, was sie in Hamburg gemacht hatte und woher sie ihren Vater kannte.

Paula meinte, ein kurzes Zögern in Freyjas Gesicht gesehen zu haben, dann erzählte sie jedoch von ihrem kürzlich verstorbenen Ehemann, der ihr in Hamburg eine Immobilie hinterlassen hatte, die Richard für sie verkaufte. Es kam Paula etwas seltsam vor, da die Firma ihres Vaters in der Regel keine Einzelimmobilien vertrieb, doch dann schalt sie sich sofort für die gemeine Unterstellung, es könne etwas nicht stimmen. Schließlich war Freyja sehr nett zu ihr, obwohl der Schmerz über ihren Verlust noch sehr tief sitzen musste.

Als die letzten Orangetöne vom Himmel verschwunden waren, verabschiedete sich Paula, und Freyja begleitete sie zur Tür. Paula konnte sich beim besten Willen nicht ausmalen, dass Freyja die Person war, über die ihre Eltern gesprochen hatten.

Es ergab einfach keinen Sinn. Freyja war eine nette, liebenswürdige Frau, die Paula bereits jetzt bewunderte. Selbst nach dem Tod ihres Mannes schien sie das Leben positiv zu sehen und das Beste daraus machen zu wollen.

Als Paula die Tür ihres Mietwagens öffnete, rief Freyja ihr noch einmal hinterher.

»Paula, wo wohnst du eigentlich?«

Paula sah unsicher zu dem beleuchteten Hauseingang. »In einer kleinen Pension in Banyalbufar.«

Freyja kam einige Schritte auf Paula zu.

»Das mag vielleicht etwas komisch klingen, aber ich habe mehr als genug Platz und ... also, wenn du magst, kannst du eine Zeit lang hier wohnen. Ich könnte sowieso ein wenig Hilfe mit den Hunden gebrauchen.«

Paula lächelte. Auf Mallorca schienen die Dinge etwas anders zu laufen als bei ihr zu Hause. Und an diese Lebensart könnte sie sich gewöhnen.

16

»Komm mit, Cielo!«, rief Paula, und die kleine Hündin trottete ihr hinterher. »Jetzt gibt es erst mal Frühstück.«

Paula schöpfte mit einer Tasse etwas Trockenfutter aus einem Behälter und schüttete es in Cielos Napf.

»Möchtest du auch etwas frühstücken?«, rief Paula durch die Tür Richtung Innenhof.

»Nein danke. Aber nimm dir ruhig den restlichen Kuchen, es wäre sonst schade darum«, rief Freyja zurück.

Paula schenkte sich einen Kaffee ein, griff nach dem Teller mit dem Kuchenrest und ging hinaus auf die Terrasse. Der Himmel war völlig klar, und die aufgehende Sonne würde viel Platz haben, um ihre Kraft zu entfalten. Es war bereits Anfang Mai, und die Tage wurden zusehends wärmer.

Mehr als vier Wochen waren vergangen, seit Paula bei Freyja eingezogen war. Obwohl Paula nicht wusste, wieso sie keinerlei Bedenken oder Zweifel gehabt hatte, hatte sie nicht lange überlegt und das Angebot dankend angenommen. Am Tag darauf hatte sie bereits die Pension verlassen und war mit Rucksack und Reisetasche zu Freyja gefahren, um eines der Zimmer im Obergeschoss zu beziehen. Es fühlte sich an, als wäre sie zu Gast bei einer guten Freundin oder einer Tante, nicht bei einer wildfremden Frau, die sie erst wenige Tage zuvor zufällig in der Firma ihres Vaters kennengelernt hatte. Zu Hause in Hamburg hätte Paula solch ein Angebot niemals angenommen, doch hier schien alles möglich zu sein.

Die Wochen waren wie im Flug vergangen. Die Arbeit mit Clara, Claudia und den Köchen machte Paula große Freude, und sie hatte das Gefühl, jeden Tag etwas Neues zu lernen. Schnell hatte sie sich in den Ablauf der Veranstaltungen eingearbeitet und durfte mittlerweile sogar eigene kleine Projekte betreuen. Sie erforschte wunderschöne Orte auf der ganzen Insel, belieferte ausgelassene Feiern mit leckerem Essen und traf jeden Tag interessante, nette Menschen.

Clara war ihr sehr ans Herz gewachsen und eine enge Freundin geworden, mit der sie all ihre Sorgen teilte. Die beiden arbeiteten nicht nur zusammen, sondern trafen sich abends mit Claras Freunden, gingen an freien Tagen wandern oder machten Ausflüge in abgelegene Buchten, die außer Clara niemand zu kennen schien.

Nachdem einige Tage vergangen waren, hatte Paula all ihren Mut zusammengenommen, ihre Mutter angerufen und ihr gesagt, dass sie erst einmal hierbleiben würde. Es war ihr sehr schwergefallen, sich zusammenzureißen, denn weder sie noch Richard zeigten auch nur annähernd Verständnis für Paulas Verhalten.

»Kind, wir haben uns wirklich nichts vorzuwerfen«, hatte Hilda am Telefon gesagt. »Wir möchten doch nur das Beste für dich.«

Es zerriss Paula innerlich. Doch so traurig sie darüber war, das Gespräch machte es ihr überraschend leicht, kein schlechtes Gewissen, keine Zweifel und keine Reue empfinden zu müssen. Paula hatte wenigstens den Hauch einer Entschuldigung erwartet, doch es passierte nichts dergleichen. Stattdessen musste sie weitere Vorwürfe und Anschuldigungen über sich ergehen lassen, bis sie das Telefonat beendete.

Freyja hatte sie in den Arm genommen und nicht mehr losgelassen. Sie hatte das gemacht, was Paula von ihrer Mutter erwartet hätte, sie getröstet. Freyja musste nicht alles wissen, was vorgefallen war, sie musste nicht abwägen, wer Schuld an der Sache hatte, sie war einfach für Paula da gewesen, als sie eine Schulter zum Anlehnen brauchte. Es fühlte sich unbeschreiblich vertraut an. Ein Gefühl, das Paula nicht kannte, von dem sie nun aber wusste, dass es ihr ein Leben lang gefehlt hatte.

Morgens hatte sie meistens die Hunde versorgt, von denen mittlerweile alle außer Cielo vermittelt werden konnten. Sie war mit ihnen vom Haus aus spazieren gegangen, und abends, wenn keine Veranstaltung und auch sonst nichts los war, saß sie oft stundenlang mit Freyja auf der Terrasse. Die beiden sprachen über Paulas Kindheit, ihre Sorgen und Ängste, ihre Ziele … und es kristallisierte sich immer klarer heraus, dass Paula ihre Zukunft nicht im Unternehmen ihres Vaters sah. Selbst ein Leben in Hamburg kam ihr mittlerweile befremdlich vor. Zu sehr genoss sie die malerischen Sonnenuntergänge, den frischen Duft nach Kiefern und Oliven, die Sprache, die temperamentvollen Menschen und das Gefühl von Freiheit.

Freyja war Paula gegenüber sehr offen und erzählte viele interessante Geschichten aus ihrem Leben. Sie hatte ebenfalls mal in Hamburg gewohnt, dort studiert und einen Job angenommen, den sie von Anfang an gehasst hatte. Eines Tages war sie als Urlauberin auf die Insel gekommen und hatte sich prompt in einen charmanten Mann verliebt. Sie erzählte, wie sie sich entfremdet hatten, die Liebe zur Insel war jedoch bis heute geblieben. Sie erzählte auch, wie sie ihren Mann Ramon kennengelernt und wie dessen Liebe sie durch viele schwere Zeiten getragen hatte, bis sie ihn schließlich beerdigen musste. Ramon schien ein liebenswerter Mensch gewesen zu sein, und manchmal sah Paula, wie Freyja vor einem seiner Fotos stand und weinte.

Paula erkannte viele Parallelen zu ihrer Chefin Claudia und war sehr froh darüber, zwei so starke und einfühlsame Frauen kennengelernt zu haben. Sie hoffte, eines Tages etwas Gutes für die beiden tun und sich für ihre Unterstützung erkenntlich zeigen zu können.

So offen Freyja über sich und ihr Leben sprach, Paula hatte das seltsame Gefühl, dass sie sich anders verhielt, wenn das Thema auf Paulas Vater kam. Auf ihre Frage hin, woher sich die beiden kannten, hatte Freyja gezögert und etwas verunsichert gesagt, dass sie damals auch eine Zeit lang mit Immobilien zu tun gehabt hatte. Die beiden hätten sich über ein Projekt kennengelernt, seitdem aber keinen Kontakt mehr gehabt. Es klang für Paula durchaus plausibel, dennoch passte diese leichte Unsicherheit nicht zu Freyjas sonstigem Auftreten. Der Höflichkeit halber hakte Paula nicht weiter nach. Sie wollte Freyjas Gastfreundschaft und Offenheit nicht überstrapazieren, schließlich war sie es gewesen, die sie hier aufgenommen und umsorgt hatte. Dafür war sie ihr unglaublich dankbar.

Paula tippte eine kurze Nachricht an Fabi, streichelte Cielo noch einmal über den wuscheligen Kopf und griff nach dem Autoschlüssel.

»Ich bin dann unterwegs, bis heute Abend«, rief sie und verließ das Haus. Der Mietwagen erinnerte sie daran, sich dringend um einen anderen fahrbaren Untersatz zu bemühen, denn der Wagen war zwar verhältnismäßig günstig, jedoch immer noch zu teuer für ihr schmales Gehalt.

Nach einer halben Stunde Fahrt im allmorgendlichen Stau in Richtung Palma kam Paula bei ihrer Arbeitsstelle an und stürzte sich auf die anstehenden Aufgaben.

Am Nachmittag machten sie und Clara sich im Lieferwagen auf den Weg zum fünfzigsten Geburtstag eines offensichtlich sehr wohlhabenden Mallorquiners. Claudia setzte große Hoffnungen darauf, Folgeaufträge aus diesem exquisiten Event zu generieren, und somit war die Speiseauswahl deutlich gehobener als bei sonstigen Veranstaltungen. Ein Freund war ihr einen Gefallen schuldig gewesen und hatte sie dem Gastgeber wärmstens empfohlen.

Fröhlich plappernd fuhren die beiden Richtung Norden und blieben vor einem riesigen blickdichten Metalltor stehen, neben dem sich links und rechts meterhohe Hecken erhoben. Eine Sprechanlage mit Kamera blinkte und rauschte kurz, dann öffnete sich das Tor wie von Zauberhand, und Clara ließ den Wagen den Weg entlangrollen. Das Gelände hatte die Anmutung eines botanischen Gartens. Der saftig grüne Rasen wirkte wie mit der Nagelschere gestutzt, Büsche und Bäume waren kugelartig zugeschnitten, und exotische Pflanzen säumten in langen Reihen den Weg.

»Ich wette, wir werden gleich auf Waffen überprüft«, scherzte Clara.

Tatsächlich gab es Sicherheitspersonal, das die beiden allerdings nach einem kurzen Blick durchwinkte. Clara brachte den Wagen vor einem Lieferanteneingang zum Stehen.

»Das ist mal eine abgefahrene Hütte«, stellte Clara fest. Das moderne Haus war riesig, voll verglast und auf den ersten Blick sehr nobel eingerichtet.

Paula sah an sich herunter und fühlte sich prompt unwohl in ihrer mittlerweile abgenutzten Jeans und den Turnschuhen.

»Wir sind keine Gäste, sondern bringen nur das Essen«, sagte Clara lachend. »Also mach dich nicht verrückt.«

Ein adrett gekleideter Kellner trat aus dem Lieferanteneingang und winkte die beiden zu sich. Nach einer kurzen Abstimmung öffneten Paula und Clara die Tür zur Ladefläche und fingen an, die frisch polierten Warmhaltebehälter durch einen Gang hinaus auf die riesige Terrasse zu tragen. Ebenso wie das Haus war sie puristisch und edel. Auf Teakholzbrettern standen elegant eingedeckte Tische. Vor der Terrasse befand sich ein lang gezogener Pool, dessen Ecken abstrakte bronzefarbene Kunstwerke schmückten. Nahe dem Pool waren mehrere Kellner versammelt, die offenbar eine letzte Besprechung vor der Veranstaltung abhielten.

Paula fühlte sich an Hamburger Empfänge erinnert und hoffte inständig, keine weiteren Aufträge dieser Art zu erhalten. Sie mochte die freundliche Atmosphäre der alten, bewohnten Fincas lieber und kam sich hier deplatziert vor.

Nach und nach trugen die beiden die Edelstahlbehälter zum Büfett, und Clara sah Paula skeptisch an.

»Paula, das reicht doch niemals für die vielen Gäste«, flüsterte sie.

»Machen Sie sich keine Sorgen, Señora. Unser Küchenteam wird sich um Hauptgericht und alle weiteren Speisen kümmern. Es wird niemand Hunger leiden müssen«, sagte der adrette Kellner, der plötzlich hinter Clara auftauchte.

Clara nickte sichtlich verlegen.

»Wären die Damen so freundlich, Schöpfkellen aus der Küche zu besorgen? Wir haben den Auftrag, dass am Büfett alles zusammenpassen soll.« Dann verschwand er im Inneren des Hauses.

Paula kicherte, als sie Claras hochroten Kopf bemerkte.

»Ich gehe schon. Zündest du schon mal die Brennpaste an?«

»Zu Befehl, gnädige Frau«, antwortete Clara, die den Tonfall des hochnäsigen Kellners nachahmte.

Grinsend machte sich Paula auf den Weg und fand wenig später die Küche, die mindestens so geräumig war wie die Großküche im Catering. Drei Köche in Kochbekleidung und weißen Kochmützen standen an den Arbeitsflächen und hackten Kräuter, filetierten frische Fische und schmeckten köstlich duftende Soßen ab.

»Äh, hallo. Ich bräuchte einige Schöpfkellen für das Büfett«, sagte Paula vorsichtig. Sie wollte die konzentriert arbeitenden Köche nicht erschrecken. »¿Hola, perdón?«, hakte sie noch einmal nach.

»Wie viele brauchst du denn?«, fragte eine Stimme hinter Paula.

Sie erschrak, drehte sich ruckartig um und stieß mit dem Ellbogen gegen einen Stapel Töpfe, die scheppernd auf den Boden fielen.

Vor Schreck taumelte Paula nach hinten, prallte gegen einen der Köche, und ein weiterer Topf fiel krachend zu Boden. Tomatensoße spritzte durch den Raum.

»¡Mierda!«, rief der entsetzte Koch und versuchte, sich vor den Soßenspritzern zu schützen.

»Verdammt!«, stieß Paula aus. »Das tut mir schrecklich leid!« Sofort bückte sie sich und fing hektisch an, die Töpfe einzusammeln. Als sie ihren Blick hob, sah sie einen hochgewachsenen jungen Mann in schwarzer Kochschürze vor sich. Sein blondes Haar war zu einem Dutt gebunden, und seine geschwungenen Lippen zeigten ein sanftes Lächeln.

Paula spürte, wie sich ihr Gesicht in Sekundenbruchteilen rot färbte. Das Lächeln gehörte dem Mann, der auf der Hochzeitsfeier den Ast abgefangen hatte. Ein Koch also. Jetzt im Tageslicht kam ihr irgendwas an ihm bekannt vor.

»Ist alles in Ordnung?«, fragte der Mann ruhig.

Als Paula in seine strahlend blauen Augen sah, merkte sie, wie sich die Röte bis zu ihrem Hals ausbreitete.

»Äh, ja, alles okay«, stammelte sie. »Ich … also, ich habe mich noch gar nicht bedankt für den Einsatz mit dem Ast.«

»War doch selbstverständlich«, sagte er. »Es war bestimmt noch eine schöne Feier.«

Paula nickte stumm und versuchte, nicht weiter in seine Augen zu starren.

»Lass das ruhig liegen, wir machen gleich sauber.«

»Gut«, erwiderte Paula kurz und stand auf.

»Wie viele brauchst du denn?«

»Was?«

»Wie viele Kellen?«, fragte der Mann schmunzelnd.

»Äh, fünf.«

Der Mann griff hinter sich, zählte die Schöpfkellen ab und reichte sie Paula.

»Ich …«

»Danke«, unterbrach sie ihn, griff nach den Kellen und verließ hastig die Küche.

Als Paula wieder am Büfett erschien, fragte Clara sie amüsiert: »Was ist denn mit dir passiert?«

»Nichts, wieso?«

»Du bist voller Tomatensoße!«

Irritiert sah Paula an sich herunter und lief erneut rot an. Überall auf ihrer Hose waren dunkelrote Tomatenspritzer.

»Ach nichts. Es ist nur etwas heruntergefallen«, sagte sie beiläufig. »Hier sind die Kellen, können wir los?«

Clara lachte. »Na gut, lass uns fahren. Aber dann erzählst du mir, was wirklich passiert ist!«

Als die beiden gerade die Terrasse überquert hatten und in den Gang zurück zum Auto einbiegen wollten, rief eine Männerstimme hinter ihnen.

»Clara?«

Clara blieb ruckartig stehen. »Das gibt's doch nicht! Was machst du denn hier?« Sie lief auf den blonden Koch zu und warf sich in seine Arme.

Paula lief weiter und blieb erst am Ende des Flures stehen. Sie wollte nicht noch eine peinliche Situation durchstehen müssen.

Clara schien diesen Koch offensichtlich zu kennen. Die beiden unterhielten sich angeregt.

»Paula, komm doch mal!«, rief Clara ihr hinterher. Widerwillig setzte sich Paula in Bewegung.

»Tut mir echt leid wegen der Soße«, sagte sie und versuchte, dem Blick des Mannes auszuweichen.

»Ach, du warst das mit der Tomatensoße?«, fragte Clara den Koch fröhlich. »Darf ich vorstellen, das ist der Koch, von dem ich Deutsch gelernt habe. Paula, Theo. Theo, Paula.«

Erschrocken sah Paula nach oben und musterte Theos Gesicht. Dann drehte sie sich ruckartig um. »Okay, dann tschüss«, murmelte sie, ging zum Auto und stieg ein, ohne sich noch einmal umzudrehen.

Zwei Minuten später kam auch Clara nach, allein. Paula atmete einmal tief durch.

»Was war das denn gerade?«, fragte Clara fassungslos, als sie ebenfalls in den Lieferwagen stieg.

»Der Koch … Ich glaube, ich kenne ihn«, antwortete Paula.

17

»Na, was macht ihr denn schon hier?«, sagte Freyja erfreut.

»Das Probeessen war früher fertig als erwartet, und Claudia hat uns nach Hause geschickt«, antwortete Paula und hielt einige Tupperdosen in die Höhe. »Wir haben leckere Sachen dabei.«

Paula und Clara gingen durch den Innenhof und stellten das Essen ab, während Freyja Teller und Besteck aus der Küche besorgte. Im Schatten der Nachmittagssonne machten es sich die drei gemütlich, ließen es sich schmecken und erzählten einander von den Ereignissen des Tages. Clara war mittlerweile regelmäßig hier zu Gast und mochte Freyja ebenso gern wie Paula. Cielo lag gemütlich zu Paulas Füßen und streckte sich.

»Hast du Freyja schon von Theo erzählt?«, fragte Clara und grinste.

»Theo? Nein, wer ist das?«, fragte Freyja interessiert.

Clara amüsierte sich köstlich über die bösen Blicke von Paula.

»Wir haben gestern eine Veranstaltung beliefert, und Paula hat in der Küche einen Stapel Töpfe samt Tomatensoße abgeräumt. Theo war offensichtlich der Grund für Paulas

Unkonzentriertheit. Und sie scheint ihn irgendwoher zu kennen. Mehr weiß ich aber auch noch nicht.«

Paula schlug Clara mit der Handfläche auf den Oberschenkel. Freyja sah den beiden belustigt zu.

»Aha. Und wer ist dieser Theo?«

»Also ich kenne ihn, weil er ein Jahr lang bei uns in der Küche gearbeitet hat. Er ist ein wirklich netter Kerl, und von ihm habe ich auch Deutsch gelernt. Woher Paula ihn kennt, hat sie noch nicht verraten.« Wieder kicherte Clara, um Paula aus der Reserve zu locken.

»Ich will eigentlich nicht darüber sprechen«, erwiderte Paula genervt.

»Dann frage ich Theo eben selbst.«

»Ist etwas zwischen euch vorgefallen?«, wollte nun auch Freyja wissen.

Paula biss in eine gefüllte Teigtasche und überlegte. Sie wusste, dass Clara ihre Drohung wahr machen würde, und wollte auf keinen Fall, dass sie mit Theo über sie sprach. Clara hatte bereits gestern den ganzen restlichen Tag lang versucht, etwas aus Paula herauszubekommen.

»Ich kenne ihn aus der Schule«, begann sie widerwillig, während Freyja und Clara ihr gespannt zuhörten. »Wir waren im gleichen Jahrgang. Es war in der neunten Klasse. Ich war in einer Clique von drei Mädels.« Paula schluckte. »Sie waren etwas ... na ja, hochnäsig und gemein, aber so war es nun mal.«

»Und dann?«, fragte Clara neugierig. »Was war denn mit Theo?«

»Theo war ein sonderbarer Kerl. Ein totaler Einzelgänger, der immer komische Sachen gemacht hat. Er hat in der Schule rumgekokelt, fast nie etwas geredet und war irgendwie unheimlich. Auch seine Mutter war, wenn ich mich richtig erinnere, eine ganz seltsame Frau und ... etwas verlottert. Jedenfalls war Theo für meine *Freundinnen* ein leichtes Ziel, und sie haben ihn bei jeder Gelegenheit geärgert, obwohl er eigentlich niemandem etwas getan hat. Es ging so weit, dass sich schließlich der ganze Jahrgang über ihn lustig machte. Und ich, ich habe immer zugesehen und mich nicht getraut, etwas zu sagen. Er muss mich abgrundtief gehasst haben!« Paula senkte den Blick. »Na ja, in der zehnten Klasse war er dann nicht mehr da. Keine Ahnung, was er dann gemacht hat.«

Paula schämte sich zutiefst für ihr damaliges Verhalten. Theo hatte ihr immer schon leidgetan. Er hatte alles andere als eine angenehme Schulzeit, wurde von allen schikaniert, und Paula hatte tatenlos dabei zugesehen, wie ihre *Freundinnen* das Ganze losgetreten hatten. Sie hatte nie den Mut gehabt, etwas dagegen zu tun und sich damit gegen ihre *Freundinnen* zu stellen. Zu groß war die Angst, ebenfalls zur Außenseiterin zu werden.

»Wie abgefahren, dass du ihn dann hier auf Mallorca wiedertriffst!«, bemerkte Clara, ohne auf den Kern der Geschichte einzugehen.

»Ja, abgefahren und unangenehm«, kommentierte Paula.

»Wie hat er denn reagiert, als ihr euch getroffen habt?«, fragte Freyja.

»Ich glaube nicht, dass er mich erkannt hat. Gott sei Dank!« Kurz schweifte sie in Gedanken zu ihrer ersten Begegnung auf der Hochzeit ab …, wie er sich genüsslich ein Stück Käse in den Mund geschoben hatte, die vollen Lippen und …

»Also war er nett?«, hakte Freyja nach.

»Nein, also ja … wir haben nicht viel gesprochen.« Paula errötete erneut.

Das Klingeln ihres Handys erlöste sie aus dem Kreuzverhör.

»Sí?«, meldete sie sich, als sie Claudias Nummer auf dem Display sah. Paula nickte. »Okay.«

»Was ist los?«, fragte Clara.

Paula stand auf und stellte die Teller aufeinander.

»Wir müssen noch mal ins Catering. Es gibt Probleme mit der kommenden Hochzeit.«

»Oh, wie schade«, sagte Freyja. »Aber lasst das stehen, und fahrt los, ich mache das schon. Es scheint ja dringend zu sein. Und von Theo kannst du auch später noch erzählen.« Sie zwinkerte Paula zu, die ihre Augen verdrehte.

»Danke, Freyja! Bis dann.«

Im Catering angekommen, erwartete Claudia die beiden bereits in ihrem Büro.

»Hallo Claudia«, sagten sie gleichzeitig.

Claudia nickte. »Setzt euch.« Sie blätterte einige Dokumente durch und sah dann auf. »Also, nächste Woche sollte ja die deutsche Hochzeit stattfinden«, begann sie. »Es hat sich herausgestellt, dass die Hochzeitsplanerin aus Berlin abgesprungen ist. Es war ihr wohl zu viel Arbeit, oder sie hat es nicht auf die Reihe bekommen, ich weiß es nicht. Das Brautpaar hat vorhin angerufen, um das Catering und die gesamte Hochzeit abzusagen.«

Enttäuschung machte sich in Paulas Gesicht breit. Auf dieses Fest hatte sie sich besonders gefreut. Es hatte eine große Hochzeit werden sollen, ähnlich der von Sophie und Florian.

»Wir haben ausführlich darüber gesprochen. Die Planerin aus Berlin hat tatsächlich außer dem Catering überhaupt nichts organisiert. Nicht einmal die Location wurde gebucht und ist nun bereits vergeben.«

»Oh mein Gott, wie furchtbar für das Brautpaar!«, sagte Paula entsetzt und hielt sich vor Schreck die Hand vor den Mund.

»Das Gleiche habe ich mir auch gedacht, Paula. Deswegen habe ich den beiden gesagt, dass wir das hinbekommen!«

Paula und Clara sahen sich verwundert an.

»Ich habe ihnen gesagt, dass das Schicksal auf ihrer Seite ist, da wir seit einigen Wochen eine deutsche Hochzeitsplanerin bei uns im Team haben, die einen fabelhaften Job macht.«

Es war für einen Moment lang völlig still in Claudias Büro.

»Paula, du wirst dich mit dem Brautpaar absprechen und diese Hochzeit organisieren.«

Paula bekam Schnappatmung.

Clara grinste.

»Aber …«

»Kein Aber«, unterbrach Claudia. »Du schaffst das, und du bekommst jede Hilfe, die du benötigst. Das Brautpaar erwartet deinen Anruf heute Abend, um seine Vorstellungen zu besprechen. Hier ist der gesamte E-Mail-Wechsel mit der ursprünglichen Planerin.«

Claudia reichte Paula einen Stapel ausgedruckter Mails und lächelte. »Du schaffst das!«

Paula nickte stumm und griff nach den Papieren. Jetzt lag die Verantwortung für den wahrscheinlich wichtigsten Tag im Leben zweier Menschen in ihrer Hand.

»Das wird total cool!«, sagte Clara, als die beiden zusammen in der Lagerhalle saßen und aufgeregt die Ausdrucke durchlasen.

Darin fand Paula jede Menge Informationen über das Brautpaar, den Pfarrer, die Anzahl der Gäste, Ankunftszeiten, Locationwünsche, Dekoration, Essen, Musik … die Liste der offenen Punkte schien überhaupt nicht mehr aufzuhören. Bereits nach wenigen Minuten verschwammen die gedruckten Wörter nur noch vor Paulas Augen. Es sollte ein riesiges Fest werden, und sie hatte die gesamte Verantwortung.

Nervös ging sie auf und ab. »Clara, das schaffen wir doch niemals! Es ist ja wirklich noch gar nichts organisiert … Und es ist nur noch eine Woche Zeit!«

»Ganz ruhig. Natürlich kriegen wir das hin«, beschwichtigte Clara sie. »Sieh es mal so: Die Hochzeit sollte sogar schon abgesagt werden, das heißt, über alles, was wir in der verbleibenden Zeit noch organisiert bekommen, wird sich das Paar riesig freuen! Wir haben nichts zu verlieren.«

So gesehen hatte Clara recht. Dennoch stiegen jede Menge Zweifel in Paula auf. Claudia hatte zwar gesagt, dass Paula jede Hilfe bekäme, die sie benötige, aber vor dem Gespräch mit dem Brautpaar war ihr dennoch etwas bange.

Einige Stunden später stand ein grober Plan mit zu erledigenden Aufgaben nach Prioritäten und einzuhaltenden Terminen. Claudia hatte Paula für das Projekt einen Laptop gegeben, in dem sie nun Excel-Listen anlegte und Gedanken festhielt. Zu dritt hatten sie lange an einem großen Tisch gesessen und die vorhandenen Informationen in Form gebracht. Anschließend hatte Paula mit einem mulmigen Gefühl im Bauch das Telefon in die Hand genommen und die Nummer des Brautpaares gewählt. In ihrem Kopf gingen Tausende Fragen herum, die die beiden unter Umständen stellen würden, auf die sie aber keine Antwort wusste. Zu ihrer Überraschung verlief das Gespräch jedoch absolut reibungslos. Marie und Daniel waren sehr nett und unglaublich dankbar dafür, dass Paula sich dieser Mammutaufgabe annahm. Sie erzählten von dem ständigen Hin und Her mit der bisherigen Hochzeitsplanerin, von dem herzlichen Start und den regelmäßigen Treffen bis hin zur Absage wegen Geschäftsaufgabe vor einigen Tagen. Marie gab zu, dass sie einen ganzen Tag lang geweint hatte. Es war ein Horrorszenario, das man keiner Braut wünschte. Die erste Aufgabe von Paulas Job bestand somit darin, der Braut neuen Mut zu geben und zu versichern, dass sich für alles eine Lösung finde, womit dieser Tag für die beiden unvergesslich werden würde. Je mehr sie miteinander redeten, desto größer wurde Paulas Motivation, ein tolles Fest auf die Beine zu stellen.

Achtzig Gäste würden extra für diesen Tag nach Mallorca einfliegen, und Marie versicherte, dass sie einfach nur froh sei, wenn sie einen Platz zum Feiern und etwas zu essen haben würden.

Über zwei Stunden hatte das Gespräch gedauert, und Paula legte schließlich erschöpft, aber glücklich das Handy auf den Tisch. Eine anstrengende Woche mit langen Tagen wartete auf sie, doch es erfüllte sie bereits jetzt mit Stolz, sich dieser Aufgabe stellen zu dürfen. Erst abends im Bett wurde ihr klar, was für eine Ehre es war, dass Claudia ihr die Organisation dieser Hochzeit zutraute.

18

»Nein, Lucía, die Blumen dürfen erst um zwölf Uhr geliefert werden, sonst sind sie bei der Hitze bis zur Trauung vertrocknet.« Paula machte sich einige Notizen. »Perfekt! Tausend Dank!«

»Paula, du musst los. Der Termin mit Marie und Daniel ist in zwanzig Minuten«, erinnerte Clara sie.

»Oh verdammt!«, rief Paula, griff nach dem Autoschlüssel und machte sich auf den Weg.

Es war bereits Freitag. Morgen würde die Hochzeit wie geplant stattfinden, und Paula traf sich mit dem Brautpaar zur Abschlussbesprechung, die gleichzeitig für die drei das erste Zusammentreffen bedeutete.

So eine turbulente Woche wie diese hatte Paula noch nie erlebt. Die Organisation hatte ihr wirklich alles abverlangt, sodass sie sich nun sehr müde fühlte, ihre Augen kaum noch offen halten konnte und froh war, wenn am Tag der Hochzeit alles glattlaufen würde. Sie hatte Hunderte Telefonate geführt, sich mit Haarstylisten, Bäckern, Musikern, Künstlern oder Dekorateuren getroffen, eine Absage nach der anderen erhalten und dennoch nicht aufgegeben. Oft wurde sie sogar ausgelacht wegen der knappen Zeitplanung, denn normalerweise hätte man die meisten der benötigten Dinge und Dienstleistungen Monate im Voraus buchen müssen. Jeden Abend war Paula später nach Hause gekommen, Freyja hatte trotzdem auf sie gewartet und stets ein leckeres Abendessen zubereitet. Gemeinsam hatten sie Probleme gelöst, und Freyja hatte Paula wertvolle Kontakte vermittelt.

Immer wieder schweiften Paulas Gedanken zu der Begegnung mit Theo ab. Er hatte sich stark verändert und nichts mehr mit dem wehrlosen Jungen von damals gemein, sondern war ein gut aussehender junger Mann geworden. Paula musste sich eingestehen, dass er eine gewisse Anziehung auf sie gehabt hatte, als er ihr plötzlich in der Küche ein zweites Mal gegenübergestanden hatte. Umso größer war der Schock gewesen, als Clara ihn mit Theo vorgestellt und sie ihn schließlich erkannt hatte. Einerseits hoffte sie, ihm nie wieder zu begegnen, andererseits fand sie ihn durchaus interessant. Nicht zu wissen, ob er sie auch erkannt hatte, machte Paula wahnsinnig. Also versuchte sie, sich voll auf die Hochzeit zu konzentrieren, und schob die Gedanken beiseite.

Die größte organisatorische Herausforderung war es, eine Location zu finden. Mitten in der Saison waren alle infrage kommenden Orte restlos ausgebucht. Egal, ob Hotels, Fincas, Restaurants oder Bauernhöfe, jede geeignete Lokalität mit genügend Platz, Strom, Toiletten und der Möglichkeit, auch bis spät in die Nacht etwas lauter zu sein, schien an diesem Sommerwochenende belegt zu sein.

Das ganze Team war ratlos gewesen, bis Paula eine letzte Idee gekommen war. Sofort hatte sie sich ins Auto gesetzt und war losgefahren. Sie rechnete sich keine großen Chancen aus, doch steuerte sie zielstrebig auf das wunderschöne Weingut zu, das Clara und sie bei ihrem ersten Mallorca-Besuch beliefert hatten. *Das wäre absolut perfekt!*, dachte Paula, als sie vor dem Haus stehen blieb und aufgeregt gegen die Tür klopfte.

Es meldete sich niemand, also ging Paula um das Anwesen herum. Der wunderschöne Hinterhof, auf dem der Besitzer des Guts mit seinen Mitarbeitern und Helfern gefeiert hatte, war ebenfalls leer. Nach mehrmaligem Rufen hörte Paula eine Stimme, die von den Weingärten kam. Schließlich entdeckte sie zwischen den Reben einen Mann in Gummistiefeln, der ihr zuwinkte, und erkannte ihn sofort wieder. Es war der Besitzer des Guts, der sich mit Herr Alvarez vorstellte und Paula ebenfalls wiedererkannte. Die beiden kamen ins Gespräch. Als Paula mit ihrer Bitte herausrückte, seinen Hof für eine Veranstaltung nutzen zu wollen, winkte er ab.

»Es tut mir wirklich leid, Señora, aber wir machen hier keine Veranstaltungen«, sagte er und zuckte bedauernd mit den Schultern. So leicht wollte Paula jedoch nicht aufgeben und hielt eine emotionale und unterhaltsame Ansprache über die Liebe und darüber, dass das Glück dieses verzweifelten Paares in seiner Hand liege.

Herr Alvarez lachte lautstark und machte eine abwehrende Handbewegung.

»Sie sind gut, Señora«, sagte er amüsiert, bevor er dann doch überlegte, für Paula eine Ausnahme zu machen. Als sie ihn daraufhin stürmisch umarmte, konnte er nicht anders! Paula war überglücklich, bedankte sich mehrfach und versicherte, dass er es nicht bereuen würde. Anschließend zeigte Herr Alvarez, den Paula von nun an Luis nennen durfte, ihr das Gut, und die beiden besprachen Paulas Vorstellungen.

Stolz war sie ins Büro zurückgekehrt, um die gute Nachricht zu verkünden. Claudia hatte ihre Hand auf Paulas Schulter gelegt und ihr noch einmal bestätigt, wie sehr sie an sie glaube und wie stolz sie sei.

Marie und Daniel waren genauso begeistert gewesen von dem wunderschönen Weingut, als Paula ihnen Bilder geschickt hatte. Sie hatten gesagt, dass es alles übertreffe, was sie bisher gesehen oder sich vorgestellt haben.

Als Paula nun erneut das Weingut erreichte und Maries staunende Blicke sah, verflüchtigte sich ihre Aufregung über das erste Treffen sofort.

»Bist du Paula?«, fragte Marie erwartungsvoll.

»Ja, hallo Marie, hallo Daniel. Schön, euch nun endlich auch zu treffen. Seid ihr gut angekommen?«

»Paula, das ist ja noch tausendmal schöner als auf den Bildern!«, sagte Marie, ohne auf Paulas Frage einzugehen. »Einfach traumhaft!«

Paula grinste. »Das freut mich sehr, Marie. Kommt mit, dann zeige ich euch den Rest.«

Marie war hin und weg und vergoss vor Aufregung sogar ein paar Tränen. Man sah förmlich, wie die Anspannung der letzten Wochen von ihr abfiel, als sie nun realisierte, dass die Hochzeit tatsächlich stattfinden würde. Daniel hingegen war ein sehr gemütlicher Zeitgenosse, den nichts aus der Ruhe zu bringen schien. Er gab Marie einen Kuss auf die Stirn, und beide sahen sich verträumt an.

Ein süßes Paar, dachte Paula.

Im Schatten des mit Weinreben bewachsenen Dachs besprachen die drei noch einmal den Aufbau und den Ablauf, bevor sich Paula wieder verabschiedete, um die letzten offenen Punkte zu klären.

Gut gelaunt betrat sie die Lagerhalle, in der Claudia, Clara und Rubén saßen und offensichtlich auf sie warteten.

»Was ist denn hier passiert? Ist jemand gestorben?«

»Glücklicherweise nicht«, antwortete Claudia. »Aber Gonzalo hat sich einen Arm und einen Fuß gebrochen. Er hatte einen Unfall, als er zum Einkaufen gefahren ist.«

Paula sog scharf die Luft ein. »Oh nein, wie schlimm!«

»Er wird schon wieder«, sagte Claudia. »Aber wir haben keinen Ersatz.«

Erst jetzt begriff Paula. Rubén war bereits für eine andere Veranstaltung eingeplant und Adrián im Urlaub auf dem Festland. Wenn Gonzalo ausfiel, stand das gesamte Menü auf der Kippe.

»Was ist mit den Alternativköchen?«

»Wir haben alle abtelefoniert. Niemand ist verfügbar«, sagte Clara.

»Clara hatte eine Idee, ich wollte sie aber erst mit dir besprechen, da offensichtlich irgendetwas vorgefallen zu sein scheint.«

Paula ahnte Schlimmes. Als sie Clara grinsen sah, wusste sie, was Claudia nun vorschlagen würde, und ihr Herzschlag beschleunigte sich unwillkürlich. Clara wusste ganz genau, dass Paula ihrer Chefin nicht widersprechen würde.

»Clara sagte, dass Theo wieder auf der Insel ist. Wenn wir Glück haben, hat er Zeit.«

Paula wand sich innerlich, wollte sich jedoch nichts anmerken lassen. »Ja klar, gute Idee«, sagte sie beiläufig.

»Okay, dann kläre das bitte mit ihm. Ansonsten sind wir ziemlich aufgeschmissen.«

»Das macht Clara, sie hat seine Nummer.«

Clara wollte gerade etwas erwidern, doch wurde sie von Claudia unterbrochen.

»Das soll mir recht sein. Gebt mir bitte anschließend Bescheid.«

Erst nachdem Claudia und Rubén verschwunden waren, bekam Clara Paulas böse Blicke zu spüren.

»Du …«

»Nicht sauer sein, ja?«, sagte Clara mit unschuldiger Miene. »Aber wir brauchen einen Koch und …«

»Ruf ihn einfach an. Wenn er Zeit hat, soll er sofort herkommen«, sagte Paula und ging.

Eine Stunde später stand Theo in der Küche und ging das geplante Menü durch. Nachdem er herzlich von Claudia und Clara begrüßt worden war, die ihn offenbar beide sehr gern mochten, hatte er sich sofort an die Arbeit gemacht. Paula war vor Theos Eintreffen losgefahren, um Gonzalos Einkäufe am Unfallort abzuholen. Sein Auto hatte ziemlich mitgenommen ausgesehen, doch der Kofferraum war unbeschädigt und ließ sich problemlos öffnen.

»Äh, hallo«, sagte Paula überrascht, als sie einige Holzkisten mit Obst und Gemüse in der Küche abstellte. Sie hatte nicht damit gerechnet, Theo bereits hier vorzufinden.

»Hallo«, antwortete er erfreut. Seine Haare hatte er wieder zu einem Dutt gebunden, heute trug er allerdings Jeans und ein weißes T-Shirt. Er lächelte.

»Ich hole mal den Rest«, sagte Paula, drehte sich um und biss sich auf die Lippe. »Und, äh, danke, dass du uns hilfst«, ergänzte sie hastig und ging.

Als Paula die restlichen Einkäufe in die Küche trug, stand Clara neben Theo, und die beiden scherzten miteinander. Er hatte ein sehr sympathisches Lachen, das musste Paula zugeben.

»Dann weiß ich erst einmal Bescheid und lege los. Gonzalo hat offenbar schon einiges vorbereitet. Der Rest ist schnell gemacht, denke ich.«

»Danke, Theo. Und bitte sag Bescheid, falls wir dir irgendwie helfen können.«

»Mache ich.«

Paula lächelte verlegen, schob sich an Theo vorbei und verschwand in der Lagerhalle. Warum war sie bloß so nervös in seiner Gegenwart? Selbst wenn er sie erkannt hatte, war es nicht egal? Es waren viele Jahre vergangen, und sie war ein dummes junges Mädchen gewesen. Trotzdem vermied Paula den restlichen Abend den Kontakt mit ihm und versuchte, sich auf die morgige Hochzeit zu konzentrieren. Als sie sehr spät die Firma verließ, war alles für den kommenden Tag vorbereitet. Dennoch wollte Paulas Kopf nicht aufhören, zu arbeiten. Selbst als sie längst im Bett lag, ging sie gedanklich immer wieder ihre Listen durch und wurde das Gefühl nicht los, dass sie irgendetwas vergessen hatte. Lediglich die Erschöpfung ließ sie irgendwann in einen unruhigen Schlaf fallen.

19

Früh am Morgen klingelte Paulas Wecker, doch sie war bereits hellwach und drückte ihn blitzschnell aus. Ihr gesamter Körper war angespannt, als stünde sie im Finale einer Meisterschaft und die ganze Welt sähe zu.

»Alles wird gut, Paula«, sagte Freyja in der Küche, als Paula sich mit zittrigen Händen einen Kaffee eingoss. »Du hast alles gegeben, und jetzt hab ein wenig Spaß, okay?«

»Ich glaube, ich platze noch vor Aufregung. Ich will gar nicht wissen, wie sich erst die Braut fühlt. Hoffentlich klappt alles!«

Anschließend machte sich Paula auf den Weg zur Location, um sich mit der Dekorateurin zu treffen. Clara würde beim Catering helfen, und Paula koordinierte alle Lieferanten und Dienstleister vor Ort.

Es war eine überraschend kühle Nacht gewesen, und der Morgentau glitzerte auf den Gräsern und Blättern. Doch der Himmel war wolkenlos, und es würde ein traumhafter Tag werden. Trotz des stabilen Wetters eines mallorquinischen Sommers hatte Paula für den Fall, dass es regnete, die Scheune des Weinguts eingeplant. Sie war dennoch froh, diese nicht in Anspruch nehmen zu müssen, da es draußen unter freiem Himmel natürlich viel schöner war. Als sie auf dem Weingut eintraf, wartete Lucía, die Dekorateurin, bereits und unterhielt sich angeregt mit dem Gutsbesitzer Luis. Lucía war eine Empfehlung von Valentina gewesen, die ebenfalls all ihre Kontakte hatte spielen lassen, um die Hochzeit zu ermöglichen.

Nach einer kurzen Begrüßung machten sich Lucía und Paula sofort an die Arbeit, denn Lucías Assistentin hatte heute keine Zeit und Paula musste aushelfen.

Paula erschrak bei der Fülle an Dekorationsmaterial, das sich in Lucías Lieferwagen verbarg, doch es war alles bestens vorbereitet, und Lucía wusste genau, was sie tat. Sie war eigentlich Künstlerin, dekorierte aber auch leidenschaftlich gern. Daher hatte sie schon viele Veranstaltungen betreut und besaß einen großen Fundus an Schreibtafeln, Gläsern, Girlanden oder Leuchten, die nun zum Einsatz kamen. Sie war es auch, die den Kontakt zu einer Floristin hergestellt und alle notwendigen Blumengestecke und Sträuße besorgt hatte.

Selbst Luis bot an, beim Dekorieren zu helfen, und war begeistert, wie sich sein Gut nach und nach in einen verwunschenen Ort verwandelte.

Wenig später traf auch Clara mit Theo und der Kellner-Crew ein. Sie verschwendeten keine Zeit, sondern begannen augenblicklich mit dem Ausladen der Tische, Stühle und der mobilen Bar.

Schüchtern winkte Paula Theo von Weitem zu, was er lächelnd erwiderte. Nach wie vor vermied sie jede Unterhaltung mit ihm, obwohl sie sich eingestand, sehr froh über seine Unterstützung zu sein. Es war alles andere als selbstverständlich. Clara hatte ihr erzählt, dass Theo eigentlich einige Wochen Urlaub auf der Insel machen wollte. Nun kam mit der Hochzeit bereits der zweite Job dazwischen.

Das Team leistete tolle Arbeit, und der Aufbau ging schnell voran. Immer mehr sah das Weingut aus wie ein Ort, an dem in wenigen Stunden eine Traumhochzeit stattfinden würde.

In der Mitte des Hofes, unter dem mit Weinreben bewachsenen Dach, befand sich der Tisch für das Brautpaar und die engste Familie. Drumherum wurden die Tische für die zahlreichen Gäste angeordnet. Nahe dem Scheunentor zum Weinkeller war ausreichend Platz zum Tanzen. Dort würde eine Band spielen, die Clara über einige Ecken kannte, und zu späterer Stunde sollte ein DJ zum Einsatz kommen, den Paula über das Internet ausfindig gemacht hatte. An der Seite des L-förmigen Hofes wurden das reichhaltige Büfett aufgebaut und ein großer Grill aufgestellt.

Direkt vor den Weingärten mit Blick über das Tal würde die Trauung unter einem von Lucía gezimmerten Traubogen stattfinden. Aus praktischen Gründen hatte Paula entschieden, keine Stühle für die Zeremonie aufzustellen, sondern es gab lediglich ganz vorn zwei Bänke für die älteren Gäste. Dahinter würde sich die Hochzeitsgesellschaft stehend versammeln, was die Atmosphäre zusätzlich etwas auflockern sollte.

Um zwölf Uhr traf die aufgeregte Braut mit ihrer Trauzeugin ein und sah sich strahlend um.

»Ihr seid ja wahnsinnig!«, rief sie und drückte Paula zur Begrüßung. Marie war hin und weg von dem Anblick. Dennoch blieb ihr keine Zeit, sich weiter umzuschauen, denn die Stylistin traf wenige Minuten später ein. Da Marie kein Spanisch sprach, übersetzte Clara ihre Wünsche bezüglich Haare und Make-up, und Paula ließ die drei in der Küche des Weinguts allein, wo sie einen großen Spiegel aufgestellt hatte.

Nachdem auch der Getränkelieferant pünktlich zur vereinbarten Zeit erschienen und alles verstaut war, machten Theo und Clara sich noch einmal auf den Weg, um das restliche

Geschirr zu holen. Paula baute währenddessen mit den Kellnern die Stehtische am Eingang des Guts auf, wo ein Sektempfang für die eintreffenden Gäste stattfinden sollte. Der Sänger und Gitarrist der Band würde hier einige stimmungsvolle Lieder zum Besten geben, bevor die Gesellschaft zur Trauung weiterzog.

Bisher war alles genau nach Plan gelaufen, und Paulas Anspannung legte sich. Zufrieden ging sie noch einmal über den Hof, kümmerte sich um die letzten Details wie Hygieneartikel auf den Toiletten oder Fächer am Traubogen und setzte sich zu Marie in die Küche, um auch ihr die Nervosität zu nehmen. Marie war sehr zufrieden mit ihrem Styling. Das einzige Problem waren ihre Tränen, die hin und wieder flossen und die sie sich vorsichtig abtupfen musste, um das Make-up nicht zu ruinieren.

»Wo bleibt sie denn?«, murmelte Paula und sah nervös auf die Uhr.

»Wo bleibt wer?«, fragte eine Stimme hinter Paula. Als sie sich freudestrahlend umdrehte, klickte der Kameraauslöser.

»Bianca!«

»Na, du Hochzeitsplanerin.«

Die beiden umarmten sich wie alte Freundinnen und freuten sich über das unerwartete Wiedersehen. Nachdem alle angefragten Fotografen abgesagt hatten, hatte Paula kurzerhand Bianca angerufen. Zu gern hätte sie ihr die Umstände erklärt, warum sie hier war, aber dazu hatten sie jetzt keine Zeit. Das wollten die beiden nach getaner Arbeit nachholen. Bianca hatte sofort zugesagt und am Morgen den Flieger nach Mallorca genommen. Leider würde sie am nächsten Tag schon wieder nach München zurückkehren müssen, da der nächste Job wartete, doch sie freute sich riesig, Paula wiederzusehen und ihr helfen zu können.

Bianca stellte sich der Braut vor und fing mit der Arbeit an.

Als Paula wieder nach draußen ging, war Clara bereits dabei, das Team auf die weitere Abfolge vorzubereiten, denn die Gäste konnten jeden Moment eintreffen.

Es folgte eine wunderbare Hochzeit, die mit einem Empfang startete und in eine emotionale kirchliche Trauung unter strahlend blauem Himmel überging. Das Paar, die Verwandten und die Freunde, alle waren sie fröhlich und genossen den Tag in vollen Zügen. Paula bewegte sich im Hintergrund und sorgte für einen reibungslosen Verlauf, den rechtzeitigen Einzug der Braut, den Start der Musik, die Eröffnung von Bar und Büfett bis hin zu dem Anschneiden der dreistöckigen Torte und dem ersten Tanz. Clara hatte das Kellnerteam im Griff, behielt den Überblick über die Getränke und half beim Büfett aus. Paula und Clara schienen sich blind zu verstehen. Bianca hatte, wie schon bei Sophies und Florians Hochzeit, das intuitive Gespür für die richtigen Momente, machte fantastische Bilder und meinte, dass man bei dieser Kulisse wirklich nichts falsch machen könne, doch Paula wusste, dass es nicht so leicht war, wie es aussehen mochte. Theo hatte köstliche Häppchen für den Empfang vorbereitet, und das Büfett ließ Paula das Wasser im Mund zusammenlaufen. Fröhlich erklärte Theo den Gästen die Speisen, verteilte Gratin und grillte Fleisch. Er schien seinen Beruf wirklich zu lieben, und Paula freute sich über sein zufriedenes Lächeln, das er ihr hin und wieder zuwarf.

Zu später Stunde bedankte sich sogar der Bräutigam in seiner Rede bei Paula und dem gesamten Team dafür, dass sie diesen besonderen Tag trotz aller Widrigkeiten möglich gemacht hatten. Paula war stolz, erleichtert und überglücklich.

Die Party war in vollem Gang, als Paula Theo am Rand des Weingartens stehen sah. Plötzlich wurde ihr bewusst, wie undankbar sie ihm gegenüber gewesen sein musste. Sie hatte nahezu kein Wort mit ihm gewechselt, dabei hatte er extra seinen Urlaub unterbrochen, um bei der Hochzeit auszuhelfen. Er musste gemerkt haben, dass Paula den Kontakt vermied, und hatte sich nicht aufgedrängt und sie in Ruhe gelassen.

Paula sah sich noch einmal um, sah die zufriedene Hochzeitsgesellschaft und ging dann auf Theo zu.

»Na, brauchst du ein wenig Ruhe?«, fragte sie.

Theo drehte sich langsam zu ihr um. »Ich finde es einfach wunderschön hier«, sagte er, und Paula sah, wie seine Augen im Schein der Lichterketten funkelten.

»Das finde ich auch.« Paula stellte sich neben Theo und sah hinab ins Tal. »Ich wollte noch einmal Danke sagen, dass du uns so spontan geholfen hast. Wir wären sonst wirklich aufgeschmissen gewesen.«

»Das hab ich gern gemacht. Es war eine angenehme Abwechslung zu den Jobs, für die ich sonst unterwegs bin.«

»Jobs wie der Geburtstag letztens?«

»Ja, so in der Art. Jobs, bei denen es etwas … steifer zugeht.« Er lachte.

Erneut gefiel Paula sein Lachen. Es klang unbeschwert und herzhaft.

»Clara hat gesagt, du machst noch ein paar Wochen Urlaub hier?«

»Ja, genau. Ich liebe diese Insel, seit ich vor einigen Jahren länger hier war. Clara hat sicher schon von unseren wilden Zeiten erzählt.« Wieder lachte er.

Paula hob die Augenbrauen. Von unseren wilden Zeiten, dachte sie. »Äh, jaja, hat sie«, log Paula.

Theo sah Paula an und sagte nichts. Es war einer dieser Blicke, der intensiv war, den man aber nicht deuten konnte.

Paulas Handy piepte. Ruckartig löste sie den Blickkontakt und sah auf das Handy, das sie fest mit der Hand umklammerte. Eine Nachricht von Freyja.

Ich störe wirklich nur ungern, aber dein Vater ist hier.

Fassungslos las Paula die Nachricht erneut und schnappte nach Luft. Dann drehte sie sich um und lief zu ihrem Wagen. Theo sah ihr irritiert hinterher. Paula startete den Motor und fuhr los. Während der Fahrt über die dunklen Wege rief sie Clara an und erzählte ihr, was los war. Paula musste ihr versprechen, vorsichtig zu fahren, und Clara musste versprechen, sich vor Ort um alles zu kümmern.

»Bitte mach nichts Unüberlegtes«, sagte Clara, bevor Paula auflegte.

Was wollte ihr Vater hier, und woher wusste er, wo Paula wohnte? Sie bekam ein flaues Gefühl im Magen. Es würde komisch sein, ihm gegenüberzutreten, und sie wusste nicht, ob sie ihm standhalten konnte.

Nervös bog sie in die Einfahrt zu Freyjas Haus ein und sah im Scheinwerferlicht tatsächlich ihren Vater gegen das Holztor hämmern. Dann drehte er sich langsam um. Seine Augen sprühten vor Zorn. Paula stieg mit weichen Knien aus dem Auto und blieb daneben stehen.

»Was ist denn in dich gefahren?«, fragte Paula entsetzt.

»Da ist sie ja, die verlorene Tochter«, antwortete Richard abfällig, kam auf Paula zu und packte sie am Arm. »Wie kannst du deine Familie nur so hintergehen, dich einfach aus dem Staub machen und auch noch bei dieser … dieser Frau wohnen?« Seine Stimme bebte.

Paula war völlig perplex. Ihr eigener Vater machte ihr Angst. Sie rührte sich nicht und antwortete auch nicht.

Freyja trat aus dem Tor. »Lass sie los, Richard!«

Zornig wandte sich Richard zu ihr. »Oder was?«

»Oder ich rufe die Polizei«, sagte Freyja ruhig.

Richard lachte. »Halt dich bloß da raus. Das ist meine Tochter, und sie wird mit mir nach Hause kommen.«

»Papa, ich …«, begann Paula.

Richard sah sie durchdringend und zornig an. »Wenn du jetzt nicht mitkommst, dann hast du alle Chancen im Unternehmen verwirkt! Dann ist endgültig Schluss, hörst du! Du holst jetzt deine Sachen, und dann fahren wir nach Hause!«

Paula spürte die Macht, die er über sie hatte. Sie konnte ihm nicht weiter in die Augen schauen und blickte stattdessen zu Boden. Sie war wie blockiert, und sie konnte keinen klaren Gedanken fassen. Stattdessen nickte sie nur. Mit gesenktem Kopf ging Paula auf das Haus zu. Richard folgte ihr.

»Und du …«, rief er Freyja zu, »… du lässt Paula gefälligst in Ruhe, und mischst dich nicht in unser Leben ein!«

Freyja stand erhobenen Hauptes im Türrahmen und schien keine Angst, nicht einmal Respekt, vor Richard zu haben. Sie sah Paula in die Augen, und da war sie wieder, die gleiche Energie, die Paula am Tag ihrer ersten Begegnung gespürt hatte. Es war dieser Blick, der ihr die Kraft gab, ihre Rebellion zuzulassen. Sie blieb stehen, schloss die Augen und atmete ruhig. Dann ballte sie ihre Fäuste und drehte sich zu Richard um.

»Geh sofort rein, und hol deine Sachen!«, sagte Richard geladen.

Paula sah ihn an. »Das werde ich nicht tun, Papa.«

Richard war fassungslos. »Du …«

»Nein, hör mir zu!« Paula spürte ein leichtes Zittern in den Knien. »Ich will das nicht mehr«, sagte sie ruhig.

Richard schien nicht zu verstehen, was seine Tochter da von sich gab.

»Ich will nicht in der Firma arbeiten, ich will das Unternehmen nicht weiterführen, momentan will ich nicht einmal in deiner Nähe sein.«

Richard wollte einschreiten, doch Paula hob die Hand, um ihm anzudeuten, dass sie noch nicht fertig war.

»Mein ganzes Leben lang hast du über mich bestimmt, und ich habe alles gemacht, was von mir erwartet wurde. Ich kann

das nicht mehr. Ich will nicht mehr deine Marionette sein.«
Paula hielt kurz inne, um die nächsten Worte mit Bedacht zu
wählen. »Ich … ich schäme mich dafür, was aus dir und Mama
geworden ist. All die Intrigen, das Taktieren … mir ist jetzt klar
geworden, dass nicht ich euch, sondern ihr mich enttäuscht
und hintergangen habt. Und ich will auf keinen Fall so werden
wie ihr.«

Richard schluckte schwer. Man konnte förmlich sehen,
wie sich seine Gedanken überschlugen. Diesen harten linken
Haken hatte er nicht kommen sehen.

»Ich werde hierbleiben … und ich will, dass du gehst.«

Freyja blieb neben Paula stehen und verzog keine Miene.
Richard sammelte sich kurz, baute sich dann vor den beiden
auf, und sein Blick verfinsterte sich.

»Du wirst keinen Cent mehr von mir bekommen, hast du
verstanden?«, sagte er leise und doch bedrohlich. »Und diese
Frau …!« Er zeigte auf Freyja, sah aber weiterhin Paula an.
»Diese Frau ist keinen Deut besser als ich, lass dir das gesagt
sein!« Er wandte sich zum Gehen. »Sag nicht, ich hätte dich
nicht gewarnt!«

Dann lief er zu seinem Mietwagen, stieg ein und fuhr mit
aufheulendem Motor davon.

Paula atmete tief aus. »Was war das gerade?«, hauchte sie.

20

Das Meer war völlig ruhig an diesem warmen Morgen. Der Wind schien für einen Moment lang ausgesetzt zu haben. Vor wenigen Minuten hatte Paula den feuerroten Sonnenaufgang beobachtet, nachdem sie an Claras Lieblingsplatz angekommen war. Heute war sie es, die die Einsamkeit und Ruhe dieses Ortes brauchte. Paulas Augenlider waren schwer, gerötet von den vielen Tränen, die sie in der vergangenen Nacht vergossen hatte. Wieder und wieder ging ihr das kurze und dennoch intensive Gespräch mit ihrem Vater durch den Kopf. Es hatte sich festgesetzt wie ein Erlebnis, das die Weichen des Lebens neu stellte. Paula fühlte sich, als ob sie die steile Felswand, die vor ihr lag, mit Anlauf heruntergesprungen und auf dem felsigen, scharfkantigen Grund aufgekommen wäre.

Cielo saß neben ihr und sah sie mit ihren treuen Augen an, als wollte sie ihr Mut machen, wieder aufzustehen und die Felswand erneut zu erklimmen, komme was wolle.

Paula sah zum wiederholten Mal auf ihr Handy. Ihre Mutter hatte heute Nacht mehrere Nachrichten geschickt. Sie solle bitte wieder nach Hause kommen, Paula werde alles nur noch schlimmer machen. Hilda hatte sich nicht für Richards Auftritt entschuldigt, ihn nicht erklärt oder nachgefragt, wie Paula sich fühlte … sie dachte nur an sich, daran, dass es angenehmer für sie wäre, wenn Paula einfach das machen würde, was Richard von ihr erwartete.

Doch Paula hatte gestern eine Grenze überschritten, von der es kein Zurück mehr gab, das konnte sie fühlen. Auch wenn Richard Paulas Abreise zuerst nur als einen Anfall von Nestflucht oder Abenteuerlust betrachtet haben mochte, gestern hatte er realisiert, dass es ihr ernst war, dass mehr dahintersteckte. Paula hatte all die Gedanken und Gefühle der letzten Wochen und Monate in einige kurze Sätze gelegt und sie ihrem Vater direkt ins Gesicht gesagt. Natürlich waren in der Nacht Zweifel über die harten Worte aufgekommen, doch es war die Wahrheit. Sie schämte sich für ihre Eltern, und sie hasste die Vorstellung, einmal so zu werden wie sie. Das Display leuchtete erneut auf.

Komm doch nach Hause, Kind!

Paula drückte die Nachricht weg. Nach Hause, dachte sie. Was bedeutete das schon? War ein Zuhause nicht der Ort, an dem man sich wohl und sicher fühlte? An dem man Liebe und Verständnis spürte? Mit dem man positive Erinnerungen verband? Dieser Ort war nicht in Hamburg, nicht bei ihren Eltern.

Paula streichelte Cielos Kopf und dachte weiter darüber nach, wie sie sich ein Zuhause vorstellte. Auch wenn Richard erneut seinen Unmut über Freyja geäußert hatte, was Paula immer noch nicht verstand, war sie es doch gewesen, die für Paula da gewesen war. Bei ihr fühlte sie sich geborgen und verstanden, sie waren füreinander da und besprachen alle Dinge auf Augenhöhe. Freyja war … ja, sie war wie eine Mutter für Paula. All das fühlte sich mehr nach einem Zuhause an als das, was Paula bisher gekannt hatte.

Freyja hatte Paula auch gestern wieder in den Arm genommen und sie getröstet, nachdem Richard zornig weggefahren war. Es hatte nicht vieler Worte bedurft, Paulas Gefühle zu verstehen. Freyja war einfach nur da gewesen, als Paula sie brauchte.

Gerade wollte sie zur Arbeit fahren, als Clara anrief.

»Wo steckst du denn? Ich bin hier bei Freyja, und sie sagt, du seist heute Morgen losgefahren, um den Kopf freizukriegen.«

Clara erklärte, dass das Team noch in der Nacht aufgeräumt und alles zurück in die Cateringhalle gefahren habe. Claudia habe ihnen daraufhin bis Dienstag freigegeben. Einerseits war Paula froh darüber, dass alles bereits erledigt war, andererseits hätte sie die Ablenkung gut brauchen können. Sie sagte, Clara solle in Ruhe einen Kaffee trinken, und sie sei spätestens in einer halben Stunde zu Hause. Zu Hause … sie hatte es unbewusst ausgesprochen und musste bei dem Gedanken lächeln.

Clara hatte einen Picknickkorb gepackt und wollte Paula in eine abgelegene Bucht entführen, um zu reden oder einfach nur den Ort zu genießen, wonach auch immer Paula zumute war.

Sie fuhren in den Norden der Insel und nahmen Cielo mit, die es sich im Fußraum des Autos gemütlich machte. Paula war erleichtert, dass Clara sie nicht drängte, sofort zu erzählen, was passiert war. Stattdessen berichtete sie von der gestrigen Feier. Offenbar war auch weiterhin alles gelaufen wie geplant. Die Gäste hatten einen wunderbaren Abend, die Band war hervorragend und der DJ ebenfalls. Herr Alvarez hatte Clara irgendwann den Schlüssel zum Weinkeller anvertraut, da sein Wein so gut bei den Gästen ankam, dass eine Flasche nach der anderen geöffnet wurde. Er war ebenfalls begeistert von der Organisation und der Feier und dachte ernsthaft darüber nach, sein Anwesen in Zukunft als Eventlocation anzubieten.

Die tollen Nachrichten über die Veranstaltung taten Paula gut, und sie freute sich schon auf die schönen Bilder.

»Oh nein, ich habe Bianca völlig vergessen!«, fiel ihr ein, und sie kramte ihr Handy hervor.

»Alles okay, Paula. Ich habe ihr erklärt, dass du dringend wegmusstest, und sie war nicht böse. Sie hat versprochen, bald wiederzukommen, nicht als Fotografin, sondern als Freundin. Ich soll dir ganz liebe Grüße sagen.«

Bald darauf erreichten sie eine kurvige Straße, an deren Ende sich ein kleiner Parkplatz befand. Ein schmaler Fußweg verlief um einen Felsvorsprung herum. Dahinter entdeckte Paula die kleine Bucht, deren feiner Kies bis ins kristallklare Wasser führte. Clara ging einige Schritte zum Strand, stellte den Picknickkorb ab und zog eine große Decke und zwei Handtücher aus ihrem Rucksack. Anschließend öffnete sie ihre kurze Jeans, ließ sie zu Boden fallen und schlüpfte aus den Sandalen.

»Willst du an deinem Teint arbeiten?«, scherzte Paula.

Clara streifte sich nun auch noch das T-Shirt ab, sah Paula schelmisch an und rannte schreiend ins Meer.

»Komm rein, das Wasser ist herrlich!«

Paula überlegte kurz, zog sich dann ebenfalls Hose und T-Shirt aus und rannte, verfolgt von Cielo, in Unterwäsche in das glatte Wasser. Sie tauchte unter, schwamm einige Meter und fühlte sich schwerelos, als ob alle Sorgen von ihr abfielen. Wieder an der Oberfläche angelangt, drückte Claras Hand sie erneut unter Wasser.

»Na warte!«

Es folgte ein kurzer Kampf, aus dem die scheue Cielo sich heraushielt, bevor die beiden heftig atmend aus dem Wasser stiegen und sich auf die Decke fallen ließen. Cielo leckte Paula das salzige Wasser von den Beinen und legte sich dicht neben sie.

»Du blöde Kuh, ich hab fast keine Luft mehr bekommen!«, rief Paula und lachte.

»Aber nur fast«, stellte Clara fest und streckte sich auf der Decke aus. Die Sonne war angenehm auf der Haut, und abgesehen von der Unterwäsche waren die beiden schnell wieder trocken.

»Magst du reden?«, fragte Clara, als die beiden auf dem Kies lagen.

Paula nickte und erzählte von ihrem Vater, von dem, was sie ihm gesagt hatte, und der anschließenden unruhigen Nacht.

Clara pfiff durch die Zähne. »Es hat dich sicher viel Überwindung gekostet, ihm das alles zu sagen, oder?«

»Ich muss gestehen, dass es einfacher ging, als ich es mir vorgestellt hätte. Ich weiß auch nicht wieso.«

»Vielleicht, weil es wirklich an der Zeit war, es loszuwerden?«

»Vielleicht, ja.«

Die beiden schwiegen eine Weile.

»Und wie geht's dir jetzt damit?«

»Hmm«, machte Paula. »Ich weiß es noch nicht. Ganz gut?«, fragte sie sich mehr, als es festzustellen. »Ich glaube, ich will einfach nur glücklich sein, und das kann ich bei meinen Eltern nicht.«

Clara nahm Paulas Hand. »Dann hast du alles richtig gemacht. Die Situation wird sich schon wieder beruhigen, und irgendwann könnt ihr noch einmal in Ruhe über alles sprechen. Und hey, vielleicht wirst du noch die neue Hochzeitsplanerin bei uns. Claudia war ziemlich beeindruckt, glaube ich.«

Paula sah amüsiert zu Clara. »Das glaubst du also?«

Clara grinste. »Ich weiß es.«

Paula hörte den Kies knirschen und richtete sich hastig auf. Cielo wedelte mit dem Schwanz und fiepte leise. Jemand stand direkt vor ihnen, doch die Sonne blendete zu sehr, um zu erkennen, wer es war. Paula schirmte mit ihrer Hand das Gesicht ab und erkannte Theo.

»Hi«, sagte er fröhlich und bückte sich, um Cielo zu streicheln. »Ja, wer bist du denn?«

Paula verschränkte hastig die Arme vor dem nassen BH.

»Hi«, antwortete sie verlegen und streifte sich schnell ihr Shirt über.

»Theo, da bist du ja«, rief Clara.

Paula warf ihr einen fragenden Blick zu.

»Darf ich mich zu euch setzen?«, erkundigte er sich, als ihm offensichtlich klar wurde, dass Paula nichts von seinem Besuch gewusst hatte.

»Na klar«, sagte Clara.

Theo öffnete seinen Rucksack, zog ein Handtuch heraus, breitete es einen Schritt von Paula entfernt aus und legte sich hin.

»Eine schöne Bucht habt ihr da ausgesucht«, stellte er fest und streichelte Cielo, die es sich dreist mit den Vorderpfoten auf seinem Bein gemütlich gemacht hatte.

»Nach dem Abend gestern haben wir uns ein wenig Erholung verdient«, sagte Clara und öffnete den Picknickkorb. »Wer hat Lust auf Frühstück?«

Die Stunden verstrichen. Die drei saßen in der Sonne, aßen Croissants und tranken Kaffee. Je mehr sie miteinander scherzten, desto weniger schämte sich Paula vor Theo, sodass sie sich hin und wieder auch gemeinsam im Meer abkühlten. Paula genoss den Tag, Theos Gesellschaft war sehr angenehm, und er hatte offensichtlich sogar ein Händchen für Hunde. Die sonst so scheue Cielo wich ihm nicht mehr von der Seite.

Irgendwann am Nachmittag stand Clara auf, zog sich an und suchte ihre Sachen zusammen.

»Müssen wir los?«, fragte Paula verwirrt.

»Ich schon, mein Vater braucht Hilfe. Aber bleibt ihr ruhig noch.«

»Du musst mich doch mitnehmen!«

176

»Ich kann dich fahren, wenn das okay für dich ist«, warf Theo ein.

»Ist es!«, antwortete Clara, ohne Paulas Einwand abzuwarten. »Paula muss sich noch ein wenig erholen von der anstrengenden Woche.«

Wieder einmal erntete Clara böse Blicke von Paula.

»Wir könnten noch ein bisschen mit Cielo spazieren gehen, wenn du Lust hast.«

»Äh, ja«, antwortete Paula abwesend, der auf die Schnelle keine passende Ausrede einfiel.

»Wir sehen uns noch, Theo, ja?«

»Bestimmt!«

»Na gut, dann euch noch viel Spaß!«, rief Clara und konnte sich ein Augenzwinkern in Paulas Richtung nicht verkneifen. Kurz darauf war sie mit dem Picknickkorb hinter dem Felsen verschwunden.

Ihrem Vater helfen, dachte Paula. Von wegen!

Theo saß auf seinem Handtuch und blickte hinaus aufs Meer, Paula saß daneben auf der Decke. Die plötzlich eingetretene Stille ließ sie nervös werden. Sie bemerkte, dass Theo hin und wieder zu ihr herübersah, ging jedoch nicht darauf ein.

»Ich hoffe, du hast deinen Notfall gestern noch klären können«, sagte Theo schließlich und drehte sich etwas zu ihr.

»Ja, einigermaßen«, antwortete sie und ließ etwas Kies durch ihre Finger rieseln. »Wie fandest du die Hochzeit denn? Das war sozusagen eine Premiere für mich«, gestand sie, gespannt auf seine ehrliche Meinung.

»Ach, wirklich? Das hätte ich nicht gedacht«, sagte Theo erstaunt. »Es war wirklich eine tolle Hochzeit, super organisiert, und die Stimmung hat, glaube ich, für sich gesprochen. Alle waren happy, und es hat an nichts gefehlt!«

Paula lächelte zufrieden. Sie war sehr gut darin, an sich selbst zu zweifeln, und freute sich umso mehr über sein Lob.

»Wie kam es denn dazu? Arbeitest du noch nicht lange auf der Insel?«

»Die Kurzfassung?«

»Wie du magst.«

»Ich arbeite jetzt seit fünf oder sechs Wochen hier. Ursprünglich bin ich nur als Gast zur Hochzeit einer alten Freundin nach Mallorca gekommen, bin dann aber länger geblieben, weil ich in ein Probearbeiten bei Claudia reingerutscht bin, die mich prompt eingestellt hat. Danach war ich einige Wochen in Hamburg, habe mich aber mit meinen Eltern zerstritten und bin wieder hierhergekommen. Dem Brautpaar von gestern ist kurzfristig die Hochzeitsplanerin abgesprungen, und Claudia hat mich ins kalte Wasser geworfen. Und … ja … jetzt weiß ich noch nicht, was als Nächstes passiert.«

Theo sah ihr lächelnd in die Augen. »Das klingt spannend.«

»Und was ist mit dir? Du warst ja schon einmal ein Jahr lang hier. Warum bist du weggegangen?«

»Ich habe schon an vielen Orten gearbeitet. Die Stelle bei Claudia war sogar eine der längeren. Irgendwie habe ich immer die nächste Herausforderung gesucht, wollte immer mehr erreichen. Aber so schön wie hier war es bisher nirgends.«

»Dann bleibst du also auch hier?«

»Vielleicht, irgendwann. Ich habe da so einen Traum …« Theo warf einen Kieselstein ins Meer. »Ich möchte gern eine alte Finca renovieren, ein richtiges Zuhause bauen, mit meinen eigenen Händen. Kitschig, ich weiß.« Er lachte verlegen.

Zuhause, dachte Paula. Da war es wieder. »Überhaupt nicht kitschig«, sagte Paula. »Das ist ein schöner Traum. Ich hoffe, du kannst ihn dir eines Tages erfüllen.«

»Vielleicht ist der Tag gar nicht mehr so weit entfernt. Wollen wir ein paar Schritte gehen? Ich glaube, Cielo ist in Spiellaune.«

Paula willigte ein, und die beiden packten ihre Sachen in Theos Rucksack. Cielo schien sich nun wirklich etwas bewegen zu wollen, denn sie flitzte am Strand auf und ab, wirbelte Kieselsteine durch die Luft und forderte Theo zum Mitmachen auf. Paula sah Theo dabei zu, wie er immer wieder auf Cielo zulief und sie am Strand entlangjagte.

Am Ende der Bucht verlief ein schmaler Pfad ins Landesinnere, wahrscheinlich ein Trockenbachlauf. Paula ging voraus, Theo und Cielo folgten ihr.

»Weißt du eigentlich, dass wir uns kennen?«, fragte Theo unvermittelt, und Paula verschluckte sich.

»Ähm, ja«, antwortete sie kurz.

Der Weg wurde breiter, und Theo schloss zu Paula auf.

»Wieso hast du nichts gesagt?«, fragte er und grinste.

»Wieso hast du denn nichts gesagt?«

Beide sahen sich an und lachten. Dann wurde Paula still.

»Es war mir peinlich …«, gestand sie.

Theo sah sie fragend an.

»Ich meine … also damals … ich war nicht nett zu dir.« Paula konnte ihm nicht in die Augen sehen und ging einfach weiter.

Theo lachte. »Ach, wegen deiner Freundinnen? Du hast mir doch nie etwas getan. Und außerdem ist das doch schon so lange her.«

Paula zupfte einen Grashalm ab und ließ ihn durch die Finger gleiten. »Du warst also nicht sauer auf mich?«

»Ach, wieso denn? Deine Freundinnen haben mir ein paar Streiche gespielt, aber dafür kannst du ja nichts.«

Paula war erleichtert und froh darüber, dass er ihr offenbar schon damals nicht böse gewesen war.

»Ich habe schon früher gewusst, dass du anders bist als deine Freundinnen. Aber wir kamen einfach aus zwei völlig unterschiedlichen Welten.« Er sah Paula an. »Heute sind wir offenbar in der gleichen angekommen.«

Paula dachte einen Moment lang über seine Worte nach. Dabei musterte sie Theo, dessen positive Ausstrahlung ihr besonders gefiel. »Was hast du denn damals nach der neunten Klasse gemacht?«

Die beiden gingen eine lange Schlucht entlang, und Theo erzählte einen Abriss seines Lebens. Seinen Vater hatte er nie kennengelernt, und er war bei seiner Mutter aufgewachsen. Sie war Alkoholikerin, und Theo hatte sie niemals nüchtern erlebt. Es musste schlimm gewesen sein, eine schwere Kindheit, in der er die meiste Zeit auf sich allein gestellt war. Nach der neunten Klasse wollte er unbedingt von zu Hause weg. Das ging am schnellsten mit einer Ausbildung. Also hatte er sich umgehört, und schließlich einen Ausbildungsplatz in einem kleinen Hotel weitab von Hamburg bekommen. Schnell hatte er gemerkt, dass ihm die Hotellerie nicht lag, und war in die Küche gewechselt.

»Warum die Küche?«, fragte Paula.

»Kochen vereint alles, was ich liebe, Leidenschaft, Handwerk, Kreativität, Freiheit. Ich liebe die Überraschungen, die manchmal entstehen, wenn ein einziges Gewürz den Ausschlag gibt, ob ein Gericht fantastisch oder furchtbar schmeckt.« Theo lachte. »Es ist wie im Leben. Manchmal muss man auch beim Kochen alles über Bord werfen und neu anfangen.«

Selbst wenn es gar nicht um sie ging, Paula fühlte sich irgendwie verstanden.

Theo erzählte weiter, dass er tatsächlich das Glück hatte, in die Küche wechseln zu dürfen. Der Küchenchef war ein alter Mann, der schon auf der ganzen Welt gekocht hatte und Theo alles beibrachte. Er war so etwas wie sein Mentor, und in Theo entstand der Wunsch, genau wie er in jungen Jahren, die Welt zu bereisen. Kurz nach der Ausbildung war seine Mutter gestorben. Theo hatte sich lange Zeit Vorwürfe gemacht, aber es war die Sucht, die seine Mutter das Leben gekostet hatte, und er hatte nichts dagegen tun können. Er hatte das dringende Bedürfnis gehabt, weit weg von Hamburg zu sein, und fortan auf Kreuzfahrtschiffen in der Karibik, hier auf Mallorca, in Straßenküchen in Vietnam und Nobelrestaurants in Hongkong gekocht. Zwar hatte er viel gesehen und viele Erfahrungen gesammelt, doch sein Lebensinhalt waren die Arbeit und die Flucht vor der Vergangenheit gewesen. Mittlerweile wohnte er in der Schweiz und hatte sich in der gehobenen Gastronomie einen Namen gemacht, sodass er immer mal wieder für Events und Veranstaltungen in ganz Europa gebucht wurde.

Paula war beeindruckt von seiner Lebensgeschichte, und ihre eigenen Sorgen kamen ihr plötzlich klein und unbedeutend vor. Es imponierte ihr, welche Stärke Theo entwickelt und was er aus seinem Leben gemacht hatte.

Die Schlucht machte eine Biegung, und man konnte bereits den Parkplatz sehen, auf dem Theos Wagen stand.

»Ich glaube, wenn man immer einen Schritt nach dem anderen macht und sich auf sein Bauchgefühl verlässt, dann ist man auf dem richtigen Weg«, sagte Theo, als sie auf dem Parkplatz ankamen und ins Auto stiegen. »Wirst du denn noch weitere Hochzeiten organisieren?«

»Das hoffe ich«, sagte Paula. »Ich muss zugeben, es war ein tolles Gefühl, den wahrscheinlich wichtigsten Tag im Leben von Marie und Daniel mitgestaltet zu haben.«

»Du glaubst gar nicht, auf wie vielen Hochzeiten ich schon gekocht habe, die deine Organisation bitter nötig gehabt hätten«, sagte er und lenkte den Wagen die kurvige Straße hinauf. »Vielleicht solltest du ausschließlich Hochzeiten organisieren. Ich meine, nicht in Claudias Cateringbetrieb, sondern als richtige Hochzeitsplanerin. Der Markt dafür ist riesig.«

Es war herzerwärmend, dass Theo sich Gedanken über ihre berufliche Zukunft machte, und die Vorstellung gefiel Paula.

Während der restlichen Fahrt sah Paula verlegen aus dem Fenster und streichelte Cielo, die müde auf ihrem Schoß lag. Sie mochte Theos einfühlsame Art, die Offenheit und gleichzeitig die Zurückhaltung, wenn er merkte, dass Paula auf etwas nicht näher eingehen wollte.

Als der Horizont in ein dunkles Orange getaucht und die Sonne bereits verschwunden war, setzte Theo Paula zu Hause ab. Sie stiegen beide aus dem Wagen und standen sich gegenüber. Cielo wuselte zwischen ihren Beinen umher.

»Es war ein sehr schöner Tag«, sagte Theo.

»Das stimmt. Danke, dass du mich mitgenommen hast.« Paula räusperte sich. »Wann musst du wieder in die Schweiz?«

»Ich bleibe noch zwei Wochen, vielleicht auch etwas länger. Sehen wir uns wieder?«

Ein Kribbeln durchlief Paula, als Theo sie ansah.

»Ich denke schon«, sagte sie und lächelte.

Plötzlich beugte sich Theo vor und gab Paula einen sanften Kuss auf die Wange. »Dann ... bis bald.«

Paula lief Richtung Haustür, damit er nicht merkte, wie rot sie geworden war. »Bis bald.«

Bevor sie hineinging, warf sie noch einen Blick über die Schulter und sah Theo nach, wie er das Auto aus der Einfahrt lenkte.

21

»Du hast Besuch«, rief Freyja am nächsten Morgen, als Paula noch im Schlafoutfit in ihrem Zimmer saß.

Aufgeregt stand sie auf und suchte nach ihrer Jeans. *Vielleicht Theo?*, dachte sie, zog sich hastig Jeans und T-Shirt an und sprang ins Badezimmer, um sich die Zähne zu putzen. Dann bürstete sie sich durch das Haar und blickte in den Spiegel. »Oh Gott, wie ich aussehe …«, murmelte sie und verließ unzufrieden das Zimmer. Theo hatte gesagt, dass sie sich bald wiedersehen würden. Würde *bald* schon heute sein? Erwartungsvoll stieg sie die Treppe hinunter und traute ihren Augen nicht. Fabi stand grinsend neben seiner Reisetasche im Innenhof.

»Fabi! Was machst du denn hier?«, rief Paula und fiel ihrem Bruder in die Arme.

»Hi, Schwesterherz.«

»Freyja, das ist mein Bruder.«

Freyja schmunzelte. »Wir haben uns bereits vorgestellt.«

»Aber was machst du denn hier, Fabi?«

Er lächelte geheimnisvoll. »Ich bin auf einer Mission.«

Paula sah ihn ungläubig an.

»Unsere Mutter hat mir den Auftrag erteilt, herauszufinden, was mit dir los ist, und dich nach Hause zu holen. Sie dachte, wenn Dad schon keinen Erfolg hatte, dann vielleicht ich.«

Paula zog ihre Stirn kraus.

»Keine Angst, ich werde einen Teufel tun. Aber den Kurzurlaub wollte ich mir trotzdem nicht entgehen lassen.«

Erleichtert umarmte sie ihn noch einmal und lachte. Typisch Fabi, dachte sie.

»Ich werde mir nachher ein Hotel suchen, wollte aber erst einmal bei dir vorbeischauen.«

»Das kommt gar nicht infrage«, protestierte Freyja augenblicklich. »Hier ist genug Platz für uns drei!«

Sofort nahm Freyja Fabi am Arm und zog ihn samt Reisetasche die Treppe hinauf, um ihm eines der freien Zimmer zu geben. Paula ging lachend in die Küche, um Kaffee zu kochen.

Wenig später saßen sie auf der Terrasse, und Fabi erzählte von Hildas Idee gestern, ihn nach Mallorca zu schicken, um seine Schwester endlich zur Vernunft zu bringen.

»Kennt sie mich wirklich so schlecht?«, meinte Fabi amüsiert. »Sie müsste doch wissen, dass ich dich eher noch ermutige, hierzubleiben, als wieder nach Hause zu fliegen.«

Freyja lachte. »So einer bist du also.«

Nun kam auch Cielo aus dem Garten getapst und lief auf Fabi zu.

»Das ist Cielo«, erklärte Paula. »Sie ist noch auf der Suche nach einem neuen Besitzer.«

Fabi hob Cielo hoch und setzte sie auf seinen Schoß.

»Darüber wollte ich noch einmal mit dir sprechen, Paula«, sagte Freyja vorsichtig und trank einen Schluck Kaffee.

Paula sah Freyja wehmütig an. Sie hatte sich bereits so an die kleine Cielo gewöhnt, und es fühlte sich seltsam an, sie hergeben zu müssen. Nun schien der Tag gekommen zu sein.

»Sie hat jetzt ein neues Zuhause gefunden«, bestätigte Freyja ihre Vermutung.

Paula sah traurig zu Cielo hinüber.

»Und zwar habe ich mich dazu entschlossen, sie dir zu geben«, sagte Freyja und lächelte. »Ihr beiden passt so gut zusammen, sie ist jetzt offiziell dein Hund. Ich habe schon alles mit dem Tierheim geklärt.«

Paula sprang auf und machte große Augen. »Wirklich?«

»Wirklich!«, sagte Freyja, die nun wild von Paula umarmt wurde.

»Oh, danke!«

Fabi grinste. »Jetzt hast du auch noch einen Hund. Mum wird aus dem Häuschen sein!«

Paula fand das nicht so witzig wie ihr Bruder, doch ließ sie sich ihre Freude über Cielo nicht verderben.

»Jetzt sind wir beide ganz offiziell ein Team, Cielo.«

Freyja freute sich über die gelungene Überraschung und verabschiedete sich, um einige Besorgungen im Dorf zu machen.

Paula und Fabi blieben auf der Terrasse sitzen, und Fabi erzählte von seinem Studium, seinen Freunden und einigen Websites, die er nebenbei umgesetzt hatte. Paula merkte, wie sehr sie ihren Bruder vermisst hatte, und die beiden redeten bis spät in den Abend.

Als Freyja wieder zu Hause und bereits ins Bett gegangen war, saßen Paula und Fabi immer noch mit einer Flasche Rotwein, Brot und Oliven auf der Terrasse. Paula berichtete von der Hochzeit und wie viel Spaß sie bei der Organisation gehabt hatte. Auch von der Begegnung mit Theo und dem gestrigen Tag erzählte sie, ohne zu erwähnen, wie sehr sie dessen Gesellschaft genossen hatte. Fabi, der anfangs verblüfft über Paulas Begegnung mit Theo gewesen war, bemerkte schnell das Offensichtliche, dass nicht das Wiedersehen, sondern die

Folgen des Wiedersehens der Kern der Geschichte waren, und er freute sich für sie.

Als das Thema auf Richard kam, merkte Paula, dass Fabi keine Details von seinem Überfall hier zu kennen schien. Sie schilderte ihm die Situation und versuchte, ihre Worte möglichst genau wiederzugeben.

»Wow«, sagte Fabi sichtlich beeindruckt von dem plötzlichen Mut seiner Schwester. »Er ist auch ganz schön am Durchdrehen. Aber es ist besser so … ich meine, dass du es ihm so direkt gesagt hast. Anders würde er es nie verstehen.«

Paula erkundigte sich bei Fabi, wie es denn zu Hause so laufe, doch der wusste nicht besonders viel über die Gefühlslage seiner Eltern. Er versuchte, sich möglichst aus allem herauszuhalten.

»Irgendetwas stimmt hier aber nicht, Paula«, sagte er, nachdem er seine Gedanken sortiert hatte. »Ich habe die beiden einmal reden hören, und es ging um Mallorca. Es hat sich angehört wie ein Staatsgeheimnis, und Freyjas Name ist auch gefallen.«

»Sehr seltsam«, erwiderte Paula. »Etwas Ähnliches habe ich ja auch schon einmal aufgeschnappt.«

Nachdem Paula Fabi versicherte, dass Freyja einer der nettesten Menschen sei, der ihr je begegnet war, gingen beide müde und angetrunken ins Bett.

Wie ein Staatsgeheimnis, dachte Paula noch einmal, bevor sie in einen tiefen Schlaf fiel.

* * *

Die folgenden Tage mit Fabi genoss Paula sehr. Gemeinsam frühstückten sie jeden Morgen ausgiebig, bevor Paula zur Arbeit ging. Fabi half Freyja anschließend ein wenig im Haus, wechselte Lampen aus, reparierte Türschlösser oder arbeitete im Garten. Er wollte sich einerseits für die Gastfreundschaft revanchieren und andererseits etwas mehr über die Frau erfahren, über die seine Eltern so geheimnisvoll sprachen. Doch bis auf die Angewohnheit, Fabi den ganzen Tag mit Snacks und Eistee zu versorgen, fiel ihm nichts Ungewöhnliches auf. Er mochte sie.

Nach Feierabend fuhr Paula mit ihm und Clara zum Strand, und die beiden sahen Fabi beim Surfen zu. Unwillkürlich dachte Paula dabei an Peter. Sie stellte sich vor, wie er zur gleichen Zeit am Strand in Südfrankreich war, aus seinem nagelneuen VW-Bus stieg und das Surfbrett vom Dach schnallte. Als ihre Vorstellung so weit ging, sich auszumalen, wie er hübsche Französinnen anlächelte und mit ihnen Ausflüge zu abgelegenen Orten machte, zwang sie sich, an etwas anderes zu denken.

Fabi wollte mehr über Paulas Idee erfahren, sich mit der Organisation von Hochzeiten zu befassen. Gemeinsam mit Clara begannen die beiden herumzuspinnen und sich auszudenken, wie Paula deutschen Paaren dabei half, ihren Traum einer mallorquinischen Hochzeit wahr werden zu lassen. Je mehr sie darüber sprachen, desto greifbarer erschien Paula diese Vorstellung. Fabi und auch Clara hatten tolle Ideen, wie man das alles in die Tat umsetzen könnte, und Fabi versprach, sich auch zu Hause weitere Gedanken darüber zu machen. Er redete bereits von einer Website, Facebook-Werbung, Instagram-Storys und Promotion-Videos, mit denen man das Ganze bekannt machen könne. Paula lächelte, als sie ihren Bruder beobachtete, der mit all seiner Leidenschaft für digitale Medien bereits vollständig für die Sache zu brennen schien. Vielleicht hatte Theo recht, und der Markt war größer als gedacht. Sie wollte ihn dazu noch einmal genauer befragen, denn bestimmt hatte er bereits Erfahrung oder Kontakte auf dem Gebiet. Außerdem wäre das ein plausibler Anlass, um ihn wieder zu treffen. Zwar könnte sich Paula auch an Claudia oder Valentina wenden, doch momentan wollte sie darauf verzichten. Solange sie selbst noch nicht wusste, ob die Geschäftsidee funktionierte, hatte sie Bedenken, ob eine der beiden sie vielleicht als unliebsame Konkurrenz sehen könnte.

Bei den Ausflügen mit Fabi entlang der mallorquinischen Küste begann Paula damit, Fotos und Notizen von schönen Orten zu machen, die sich ihrer Meinung nach für eine Hochzeit eigneten. Fabi erstellte anschließend eine Art Datenbank, in der Paula zukünftig all diese Informationen sowie Kontakte zu Dekorateuren, Konditoreien, Stylisten oder Floristen eintragen sollte. Mit solch einer Datenbank könnte sie innerhalb kürzester Zeit das richtige Paket für jede beliebige Hochzeit anbieten.

Immer wieder fing Fabi urplötzlich an, zu lachen. Er erklärte, dass er immer wieder daran dachte, was sie hier eigentlich machten. Nicht weil die Idee, Hochzeiten zu planen, so abwegig war, sondern weil Hilda sich etwas völlig anderes von seinem Besuch erhofft hatte. Sie fragte jeden Tag nach, ob er bereits erfolgreich war, und er bestätigte stets, dass er ein gutes Gefühl bei der Sache habe. Welche Sache er damit meinte, sagte er nicht.

Im Cateringbetrieb herrschte seit der Hochzeit von Marie und Daniel eine merkwürdige Stimmung. Claudia wirkte irgendwie verändert. Sie hatte immerzu ein Lächeln auf den Lippen, und selbst Fehler in Küche oder Lager nahm sie locker zur Kenntnis und bat lediglich um etwas mehr Sorgfalt. Normalerweise hätte sie scharfe Kommandos erteilt, um wieder Ordnung herzustellen, doch nun ging sie gut gelaunt zurück in ihr Büro und ließ Paula, Clara und die Köche die kleinen Pannen selbst beheben.

Rührte Claudias gute Stimmung von dem Erfolg der Hochzeit? Überlegte sie eventuell selbst, ihr Geschäft zu erweitern und die gesamte Organisation solcher Events zu übernehmen? Immerhin hatte auch Clara bereits Claudias Zufriedenheit über Paulas Arbeit angedeutet. Paula sah ihre Idee, sich als Hochzeitsplanerin selbstständig zu machen, bereits schwinden, bevor sie überhaupt einen Plan dazu ausgearbeitet hatte, denn sie wollte Claudia keinesfalls in den Rücken fallen. Claudia hatte sie bisher unablässig unterstützt und ihr mehr als eine Chance gegeben. Dafür war Paula ihr etwas schuldig. Andererseits … nur dank Paulas unermüdlichem Einsatz und weil sie Deutsch sprach, hatte Claudia überhaupt den Auftrag annehmen können. Stolz dachte Paula daran, wie sie es in der kurzen Zeit geschafft hatte, eine tolle Hochzeitsfeier auf die Beine zu stellen.

Am Ende der Woche musste Fabi schließlich wieder nach Hamburg fliegen, um sein Studium fortzusetzen. Er hatte Paula mehrfach versichert, dass er sie bei allem unterstützen würde, was sie vorhatte. Sie solle sich so viel Zeit nehmen, wie sie benötige, und unbedingt mehr über den Hochzeitsmarkt herausfinden. Noch nie habe er seine Schwester so glücklich gesehen wie in dieser Woche.

Paula fiel der Abschied sichtlich schwer. Sie hätte Fabi am liebsten gar nicht mehr losgelassen, als sie sich vor der Sicherheitskontrolle umarmten.

»Kopf hoch, Schwesterherz. Du bist auf einer wunderschönen Insel, du hast wirklich nette Leute um dich und eine gute Idee. Mach etwas daraus!«, sagte er und ließ Paula winkend zurück.

Als Paula wieder in der Finca war, wurde sie etwas wehmütig. Fabis Besuch erinnerte sie an Hamburg, an ihr früheres geregeltes Leben. Bereits sechs Wochen hatte sie ihre Mutter nicht mehr gesehen. Zum ersten Mal dachte sie darüber nach, ob diese vielleicht auch unter ihrem Vater litt, ob er es möglicherweise war, der diese Lieblosigkeit und Unnachsichtigkeit in die Familie brachte. Paula hatte die beiden immer als Einheit gesehen, doch waren sie das wirklich? Was verband sie eigentlich außer den Kindern? Liebten sie sich? Paula wählte die Nummer ihrer Mutter.

»Paula, Schatz? Bist du es?«

»Hallo Mama. Ja, ich bin's.«

»Oh wie schön, wie geht's dir? Seid ihr schon auf dem Weg nach Hause?«

»Fabi ist auf dem Weg.«

»Oh«, kommentierte Hilda trocken.

»Wie geht's dir denn, Mama?«

Paula hörte ein leises Tuscheln.

»Kommst du denn nicht nach Hause?«, fragte Hilda, statt Paula zu antworten.

»Vielleicht war das eine blöde Idee«, murmelte Paula. Eigentlich wollte sie nur die Stimme ihrer Mutter hören, wollte fragen, wie es ihr geht, und ihr vielleicht sogar erklären, warum sie nicht mit Fabi nach Hause kam. Doch Paula konnte sich vorstellen, wie ihr Vater neben ihrer Mutter stand und nur eines hören wollte, dass sie tat, was er verlangte.

»Was sagst du?«

»Steht Papa neben dir?«, fragte Paula.

»Äh, jaja, er ist hier. Willst du mit ihm sprechen?«

»Nein, Mama. Ich wollte nur wissen, ob es dir gut geht.«

»Sag ihr endlich, sie soll nach Hause kommen!«, hörte Paula ihren Vater zischen.

»Paula, Schatz. Ich soll …«

»Ist schon gut, Mama. Ich habe es gehört.«

»Hör doch auf deinen Vater, Kind.«

Paula konnte es nicht länger ertragen. Immer ging es nur um den Willen ihres Vaters. Weder Paula noch ihre Mutter durften eine eigene Meinung haben oder sich wenigstens einmal ungestört unterhalten.

»Mama, ich muss Schluss machen. Ich melde mich ein anderes Mal, okay?«

»Jetzt gib mir den Hörer!«, rief Richard und das Telefon rauschte.

Paula legte auf. Es war ein Fehler, dachte sie. Kurz darauf piepte ihr Handy. Paula machte sich bereits auf eine Zurechtweisung ihres Vaters gefasst, doch die Nachricht stammte von einer unbekannten Nummer.

Hi Paula. Ich hoffe, dir geht's gut! Freunde von Freunden von Freunden von mir aus der Schweiz (frag nicht) … möchten im Süden heiraten und ich habe ihnen Mallorca vorgeschlagen. Sie finden die Idee toll, haben allerdings keine Ahnung, wie sie das anstellen sollen. Darf ich deinen Kontakt weitergeben? Liebe Grüße, Theo

Paulas Herz schlug schneller. Einerseits, weil die Nachricht von Theo kam … woher hatte er eigentlich ihre Nummer? … und andererseits wegen des Inhalts der Nachricht. Paula glaubte nicht an Schicksal, doch das konnte kein Zufall sein.

22

»Du wirst nicht glauben, was ich vorhin gesehen habe!«, rief Clara aufgewühlt und stellte eine Sackkarre neben Paula ab. »Das erklärt alles!«

Paula lachte. »Ganz langsam«, versuchte sie, Clara zu beruhigen. »Was hast du gesehen?«

»Claudia!«, sagte Clara. »Claudia und Herrn Alvarez!«

Paulas Augenbrauen zogen sich Richtung Haaransatz.

»Claudia und Herr Alvarez haben sich draußen getroffen und geküsst! Das ist der Grund für ihre gute Laune!«

Paula schmunzelte. Luis Alvarez war nach der Hochzeit hier gewesen, um einige Tischdecken vorbeizubringen, die das Team vor Ort vergessen hatte. Clara und Paula waren im Lager gewesen, daher hatte Claudia sich der Sache angenommen – und es offensichtlich nicht nur dabei belassen.

»Ist doch schön für die beiden«, sagte Paula fröhlich.

»Ich kann es einfach nicht fassen«, entgegnete Clara. »Sie hat doch seit bestimmt … hundert Jahren keinen Mann gehabt!«

Paula belud die Sackkarre mit mehreren Klapptischen und grinste. »Dann hoffen wir, dass die beiden glücklich werden. So haben wir alle etwas davon.«

Clara lachte laut auf. »Allerdings!«

Paula ließ sich auf einem der Klappstühle nieder, die sie auch noch im Lieferwagen verstauen musste und machte eine kurze Verschnaufpause. Die Arbeit wuchs ihr über den Kopf, und sie fühlte sich ausgelaugt. Seit mehr als zwei Wochen, seit Fabis Abreise, arbeitete sie zehn Stunden am Tag im Catering, las anschließend alles, was sie über Heiraten auf Mallorca finden konnte und machte sich parallel daran, die Hochzeit von Theos Bekannten zu planen. Tatsächlich hatte sich das Paar für eine Trauung auf der Insel entschieden und konnte weder Spanisch, noch hatte es Zeit, sich selbst um alles zu kümmern. Paula hatte Luftsprünge gemacht, nachdem sie das Telefonat beendet und ihren ersten Auftrag als Hochzeitsplanerin in der Tasche hatte. Ohne Theo hätte sie nicht einmal gewusst, wie sie überhaupt irgendwann versuchen sollte, den ersten Kunden zu gewinnen, und plötzlich war sie eine echte Hochzeitsplanerin. Zumindest fühlte es sich einige Stunden so an, dann war sie wieder auf dem Boden der Tatsachen angekommen. Sie musste sich eingestehen, dass sie eigentlich nichts vorzuweisen hatte außer einer einzigen Hochzeit, die sie zwar größtenteils organisiert hatte, bei der sie aber ohne Claudias, Valentinas, Claras und Freyjas Kontakte nicht weit gekommen wäre.

Lange hatte Paula überlegt, wie sie sich bei Theo für die Vermittlung bedanken konnte, bis sie sich für ein einfaches Abendessen und ein Glas Wein in einem Lokal in Palma entschieden hatte. Eigentlich hatte sie mit ihm zum Segeln fahren wollen, doch es war kein Boot nur für einen Tag verfügbar. Also hatten sie sich an einem lauen Abend auf den Weg in die Inselhauptstadt gemacht, um ein neues spanisches Restaurant auszuprobieren. Erst als sie davorstanden und den Duft aus der Küche wahrnahmen, fiel es Paula wie Schuppen von den Augen. Wie einfallslos war es doch, einen Koch zum Essen einzuladen. Theo nahm es mit Humor, und die beiden hatten trotzdem einen schönen Abend. Paula erzählte ihm von ihren Fortschritten bei der Hochzeitsplanung und auch von ihrer ausführlichen Recherche zum Thema Heiraten auf Mallorca. Sie hatte sich über Facebook und in verschiedenen Foren einigen Gruppen angeschlossen, die sich genau zu dem Thema austauschten, und festgestellt, dass die meisten der Beteiligten auf große Probleme bei der Organisation stießen. Schon allein eine Hochzeit zu planen, war für viele bereits eine Herausforderung, dies jedoch in einem fremden Land in einer fremden Sprache zu tun, schien für die meisten unmöglich. Irgendwann hatte Paula jedoch aufgehört zu erzählen, sie wollte Theo nicht langweilen. Er hingegen wollte ihr gern weiter zuhören. Paula hatte eine Gänsehaut bekommen, als er sie dabei angesehen hatte, und schnell einen Schluck Wein getrunken. Zum Abschied hatte Theo sie wieder auf die Wange geküsst, was Paula erneut ein Kribbeln im Bauch bescherte. Nein Paula, hatte sie sich selbst ermahnt. Schließlich würde Theo bald wieder in seine Wahlheimat, die Schweiz, zurückfliegen.

Nach der Arbeit legte Paula ihre Schürze ab und machte sich auf den Weg zu einem späten Termin. Das Paar aus der Schweiz stellte sich eine Hochzeit mit Meerblick vor, nur für die engste Familie und einige Freunde, also hatte Paula ein kleines Boutiquehotel direkt an der Küste angefragt. Sofern sie es möglich machen konnte, wollte das Paar noch in den nächsten zwei Monaten seine Traumhochzeit feiern. Die Zeit war knapp, und Paula musste sich beeilen. Sie fuhr in den Nordosten der Insel in den beschaulichen Ort Canyamel. Als sie schließlich das Hotel außerhalb des Ortes direkt an der Küste entdeckte, dämmerte es bereits. Die Anmeldung war nicht besetzt, also drückte Paula auf die bronzefarbene Klingel, und ein heller Klang ertönte. Kurz darauf erschien ein hochgewachsener Mann in dunkler Hose und brauner Weste. Aufgrund der grau melierten Haare schätzte Paula ihn auf Mitte vierzig. Er lächelte.

»Hola, mi nombre es Paula Hansen. Estoy buscando la Señora Nunez.«

Nach Paulas Vorstellung und der Frage nach Señora Nunez, mit der sie telefoniert hatte, verschwand sein Lächeln.

»Señora Nunez ist nicht hier«, sagte er in schnellem Spanisch. »Ich bin der Eigentümer des Hotels, Adriano Rojas.«

»Bien, prima. Ich hatte mit Señora Nunez eine Besichtigung wegen einer Hochzeit vereinbart. Ich bin die Hochzeitsplanerin«, sagte sie stolz und versuchte, ihr Gegenüber mit einem Lächeln für sich zu gewinnen.

Mit unverändertem Gesichtsausdruck blieb Señor Rojas hinter der Anmeldung stehen.

»Woher kommen Sie, wenn ich fragen darf?«

Irritiert sah Paula ihn an. Wollte er ihr nun die Anlage zeigen, oder was hatte der Mann vor? »Ich komme aus Deutschland. Aber nun ... nun lebe ich auf Mallorca.«

»Hmm«, machte Señor Rojas. »Der Name Hansen kommt mir bekannt vor.« Er schien nachzudenken. »Kommen Sie aus Hamburg?«

Erstaunt zog Paula ihre Stirn kraus. »Woher wissen Sie das?«

Der Blick des Mannes verfinsterte sich noch etwas mehr.

»Soll ich Ihnen etwas sagen, Frau Hansen? Ihre Anwesenheit ist hier nicht länger erwünscht.«

Es blieb einen Moment lang still, bis Paula ihre Fassung wiedererlangte.

»Aber ... aber, ist irgendetwas passiert? Señora Nunez hat mir ...«

»Señora Nunez hat sich geirrt«, schnitt er Paula scharf das Wort ab. »Sie haben Nerven, Señora Hansen«, zischte er.

Paula verstand beim besten Willen nicht, was Señor Rojas meinte. Hatte sie irgendetwas Falsches gesagt?

»Señor Rojas, es tut mir leid. Ich weiß wirklich nicht, was Sie meinen.«

Der Mann sah Paula misstrauisch an.

»Dann fragen Sie am besten Ihren Vater. Und jetzt raus aus meinem Hotel!«, sagte er zornig.

Paula zuckte zusammen.

»Ich …«

»Raus!«, rief er und zeigte mit dem Finger zum Ausgang.

Paula sah ihn ängstlich an, drehte sich dann um und lief zu ihrem Auto. Was hatte das zu bedeuten? Sie solle ihren Vater fragen? Was ging hier vor?

Nachdenklich und wütend fuhr Paula nach Hause. Nicht nur, dass das Hotel perfekt für die Hochzeit gewesen wäre, viel mehr ärgerte sich Paula über den Rauswurf. Was zum Teufel hatte ihr Vater damit zu tun, und woher kannte dieser Hotelbesitzer ihn? Paula erinnerte sich an das belauschte Gespräch zwischen ihren Eltern und Hildas Reaktion, als Paula sie darauf angesprochen hatte. Paula solle niemals mit ihrem Vater darüber reden. Und jetzt das. Paula wusste genau, dass sie keine Chance hatte, etwas aus ihren Eltern herauszubekommen. Sie würden sie zurechtweisen und darüber hinaus kein Wort sagen.

Es war bereits spät, aber in der Finca brannte noch Licht. Paula stellte das Auto in der Einfahrt ab und betrat das Haus.

»Na, wie siehst du denn aus?«, sagte Freyja, die mit einem aufgeklappten Buch auf dem Schoß auf einer Bank im Innenhof saß. »Ist irgendwas passiert?«

»Ja«, sagte Paula gedankenverloren.

Als Paula keine Anstalten machte, mehr preiszugeben, stand Freyja auf.

»Wollen wir uns raussetzen? Ich hole uns ein Glas Wein.«

»Gern«, antwortete Paula und ging auf die Terrasse, wo Cielo sie schwanzwedelnd begrüßte.

Nachdem Freyja mit zwei gut gefüllten Gläsern Wein am Tisch erschien, nahm Paula einen großen Schluck und ließ sich in den Stuhl sinken.

»Was ist denn passiert?«, fragte Freyja sanft.

Paula versuchte, ihre Gedanken zu sortieren, und erklärte, was bei der Besichtigung vorgefallen war. »Ich weiß einfach nicht, was das bedeuten soll«, flüsterte Paula. »Ob ich meinen Vater darauf ansprechen sollte?«

* * *

Es war völlig still im Haus. Paula war längst zu Bett gegangen, als Freyja noch im Arbeitszimmer saß und angestrengt nachdachte. Während Paulas Erzählungen hatte sie versucht, ruhig zu bleiben, sich nichts anmerken zu lassen. Doch nun überkam sie eine wachsende Unsicherheit. Es musste ja irgendwann so kommen, dachte Freyja. Doch sollte sie Paula einweihen? War es dafür nicht schon zu spät, besonders nachdem Richard hier aufgetaucht war und Freyja vor Paula schlechtgemacht hatte. Sie mochte Paula wirklich gern und genoss ihre Gesellschaft, ihre Freundschaft. Sie war wie die Tochter, die sie sich immer gewünscht hatte. Wenn Freyja ihr die ganze Geschichte erzählte, würde Paula ihr jemals wieder vertrauen können? Richard war ein von Grund auf schlechter Mensch, doch war es Freyjas Recht, sich in Paulas Leben einzumischen? Es war überhaupt nicht ihre Absicht gewesen, sie dazu zu bringen, nach Mallorca zu kommen. Als Freyja in Richards Firma gewesen war, hatte sie sofort gespürt, dass Paula unglücklich war. Ja, sie wollte Paula davor bewahren, für ihren Vater arbeiten zu müssen, doch es war nicht sie, sondern irgendetwas anderes, was Paula nach Mallorca gezogen hatte. Sie hatte sich stets bemüht, Paula keine Ratschläge zu geben, sondern einfach nur für sie da zu sein. Und nun hatte sie am eigenen Leib erfahren müssen, welche Spuren ihr Vater auf der Insel hinterlassen hatte.

Freyja öffnete den Safe und zog ein vergilbtes Dokument heraus. Eine Träne tropfte darauf. Freyja dachte an Ramon, ihren geliebten Mann, der noch nicht einmal vier Monate tot war. Ihr bester Freund, ihr Seelenverwandter, ihre große Liebe. Sie dachte an die vielen schönen Jahre, in denen er stets an ihrer Seite gewesen war. Gemeinsam hatten sie dieses Haus renoviert, sich ein richtiges Heim geschaffen. Gemeinsam waren sie durch dick und dünn gegangen und hatten sich stets vom Wind in eine gemeinsame Zukunft tragen lassen. Gemeinsam hatten sie gegen seine Krankheit gekämpft und mussten sich schließlich doch geschlagen geben. Selbst wenn man es Freyja nicht anmerkte, da sie das Leben stets positiv zu sehen versuchte, an den Abenden vermisste sie Ramon am meisten und konnte ihren Schmerz kaum ertragen.

Freyja und Ramon hatten alles miteinander geteilt, so dachte sie jedenfalls. Erst auf dem Sterbebett hatte Ramon ihr ein Geheimnis anvertraut, das er all die Jahre gehütet hatte. Er hatte sie gebeten, sein Lieblingsbild von der Wand zu nehmen und es umzudrehen. Es war ein Ölgemälde seines Heimatortes Sant Joan, kein Meisterwerk, dennoch bedeutete es ihm viel. Freyja war seinem Wunsch nachgekommen und hatte eine Öffnung in der Rückseite entdeckt. Freyja hatte geglaubt, mit der Vergangenheit abgeschlossen zu haben, doch dieses Dokument ließ sie wieder an damals denken, damals vor mehr als zwanzig Jahren.

»Hab keine Angst, mein Engel. Ich weiß, dass du immer meine Liebe warst. Tu etwas Gutes damit. Ich liebe dich, auf ewig.« Dann hatte Ramon seine Augen geschlossen.

Freyja wusste, dass es nicht richtig war, was sie jetzt tat. Sie griff zu den gleichen Mitteln wie Richard damals. Doch sie wollte sich durch seine Drohungen nicht einschüchtern lassen. Sie wollte den Menschen helfen, denen Richard Schaden zugefügt hatte.

Freyja nahm das Ölbild von der Wand und verstaute das Dokument in der Öffnung der Rückseite. Hier war es sicherer als im Safe.

Dann dachte sie darüber nach, wie sie Paula unterstützen konnte, ohne lügen zu müssen und ohne ihr zu schaden.

23

Die ersten Sonnenstrahlen schlichen sich durch das Fenster, als Paula sich noch einmal im Bett umdrehte. Die letzte Nacht war alles andere als erholsam gewesen, denn die Gedanken waren durch Paulas Kopf geflattert wie die Tauben durch Palmas Innenstadt. Auch Freyja hatte sich keinen Reim auf die unfreundliche Absage des Hotelbesitzers machen können, die seltsamerweise irgendetwas mit Richard zu tun haben sollte. Offenbar kannte der Hotelier Paulas Vater, sonst hätte er sicher nicht gewusst, dass Paula aus Hamburg stammte.

Sie rieb sich die müden Augen und sah auf ihr Handy. Es war sieben Uhr. Es blieb also noch etwas Zeit, um sich in Ruhe für die Arbeit fertig zu machen. In der Hoffnung auf die Zusage eines anderen Boutiquehotels, das sie für die Hochzeit angefragt hatte, öffnete Paula ihren Mailordner. Die Dame am Telefon hatte ihr nicht weiterhelfen können und sie auf die Managerin verwiesen, die am besten per E-Mail erreichbar sei.

Nachdem Paula einige Mails gelöscht hatte und keine Nachricht des Hotels vorfand, fiel ihr eine E-Mail mit sonderbarem Betreff auf.

Betreff: Ihre Anfrage über Paulas-Hochzeiten. de

Absender: Kontaktformular@Paulas-Hochzeiten. de

Kurz darunter entdeckte Paula noch eine E-Mail mit dem gleichen Text. Das ist sicher eine Masche, um mich zum Öffnen zu verleiten, und hinterher ist mein Handy gehackt, dachte sie. Paulas Finger schwebte bereits über dem Button zum Löschen der Nachrichten, als die Neugier schließlich doch siegte. Sie öffnete eine der Mails.

Liebe Paula, über Facebook sind wir auf deine Homepage aufmerksam geworden und würden uns freuen, wenn wir einmal über unsere anstehende Hochzeit auf Mallorca sprechen könnten. Wir sind verliebt in die Insel und würden uns dort gerne das Ja-Wort geben. Liebe Grüße, Kerstin & Marco

Paula traute ihren Augen nicht. Gab sich jemand so viel Mühe, um sie auf die Schippe zu nehmen? Hektisch öffnete sie die zweite E-Mail.

Liebe Frau Hansen, wir sind an der Organisation unserer Hochzeit auf Mallorca gescheitert und benötigen dringend Hilfe. Über ein Gespräch zum Kennenlernen würden wir uns sehr freuen. Mit freundlichen Grüßen, Tanja Schmidt und Sebastian Kuhne

Aufgeregt stieg Paula aus dem Bett und lief im Zimmer auf und ab. Sie öffnete den Internet-Browser und tippte www.Paulas-Hochzeiten.de in die Adresszeile. Ein Ladebalken erschien. »Mach schon«, murmelte sie, als sich nach und nach einige Inhalte aufbauten. Die Internetverbindung war sehr schlecht, also lief Paula hinunter ins Wohnzimmer und setzte sich direkt neben den Router.

Sie möchten den schönsten Tag Ihres Lebens auf Mallorca feiern? Ich helfe Ihnen gerne dabei!

Paula scrollte weiter. Die Homepage sah sehr professionell aus. Auf einmal erschienen Bilder von Sophies Hochzeit, eine Aufzählung von Leistungen, ein Kontaktformular und … ein rundes Schwarz-Weiß-Bild von Paula mit dem Untertitel: *Paula Hansen, Wedding Planner.*

»Oh mein Gott«, flüsterte Paula. Beinahe rutschte ihr vor Aufregung das Handy aus der Hand. »Das wird doch wohl nicht …«

Sie wählte eine Nummer, der Freiton ertönte.

»Na, hast du es schon gesehen?«, fragte Fabi fröhlich, als er das Gespräch annahm.

»Fabi!«, rügte Paula ihn lachend. »Bist du denn verrückt?«

»Was denn?«, verteidigte er sich. »Ich hab doch gesagt, dass ich dir helfe. Aber … wie hast du es denn herausgefunden? Hat Sophie sich verplappert?«

»Hä? Sophie?«

»Ja, ich habe sie bei Facebook gefunden und gefragt, ob ich die Hochzeitsbilder verwenden darf. Weiß ja keiner, dass du nur Gast warst.« Er lachte.

»Oh Mann, Fabi! Du bist echt …«

»Also gefällt dir die Seite? Hast du die Anfragen gesehen, die ich dir weitergeleitet habe?«

»Die Seite ist der absolute Wahnsinn, Fabi! Ich hatte vorhin zwei E-Mails im Postfach und dachte, was das wohl sein könnte. Es waren zwei Anfragen von Brautpaaren!«

»Perfekt! Ich habe das Kontaktformular auf der Seite so eingerichtet, dass du eine Kopie der Anfragen auf deine Adresse bekommst. Ich schicke dir gleich die Zugangsdaten für das neue Postfach, dann kannst du die Mails von dort beantworten.«

Paula war völlig aus dem Häuschen. Ihr Bruder hatte einfach auf eigene Faust eine wirklich tolle Website für sie gebaut und, wie er erzählte, auch noch Werbung dafür geschaltet.

»Schwesterherz, ich muss leider los. Die Zugangsdaten habe ich dir eben schon geschickt. Wir quatschen später noch mal, okay?«

»Ja, machen wir. Danke, Brüderchen! Danke, danke, danke!«

Fabi lachte. »Bis später«, sagte er und legte auf.

Paula sah sich die Homepage noch einmal an. Er hatte sich so viel Mühe gegeben und wusste offenbar wirklich, was er tat. Es war einfach perfekt, viel Weiß, kleine rosarote Farbakzente, eine wunderschöne Schrift, Biancas tolle Bilder und sogar einige Schnappschüsse, die Paula ihm hin und wieder von Veranstaltungen geschickt hatte.

Sie brauchte die Homepage auf alle Fälle auch noch auf Spanisch. Schließlich suchten auch diese Kunden bestimmt im Internet. Paula beschloss, Fabi die übersetzten Texte sobald wie möglich zu schicken.

Am liebsten hätte Paula sofort die Anfragen beantwortet, aber sie musste sich nun wirklich beeilen, um nicht zu spät zur Arbeit zu kommen.

Zur Arbeit, dachte sie. Wie sollte sie das nur Claudia erklären, wenn herauskam, dass sie eine eigene Homepage als Hochzeitsplanerin hatte? Hoffentlich verplapperte sich Clara nicht, wenn sie ihr das erzählte.

Der Tag war etwas ruhiger als die letzten Wochen, und Paula erzählte Clara alle Neuigkeiten, von der gestrigen Absage bis hin zur Homepage und den beiden Anfragen. Sie war ebenso aus dem Häuschen wie Paula und sah sich die Seite umgehend an.

»Das hat dein Bruder wirklich richtig gut gemacht«, staunte sie. »Jetzt bist du eine echte Hochzeitsplanerin! Wer hätte das vor ein paar Monaten geahnt?«

Vor ein paar Monaten, dachte Paula. Vor ein paar Monaten hatte Paula mit Fabi und ihren Eltern im Restaurant gesessen und auf Peter gewartet. Die Entscheidung, gegen den Willen ihres Vaters zu Sophies Hochzeit zu fliegen, hatte etwas ins Rollen gebracht, was weitreichende Folgen haben sollte. Nun war Paula hier auf Mallorca, zwar noch ganz am Anfang, aber auf dem Weg, sich ein völlig anderes Leben aufzubauen. Freyja hatte ihr erzählt, sie habe schon viele Deutsche nach Mallorca kommen und schnell wieder gehen sehen. Wer das erste Jahr überstand, der hatte schon vieles richtig gemacht, doch um hier eine langfristige Existenz aufzubauen, müsse man fleißig, hartnäckig und leidenschaftlich sein. Paula war sich bewusst, dass nicht jeder so viel Glück hatte wie sie. Sie war quasi in einen Job hineingestolpert, der ihr wahnsinnig viel Spaß machte, sie hatte in Clara vom ersten Tag an eine gute Freundin gefunden und mit Freyja eine weitere Unterstützerin, deren Zuneigung und Aufrichtigkeit sogar etwas Familiäres hatte. Zuletzt hatte sie auch noch Theo kennengelernt, mit dem es einen zugegebenermaßen sonderbaren Start gegeben hatte. Wenn Paula an Theo dachte, bekamen ihre Gedanken Flügel.

Die würde sie leider in Zukunft auch brauchen, denn heute war Theos letzter Tag auf der Insel. Morgen würde er wieder zurück in die Schweiz fliegen und sein Leben wie gewohnt weiterführen, ohne Paula.

So sehr sich Paula über die beiden Anfragen von heute Morgen freute, wurde sie doch von Stunde zu Stunde wehmütiger, wenn sie an den bevorstehenden Abschied dachte. Am Nachmittag stand Theo schließlich im Flur des Cateringbüros und drückte Claudia, die über beide Ohren strahlte.

»Komm uns mal wieder besuchen, Theo. Und lass dir das nächste Mal nicht so viel Zeit damit!«, rügte sie ihn und kniff ihm in die Wange wie einem kleinen Jungen.

»Keine Angst, Claudia. Ich glaube, das nächste Mal ist schon bald.«

Paula bekam rote Ohren, als er sie dabei ansah. Nachdem er sich auch herzlich von Clara verabschiedet hatte, blieb er dicht vor Paula stehen. Ihre Blicke verharrten ineinander. Paulas Gesicht begann, zu glühen, da es ihr furchtbar unangenehm war, dass Claudia und Clara ebenfalls noch im Flur standen. Würde er sie wieder auf die Wange küssen? Paula wollte am liebsten im Erdboden versinken.

»Bis bald?«, fragte Paula vorsichtig und nestelte an ihrem Shirt.

Theo lächelte, dann umarmte er sie. Sein Dreitagebart kitzelte ihre Wange.

»Sehen wir uns heute Abend noch mal?«, flüsterte er ihr ins Ohr und löste sich aus der Umarmung.

Ein angenehmes Kribbeln ergriff Paulas ganzen Körper. Sie lächelte und nickte.

»So, Theo. Dann gute Reise und bis bald, ja? Ich muss weitermachen, und das solltet ihr auch, Mädels«, meldete sich Claudia aus dem Hintergrund.

Theo grinste, drehte sich um, öffnete die Tür und ging hinaus in die helle Sonne.

Kurz darauf piepte auch schon Paulas Handy.

Wo wollen wir uns treffen?

Paulas Herz machte einen Sprung, und sie dachte nach. Eigentlich wollte sie unbedingt noch mit den beiden Paaren wegen ihrer Anfragen telefonieren, andererseits war es der letzte Abend mit Theo. Paula war hin- und hergerissen.

Wie wäre es bei mir unten im Ort? Gegen sechs?

Gerne, ich hole dich ab!

antwortete er prompt.

* * *

Pünktlich um sechs Uhr stand Theo vor der Tür. Er trug ein weißes Leinenhemd, dazu Jeans und Sneaker. Seine Haare waren wie immer zu einem Dutt zusammengebunden. Er sah umwerfend aus, dachte Paula, wofür nicht zuletzt sein strahlendes Lächeln verantwortlich war. Paula fiel auf, dass sie ihn noch nie mit offenen Haaren gesehen hatte.

Er begrüßte sie mit einem zarten Kuss auf die Wange.

»Wollen wir los?«, fragte er, und die beiden gingen die Einfahrt entlang.

Der Blick auf den Ort, mit der untergehenden Sonne im Hintergrund, war fast schon zu schön, um wahr zu sein. Wie so oft genoss Paula den lauen Abendwind, der ihr den Duft der Insel zuwehte. Am Wegrand standen wilde Olivenbäume, die teilweise in die Natursteinmauern hineingewachsen waren und einige Steine gelöst hatten.

»Freust du dich auf zu Hause?«, fragte Paula und konzentrierte sich auf den schmalen Pfad hinab ins Tal.

»Na ja, einerseits schon, aber andererseits …« Er ließ das Ende des Satzes offen.

»Andererseits?«, hakte Paula nach.

»… gibt es eine Stimme in mir, die sagt, ich solle lieber hierbleiben.«

Paula schmunzelte. »Und was ist mit deinem Job?«

Theo schien nachzudenken. »Ich glaube, ich möchte sowieso irgendwann lieber … also, nicht mehr so eine abgehobene Küche machen, sondern einfaches, aber verdammt gutes Essen. Essen, das den Menschen schmeckt und das sie nicht nur bestellen, um ihre Geschäftspartner oder Geliebten zu beeindrucken.«

Als sie weitergingen, erzählte Theo, dass er schon immer von einem eigenen Laden geträumt hatte, einem Lokal, in dem er tagsüber Kochkurse geben würde und abends einen normalen Restaurantbetrieb hätte. Paula spürte die Leidenschaft, mit der er über seinen Beruf sprach, und fand es bewundernswert und attraktiv zugleich.

Als Theo fragte, ob es bei Paula Neuigkeiten gäbe, erzählte sie von Fabis Unterstützung und den beiden Anfragen. Theo freute sich riesig über den schnellen und unverhofften Erfolg.

Als sie den Ort erreichten, schwiegen sie eine Weile, dann wieder sahen sie sich verstohlen an und grinsten. Paula hatte solche Schmetterlinge im Bauch, dass sie die verwinkelten Gassen und engen Treppen, die jetzt in ein warmes Orange getaucht waren, kaum wahrnahm.

Plötzlich spürte Paula, wie Theos Hand über ihre Finger strich. Dann noch mal, und noch mal, bis er schließlich ihre Hand umschloss.

Paula war zu aufgeregt, um ihn anzusehen, also gingen sie einfach weiter, bis sie zu einem kleinen Platz mit Holzbänken unter ausladenden Bäumen kamen.

»Wollen wir uns hier hinsetzen?«, fragte Theo und deutete auf die einzige freie Bank.

In diesem Moment hätte Paula alles gemacht, um ihm noch etwas näher kommen zu können, und steuerte die Bank an.

Theo grinste und ließ Paula sich hinsetzen, während er vor ihr stehen blieb. »Ich bin gleich wieder da. Lauf nicht weg, ja?«, sagte er und ging einige Schritte rückwärts, sodass er Paula weiter anlächeln konnte. Dann drehte er sich um, lief über die Straße und verschwand in einem kleinen Restaurant.

Paula sah ihm verwundert nach. Er hatte nicht den Eindruck gemacht, als müsste er vor Aufregung auf die Toilette. Oder vielleicht doch? Sie grinste bei dem Gedanken.

Paula war aufgewühlt. Theos Hand in ihrer zu spüren, hatte sich schön und natürlich angefühlt, als hätten ihre Finger nur darauf gewartet, sich zu berühren. Es wurde mittlerweile dunkel, und der Platz sah romantisch aus im Licht der Straßenlaternen.

Plötzlich erschrak Paula, als sie spürte, dass jemand hinter ihr war. Dann kicherte sie.

»Theo, erschreck mich nicht so!«, rief sie und drehte sich um.

Doch es war nicht Theo, der da stand und spöttisch grinste.

»Hola, Sonnenschein, wartest du auf mich?«

Paula stand ruckartig auf und wich ängstlich zurück. Sie hatte ihn erfolgreich aus ihrer Erinnerung verdrängt, und nun war Carlos hier und musterte Paula. Er wirkte nüchtern, war gut gekleidet, und doch hatte er diesen ekelerregend gierigen Blick. Er ging um die Bank herum und blieb vor Paula stehen, die noch ein Stück zurücktrat.

In dem Moment kam Theo wieder, mit einer geöffneten Flasche Wein und zwei Gläsern in den Händen. Er bemerkte sofort die Angst in ihrem blassen Gesicht.

»Paula, was ist los? Hat der Typ dich belästigt?«, fragte er besorgt und stellte hastig Gläser und Flasche auf der Bank ab.

Paula bekam keinen Ton heraus. Sie wollte den schönen Abend mit Theo nicht zerstören und ihm deshalb nicht erklären, was es mit Carlos auf sich hatte, besonders heute nicht. Schnell schüttelte sie den Kopf.

Theo sah erst sie skeptisch an und dann mit zusammengekniffenen Augen zu Carlos hinüber.

Carlos lachte. »Na, ist das deine kleine Schlampe?«, fragte er und machte eine herablassende Handbewegung Richtung Paula.

Theo trat einen Schritt auf Carlos zu und stellte sich vor Paula. »Was hast du da gesagt?«, fragte er ruhig, doch man konnte ihm anmerken, wie es in ihm brodelte.

Carlos lachte laut auf.

Theo wollte gerade etwas sagen, als Paula ihn leicht an der Hand zog. »Lass uns einfach verschwinden, Theo.«

Paula hatte recht, also drehte er sich zu ihr um, und sie gingen los.

Bereits nach einem Schritt fühlte Theo einen harten Stoß an seiner Schulter. »Lass uns in Ruhe, und geh nach Hause!«, sagte er und drehte sich noch einmal zu Carlos herum.

Im nächsten Moment landete die Faust in seinem Gesicht, er taumelte, stolperte und fiel zu Boden. Paula schrie entsetzt auf und eilte zu Theo, der sich mit schmerzverzerrtem Gesicht die Backe hielt.

»Arschloch«, sagte Carlos, machte kehrt und verschwand unter den entsetzten Blicken der Schaulustigen in einer Gasse.

»Das tut mir furchtbar leid«, flüsterte Paula und hielt sich erschrocken die Hand vor den Mund.

»Das gibt eine Beule, vermute ich«, stellte Theo fest und bewegte prüfend den Unterkiefer. »Wein?«, fragte er dann und versuchte, zu lächeln, was ihm erstaunlich gut gelang.

Paula war nach wie vor fassungslos und stieß dennoch etwas Luft durch die Nase, als sie kurz auflachte. »Gern.«

Theo brachte rasch die Gläser in die Bar zurück. Anschließend griff er nach der Flasche, nahm Paulas Hand und ging mit ihr zurück durch den Ort Richtung Finca.

»Paula, was war das für ein Typ?«, fragte Theo und reichte ihr die Flasche. Paula nahm einen großen Schluck von dem schweren Rotwein.

»Ich ... er ... hat mich schon einmal auf einer Veranstaltung angemacht«, flüsterte sie. Paula sah zu Theo hinüber und betrachtete seine Wange, deren Schwellung sie selbst im Licht der Laternen deutlich erkennen konnte. Paula war froh darüber, dass die Rangelei nicht ausgeufert war. Was dann passiert wäre, wollte sie sich nicht ausmalen.

»Ich überlege gerade, wann mir das letzte Mal jemand so eine verpasst hat«, sagte Theo nachdenklich.

Paula riss die Augen auf. »Und?«, wollte sie wissen.

»Noch nie«, antwortete Theo und grinste.

Beide lachten, als sie den Berg hinaufgingen und dabei die Flasche Rotwein leerten.

Als sie oben am Haus ankamen, spürte Paula den Alkohol deutlich. Trotz des Vorfalls im Ort kam sie sich leicht und beschwingt vor.

»Wir kühlen jetzt erst mal deine Backe«, beschloss sie und öffnete die Tür.

Freyja war offenbar immer noch unterwegs. Ein Bekannter von ihr feierte die Einweihung seiner Bar in Can Pastilla, es konnte also dauern, bis sie zurückkam.

Paula ging geradewegs in die Küche, füllte etwas Eis in einen Plastikbeutel und wickelte ihn in ein Tuch. Dann ging sie ins Wohnzimmer, wo Theo bereits auf der Couch saß und durch die bodentiefe Glastür hinunter auf den Ort blickte. Paula setzte sich neben ihn.

»Hier«, sagte sie und legte das Eis vorsichtig auf seine geschwollene Backe.

Theo zog scharf die Luft ein, als der Beutel sein Gesicht berührte. »Ich weiß nicht, ob es der Wein oder die Faust war, aber mir ist ein wenig schwindelig. Dir auch?«

»Oh, du Armer. Nein, ich bin okay.«

Lange saßen sie nebeneinander auf der Couch, Paula kühlte Theos Gesicht, und Theo streichelte ihre Hand. Paula spürte, wie seine Hand ihren Unterarm hinaufwanderte, über ihre Armbeuge, den Oberarm bis zur Schulter. Paula spürte ein Kribbeln im ganzen Körper, atmete fester ein und aus. Sie ließ den Eisbeutel sinken und legte ihn auf der Couch ab. Theo sah sie an, streichelte ihren Hals und zog sie zu sich heran. Ihre Lippen lagen fast aufeinander. Paula konnte seinen Duft riechen, seinen Atem spüren.

Sie schloss die Augen und … hörte, wie die Haustür laut aufging und Freyja in den Innenhof trat.

Paula und Theo lösten sich voneinander, und Paula legte ihm schnell wieder den Eisbeutel aufs Gesicht.

»Hi, du bist ja noch … ihr seid ja noch wach«, korrigierte sich Freyja überrascht, als sie das Wohnzimmer betrat.

»Hallo«, sagte Theo.

Paula lächelte sie verlegen an.

Ehe Freyja begriff, was los war, sah sie den Eisbeutel auf Theos Wange und kam auf ihn zugeeilt.

»Ach du meine Güte, was ist denn mit dir passiert?«

Paula erzählte von dem Vorfall im Ort, davon, dass Carlos sie schon einmal belästigt und seine Verlobte gedacht hatte, Paula hätte sich an ihn herangemacht und nicht andersherum. Freyja wurde immer blasser.

»Carlos Moreno?«, fragte sie entsetzt.

Paula zuckte mit den Achseln. »Ich kenne seinen Nachnamen nicht.«

»Mittelgroß, gut gekleidet, zurückgekämmte dunkle Haare?«

Paula nickte.

Freyja ließ sich neben Paula auf die Couch sinken. Dann erzählte sie, was sie über Carlos wusste.

»Carlos ist der Verlobte von Ava Palencia«, murmelte Freyja.

Paula und Theo sahen sie verdutzt an.

»Das gibt Ärger«, sagte sie halblaut. »Sie ist die Tochter des Bürgermeisters von Palma und nicht gerade für ihre Zurückhaltung bekannt.«

Nachdem Freyja ins Bett gegangen war, blieben Paula und Theo verunsichert im Wohnzimmer zurück. Die romantische Stimmung war verflogen, und ihre Augenlider wurden immer schwerer. Irgendwann schliefen sie nebeneinander ein, ihre Köpfe dicht aneinandergeschmiegt.

24

Das Auto fuhr sich ganz passabel, obwohl es schon fünfzehn Jahre alt war und hier und da etwas Rost angesetzt hatte. Aber nachdem der Mietwagen jeden Monat Paulas halben Lohn aufgefressen hatte, war sie wild entschlossen gewesen, einen fahrtüchtigen Gebrauchtwagen zu kaufen. Freyja und Theo, der bereits zwei Tage länger auf Mallorca geblieben war als geplant, hatten ihr bei der Suche geholfen und den weißen VW Polo vor dem Kauf so gut es ging auf Herz und Nieren geprüft.

Der Kauf dieses Wagens war für Paula ein erneuter großer Schritt, ein weiteres Zeichen dafür, wie ernst sie es meinte, auf Mallorca bleiben zu wollen. Ihre Eltern hätten ihr niemals erlaubt, auch nur darüber nachzudenken, eine solche Rostlaube zu fahren. Freyja hatte ihr jedoch zum Kauf gratuliert und wollte sofort eine Probefahrt unternehmen.

Paula konnte an nichts anderes mehr denken als an den Abend mit Theo, an dem es beinahe zum ersten Kuss gekommen wäre. Es hatte alles gestimmt, es war romantisch, intim und natürlich … bis auf die dicke Beule in Theos Gesicht, die in allen möglichen Grün- und Blauschattierungen geleuchtet hatte.

Trotzdem hatte die Sache auch ihr Gutes. Theo hatte sich nämlich entschieden, einige Tage länger auf der Insel zu bleiben, um nicht mit einem Gesicht wie nach einer Kneipenschlägerei bei der Arbeit zu erscheinen.

Bisher hatte Paula Clara noch nichts von dem Abend erzählt. Sie wollte erst herausfinden, was zwischen Theo und ihr wirklich war. Ganz eindeutig hatte er sie küssen wollen ... und sie hatte sich nach diesem Kuss gesehnt. Auch das Aufwachen am nächsten Morgen war wunderschön gewesen. Theo hatte ihr sanft die Haare aus dem Gesicht gestrichen und sie mit einem geflüsterten »Guten Morgen« geweckt. Beide wollten ein Kreuzverhör von Freyja umgehen, also war Theo noch vor dem Frühstück gefahren. Bei der Verabschiedung war es zwar bei einem Kuss auf die Wange geblieben, doch der hatte weitere Schmetterlinge in Paulas Bauch zum Leben erweckt. Nachdem Theo weg war, blieben viele offene Fragen, auf die Paula möglichst bald eine Antwort finden wollte. War sie verliebt in Theo? War er verliebt in sie? Hatten die beiden überhaupt eine Chance?

Als Paula in die Einfahrt zum Cateringbetrieb fuhr und wieder einmal versuchte, sich Theo mit offenen Haaren vorzustellen, stand unerwarteter Besuch am Eingang. Sie sah aus wie einem Modekatalog entstiegen. Ein schwarzer figurbetonter Hosenanzug, volle, geschwungene Lippen, dunkle Haare mit perfekten hellbraunen Strähnen und große glänzende Augen.

»In diesem Schuppen arbeitest du?«, fragte Ava und musterte Paula skeptisch von oben bis unten. »Und du dachtest wirklich, du hättest Chancen bei meinem Verlobten?« Ava lachte herablassend und verdrehte die Augen.

»Ich habe deinen ...«

»Sei still. Ich will hier nicht mehr Zeit verbringen als nötig«, zischte Ava.

Paula wollte an ihr vorbeigehen, doch Ava stellte sich genau vor den Eingang.

»Ich habe gehört, du triffst dich mit einem blonden Koch, wenn du nicht gerade schäbige Hochzeiten planst«, sagte sie und beobachtete Paulas Reaktion.

Paula sah sie verwundert an. Was hatte ihr dieser Carlos diesmal vorgespielt?

»Offensichtlich kannst du nicht genug von Männern kriegen, die bereits vergeben sind, was?«

Hatte Paula sich gerade verhört?

»Ach, du Arme«, sagte Ava unschuldig, als sie Paulas ahnungsloses Gesicht sah. »Du wusstest gar nicht, dass dein Theo sich mit einer anderen trifft?« Ihre runden Lippen formten sich zu einem Schmollmund. »Das tut mir leid, Kleine.«

Paula straffte ihren Oberkörper. »Theo hat keine Freundin! Das wüsste ich!«, sagte sie so selbstbewusst wie möglich.

Ava lächelte überlegen. »Ich weiß es aus erster Hand, du Flittchen. Sie ist meine Cousine!«

Bevor Paula etwas erwidern konnte, hob Ava den Zeigefinger vor Paulas Gesicht und zischte: »Halt dich bloß fern von ihm, hast du verstanden?« Dann ging sie elegant an Paula vorbei zu ihrem Auto.

Als der Motor aufheulte und Ava verschwunden war, ließ sich Paula auf die Stufe sinken. Sie konnte nicht glauben, was Ava für eine Show abzog. Das konnte doch nicht wahr sein! Paula wurde übel bei dem Gedanken, dass doch etwas dahinterstecken könnte. Hatte sich Theo deshalb so lange auf Distanz zu Paula gehalten? Warum hatte er dann versucht, sie zu küssen? Halt, ermahnte sich Paula. Diese Frau hatte sie beschuldigt, ihren Verlobten angemacht zu haben, dabei war er es gewesen, der Paula widerlich begrapscht und geküsst hatte. Nein, dieser Ava glaubte sie kein Wort!

Paula blieb niedergeschlagen vor dem Eingang sitzen, bis Clara kam und sie ihr alles erzählen konnte.

»Ihr habt euch beinahe geküsst?«, rief Clara außer sich, ohne auf den Rest der Geschichte einzugehen. »Und das erzählst du erst jetzt? Ich wusste doch, dass da was läuft!«

»Clara, hast du mir nicht zugehört?«, fragte Paula aufgebracht. »Ava sagt, er würde sich mit ihrer Cousine treffen! Und sie meinte sicher nicht zum Kartenspielen!«

»Entschuldigung Paula, aber ich finde es gerade ein bisschen amüsant«, sagte sie lachend.

»Amüsant? Was?«

»Dass du endlich zugibst, dass du Theo süß findest!«

Paula sah verlegen zu Boden.

Clara ging vor Paula in die Hocke und nahm ihre Hand. »Hey, du glaubst doch nicht im Ernst, dass da irgendwas dran ist! Die blöde Kuh hat dir Rache geschworen, jetzt hat sie ihren Spaß gehabt. Feierabend. Okay?«

Paula nickte.

»Und heute Abend fährst du einfach zu ihm, und ihr redet darüber. Das solltest du klären, solange es noch frisch ist.«

Paula nickte erneut, diesmal etwas zuversichtlicher.

»Ich habe es nur noch mit Verliebten zu tun in diesem Laden«, scherzte Clara und half Paula auf die Beine. »An die Arbeit!«

* * *

Den ganzen Tag lang hatte Paula über Avas Behauptung nachgedacht und war zu dem Schluss gekommen, dass an der Sache nichts dran war. Sie würde jetzt zu Theos Apartment fahren, ihm ganz direkt sagen, was passiert war, und ihn dann so lange küssen, bis der nächste Tag anbrach. Clara applaudierte Paula für diesen Plan und erinnerte sie daran, dass Theo sich für sie und für keine andere eine blaue Wange eingefangen hatte.

Trotz des heißen Sommers lag heute ein Geruch von Regen in der Luft. Es war seltsam, denn es hatte in den letzten Wochen weder geregnet, noch war irgendwann mal eine Wolke am Himmel zu sehen gewesen.

Paula nahm die Westumfahrung um Palma, weil sie den Feierabendverkehr umgehen wollte, und blieb auf der Ma-20. Theos Apartment lag zwischen Son Caliu und Palmanova, einer klassischen Touristenregion etwa fünfzehn Minuten westlich von Palma, direkt an der Küste – mit einer belebten Promenade in erster Reihe zum Meer und dahinter mehreren Parallelstraßen mit überwiegend einfachen Hotels und Apartments, die die Gäste in der Saison meist nur zum Schlafen nutzten. Theo hatte die Wohnung lediglich deshalb gebucht, da sie sich in einer der angenehmeren Gegenden an der Küste, nicht allzu weit entfernt von Palma, befand. Ansonsten hatte er es auch lieber ruhig und gemütlich.

Die Navigationsapp führte Paula an der Promenade entlang, bis immer weniger Geschäfte zu sehen waren und der Trubel etwas nachließ. *Ihr Ziel befindet sich rechts*, sagte die Stimme in der App, als Paula bereits Theos Wagen in der Einfahrt stehen sah. Das Apartment war vielmehr ein frei stehendes Haus, winzig, aber das einzige an der Straße, was nicht zwei- oder mehrstöckig war. Paula parkte ihren Wagen, ließ noch einige Menschen mit Luftmatratzen und Handtüchern passieren, die offensichtlich gerade vom Strand kamen, und stieg aus.

Zweifel kamen in ihr auf, und sie fühlte eine leichte Nervosität. Hätte sie Theo doch vorher Bescheid geben sollen? Paula wollte nicht wirken wie eine eifersüchtige Jungfer. Aber nun war es sowieso zu spät, und zumindest schien Theo zu Hause zu sein.

Paulas Plan war gut, und der auf das Gespräch folgende Kuss würde hoffentlich all ihre Sorgen in Luft auflösen. Sie ging auf die Eingangstür zu. Im Zimmer links von der Tür brannte Licht, und Paula lugte durch das Fenster. Es war eine spartanisch eingerichtete Küche, die sicher nicht Theos gewohntem Standard entsprach. Die Kaffeemaschine dampfte. Paula dachte gerade, dass sie so spät abends keinen Kaffee mehr trinken könnte, da sie ansonsten senkrecht im Bett stünde, als Theo die Küche betrat. Umgehend wurde Paula warm ums Herz, und sie lächelte. Er hatte seinen Dreitagebart etwas gestutzt, trug ein weißes Shirt, Shorts und war barfuß. Ob er heute auch am Strand gewesen war? Theo griff nach der Kaffeekanne und ging nach links aus der offenen Küche. Paula huschte am Küchenfenster vorbei und sah in den nächsten Raum. Dort stand ein Esstisch aus Altholz, auf dem Theo die Kanne abstellte und wieder zurück in die Küche ging. Wenig später kam er wieder und hielt zwei Kaffeetassen in den Händen. Moment, dachte Paula. Wieso zwei Tassen? Die Antwort kam umgehend auf Riemchensandalen aus dem Badezimmer stolziert. Sofort wich Paula hinter die Hauswand zurück. *Nein!*, dachte sie. *Das kann nicht sein!* Wer war diese Frau, und was wollte sie bei Theo?

Paulas Atem wurde schneller, ihr Puls raste. Sie konnte nicht anders, also schaute sie erneut durch das Fenster. Die unbekannte Frau war äußerst attraktiv, schlank, sportlich, trug ein luftiges blaues Kleid und hatte schwarze glatte Haare. Gebannt beobachtete Paula die beiden. Theo sagte etwas. Die Frau lachte und legte ihre Hand auf seinen Unterarm. *Nein Theo!*, dachte Paula. Als sie das Gesicht der Frau genauer betrachtete, fiel es ihr wie Schuppen von den Augen. Sie hatte die gleichen vollen Lippen, die gleichen strahlenden Augen wie … Ava. Plötzlich sahen diese Augen Paula direkt ins Gesicht. Paula erstarrte. Dann küsste die Frau Theo.

Paula zog blitzartig den Kopf zurück und lehnte sich gegen die Hauswand. Tränen sammelten sich in ihren Augenwinkeln und liefen schließlich die Wangen hinunter. Das Flattern der Schmetterlingsflügel in Paulas Bauch verstummte. Stattdessen zog sich ihr Magen zusammen. Theo hatte ihr etwas vorgemacht. Sie hatte sich etwas vorgemacht. So sehr sie Ava dafür hasste, sie hatte dennoch recht behalten.

25

Der Innenhof spendete angenehmen Schatten und war am Morgen der kühlste Ort am Haus. Paula saß mit Kaffee und Laptop auf der Bank vor dem Brunnen und tippte. In wenigen Stunden würde die Sonne hoch am Himmel stehen, und die Mauersteine würden die gnadenlose Hitze speichern.

Selbst für mallorquinische Verhältnisse war dieser Sommer außergewöhnlich heiß. Nicht nur, dass die Insel vor Touristen zu platzen drohte und es ein massives Müllproblem gab, die andauernde Hitze sorgte in einigen Regionen für Trinkwasserknappheit, was vielerorts zu Restriktionen führte.

Freyja war an einigen Initiativen beteiligt, die sich für sparsamen Umgang mit dem vorhandenen Wasser einsetzten und Aufklärung zu Themen wie Recycling und verpackungsfreie Lebensmittel betrieben. Doch es war ein langer Weg, die Menschen zum Umdenken zu bewegen.

Ein ebenso langer Weg war es für Paula, zu verstehen, was Theo für ein Spiel mit ihr gespielt hatte. Sie hatte mit eigenen Augen gesehen, wie die hübsche Mallorquinerin ihre Hand vertraut auf Theos Arm gelegt und ihn dann geküsst hatte, so wie man jemanden küsst, den man schon oft geküsst hat. Wütend und enttäuscht war Paula nach Hause gefahren und hatte fortan seine Anrufe und Nachrichten ignoriert. Auch seine unange-kündigten Besuche konnte sie abwenden, indem sie vorgab, nicht da zu sein.

Clara war erst skeptisch, aber dann ebenfalls wütend auf ihn gewesen. Natürlich glaubte sie Paula jedes Wort, sie hatte es schließlich mit eigenen Augen beobachtet, doch es passte über-haupt nicht zu dem Theo, den Clara kannte, wie sie Paula sagte. Es war ihr ein absolutes Rätsel.

Nachdem Theo mehrere Tage erfolglos versucht hatte, Paula zu erreichen, hatte er sich wie erwartet bei Clara gemel-det. Er könne Paula nicht erreichen und mache sich Sorgen. Doch Clara hatte Paula hoch und heilig versprechen müssen, nicht auf seine Nachrichten zu reagieren, sollte er über sie ver-suchen, Paula etwas mitzuteilen.

Nun waren bereits drei Wochen vergangen, und Theos Nachrichten ebbten langsam ab. Er war wieder in die Schweiz geflogen, und obwohl es Paula schmerzte, war die Sache für sie erledigt, bevor sie überhaupt angefangen hatte.

Paula hatte sowieso genug andere Sorgen, denn um ihre Tätigkeit als Hochzeitsplanerin stand es nicht viel besser. Auch hier war das Ende in Sicht, bevor es überhaupt richtig los-ging. Die Gespräche mit den beiden Brautpaaren und Theos Bekannten waren zwar sehr gut gelaufen und das Grundgerüst für die Planung war im Nu erarbeitet, doch jede Location, jeder Fotograf, jeder Dekorateur und jedes Catering hatten Paula grundlos abgesagt, egal, welchen Termin sie anfragte und selbst, nachdem bei einem Erstgespräch freie Kapazitäten bestä-tigt wurden. Es war wie verhext. Paula suchte verzweifelt nach einer Lösung, doch eigentlich gab es nur zwei Möglichkeiten. Entweder sie würde die Hochzeiten absagen müssen, oder sie weihte Claudia in ihr Vorhaben ein und bat sie um Hilfe. In diesem Fall könnte sie sicher das Weingut von Herrn Alvarez bekommen und das Catering über Claudia beziehen. Wenn

Paula es ihr ordentlich präsentierte, könnte es für beide ein lukratives Geschäft werden. Natürlich gab es noch tausend andere Hürden, die zu nehmen wären, aber Paula müsste die Brautpaare nicht enttäuschen und könnte Claudia auch wieder mit reinem Gewissen gegenübertreten.

Clara hatte alles versucht, um Paulas Stimmung zu heben, doch der tägliche Umgang mit verliebten Paaren zog sie immer wieder herunter. Außerdem hatte Clara genügend eigene Sorgen, denn der Baustoffhandel ihres Vaters lief nicht gut. Zwar wurde auf der Insel massenweise gebaut, und Baustoffe waren heiß begehrt, doch aus irgendwelchen Gründen blieb fast nichts bei den Geschäften für Claras Vater hängen.

Clara hatte Paula darum gebeten, sich die Unterlagen einmal anzuschauen, die sie ihr mitgebracht hatte. Sie habe schließlich Betriebswirtschaft studiert, und Claras Vater habe noch nie ein Talent für Zahlen gehabt. Es war ein riesiger Stapel von Papieren, um den Paula nun schon einige Tage herumschlich, als wäre er unter Strom gesetzt. Für heute Abend hatte sie sich vorgenommen, sich ihnen endlich zu widmen. Claras Vater brauchte offensichtlich Unterstützung, und Paula würde alles in ihrer Macht Stehende tun, um ihm zu helfen.

Vorher stand allerdings das unangenehme Gespräch mit Claudia an, zu dem sich Paula durchgerungen und zu dem auch Freyja ihr geraten hatte.

Paula klopfte vorsichtig an Claudias Tür.

»Sí?«, tönte es fröhlich aus dem Büro.

»Hallo Claudia, hast du fünf Minuten?«

»Setz dich«, antwortete sie und deutete auf einen der beiden Stühle vor dem Schreibtisch. »Was gibt's?«

Paula räusperte sich. »Ich muss da etwas mit dir besprechen.«

Claudia hob die Augenbrauen. Ihr fröhlicher Ausdruck verschwand und wurde durch skeptische schmale Lippen und zusammengekniffene Augen ersetzt. »Ja?«

»Also ich möchte dir vorab sagen, dass ich dir unglaublich dankbar dafür bin, dass ich bei dir arbeiten darf. Vor allem, weil du mir schon die zweite Chance gegeben hast.«

Paula griff nach einem Bleistift, der auf dem Tisch lag, damit sie sich an etwas festhalten konnte, was Claudia nun offensichtlich amüsiert zur Kenntnis nahm.

»Also ich habe da ein kleines Projekt …«, sagte Paula und konzentrierte sich auf den Bleistift. Claudia machte sie nervös, besonders, weil sie nun in ihrem Computer zu tippen begann.

»Ich …«

»Na ja, als kleines Projekt würde ich das nicht bezeichnen«, unterbrach Claudia sie und wartete einen Moment. Dann drehte sie den Bildschirm, sodass Paula ihn sehen konnte. Auf dem Monitor war Paulas Homepage zu sehen. Sofort färbte sich ihr Gesicht knallrot. Woher wusste Claudia davon? Und warum hatte sie nichts gesagt?

»Ich … ich kann das erklären«, stotterte Paula. »Aber … aber woher weißt du …«

Claudia sah ihr tief in die Augen. »Man kennt sich in der Branche, Kleines«, sagte sie.

»Claudia, es tut mir leid, ich …«

»Das will ich auch hoffen. Also, wie viele Personen, welches Datum und welches Menü?«, fragte Claudia und blätterte in ihrem Kalender.

»Ich … ich verstehe nicht.« Paula war völlig perplex. Was war das nun? War Claudia sauer? Wollte sie Paula eine Lektion erteilen?

»Paula, du musst noch einiges lernen, wenn du als Hochzeitsplanerin erfolgreich sein willst. Du sitzt hier an der Quelle und nutzt sie nicht.«

Der Bleistift zerbrach unter Paulas Anspannung. Claudia lachte.

»Du dachtest, ich bin sauer, oder?«

Paula nickte.

»Keine Angst, Kleines. Wieso sollte ich sauer sein, wenn du eine tolle Idee hast und offenbar alles dafür tust, um damit erfolgreich zu sein? Wieso sollte ich dir Steine in den Weg legen? Mir war doch von Anfang an klar, dass du keine Aushilfe bleibst.«

»Claudia, ich weiß gar nicht, was ich sagen soll.«

»Alles, was ich will, ist, dich hier und jetzt dafür zu verpflichten, dass du die nächsten zehn Hochzeiten mit unserem Catering versorgst. Dafür darfst du auch von hier aus arbeiten, ich helfe dir, wo ich kann, und dann sehen wir weiter. Was sagst du? Ein Deal unter Geschäftsfrauen?« Claudia lächelte, als sie die vielen schweren Steine von Paulas Herz plumpsen sah.

»Claudia, danke!«, sagte Paula erleichtert und legte den kaputten Bleistift auf den Tisch.

»Eigentlich muss ich dir auch noch danken«, sagte Claudia fröhlich. »Denn durch dich habe ich einen wunderbaren Mann kennengelernt und …«

»Ich weiß. Luis Alvarez«, sagte Paula und schmunzelte.

»Woher weißt …«

»Man kennt sich in der Branche, Claudia«, sagte Paula und zwinkerte ihr grinsend zu.

»Du kleiner Teufel!«, erwiderte Claudia und lachte. Als ihr Lachen einige Sekunden später verstummte, wurde sie plötzlich wieder ernst. »Du musst mir noch in Ruhe erklären, wie es zu deinen Plänen kam, aber eines musst du mir vorab verraten. Wie hast du es geschafft, dass Ava Palencia die ganze Branche gegen dich aufhetzt?«

Claudia erzählte Paula, die mit jeder Sekunde besorgter wurde, von den Gerüchten, die Ava über sie in die Welt setzte und dass sie den Einfluss ihres Vaters dafür nutzte, um Paula auf jede erdenkliche Art und Weise zu schaden. *Die Hochzeitsplanerin, die den Bräutigam verführt.* Das dachten die

Leute über Paula, und mit diesem Ruf würde sie jemals weder mit Kunden noch mit Zulieferern ins Geschäft kommen. Paula war am Boden zerstört.

»Was ist passiert, Kleines?«, hatte Claudia nochmals gefragt, nachdem Paula alles berichtet hatte, was sie über die Gerüchte wusste. Paula zögerte lange, doch dann schilderte sie Claudia die Situation auf der mallorquinischen Hochzeit, als Carlos sie angemacht und geküsst hatte. Sie erzählte auch von dem zweiten Aufeinandertreffen mit ihm, verriet aber nicht, dass es sich um Theo handelte, den der Schlag ins Gesicht getroffen hatte.

Claudia wurde immer wütender. »Dieser Mistkerl!«, rief sie irgendwann. »Jeder weiß, dass er ein Taugenichts und Weiberheld ist, nur seine Verlobte nicht! Man sollte ihn anzeigen!«

Paula bat Claudia, niemandem davon zu erzählen. Irgendwann würde es vergessen sein, und Paula wäre den schlechten Ruf wieder los.

Claudia hatte schon eine Idee, wie sie Avas hinterhältigen Rufmord umgehen könnten. Sie würde vorerst alle Leistungen buchen, die Paula für ihre Hochzeiten benötigte, und Paula würde sich nur um die Abwicklung kümmern. Paula war ihr sehr dankbar, doch wollte sie Claudia nicht mit in die Sache hineinziehen.

»Ich bestehe darauf! Von dieser Schnepfe lassen wir uns nicht kleinkriegen!«, hatte Claudia die Diskussion beendet. Auch »ihrem Luis«, wie sie ihn stolz nannte, würde Claudia Bescheid geben, dass die nächsten Hochzeiten erst einmal bei ihm stattfinden sollten.

Paula war gerührt und wischte sich verstohlen einige Tränen aus den Augen, weil es Claudia gelang, ihr Hilfe anzubieten, ohne dass sie ihr eigenes Geschäft aus den Augen verlor. Sie hatte damit gerechnet, dass Claudia sauer wegen ihrer Pläne wäre, und nun zeigte sie, was für eine tolle Frau sie war, eine Frau, wie Paula sie auch einmal sein wollte.

26

Der Papierstapel wurde einfach nicht kleiner. Clara und ihr Vater hatten Paula ein absolutes Durcheinander an Kontoauszügen, Abrechnungen, Lieferscheinen und Inventarlisten hinterlassen, durch das sie sich jetzt schon seit mehreren Stunden kämpfte.

Bruno hatte offensichtlich vollkommen die Übersicht verloren, was er alle drei Monate in der Steuererklärung angeben musste, und anscheinend deshalb viele der Originalbelege nicht zum Steuerberater gebracht. Auch die Kontoauszüge wiesen große Lücken auf.

Paula hatte sich selbst noch nie um irgendeine Buchhaltung kümmern müssen, doch nach einer gewissen Logik hätte sie die Unterlagen instinktiv angeordnet.

Eine Sache hatte sie bereits herausgefunden, nämlich, dass die Zahlungsmoral von Brunos Kunden sehr zu wünschen übrig ließ. Offenbar gab es Kunden, sogar viele Stammkunden, die regelmäßig erst Monate nach Lieferung die offenen Rechnungen beglichen. Da Bruno bei jedem Einkauf von Baumaterial in Vorleistung gehen musste, bewegte er sich stets an der Grenze zur Zahlungsunfähigkeit. Paula würde ihm also raten, Abschlagszahlungen bei Lieferung einzuführen, um das Risiko der Zahlungsunfähigkeit zu verkleinern.

Als Paula etwa in der Mitte des Stapels auf Einkaufs- und Verkaufspreise stieß, fiel ihr die geringe Marge auf, die Claras Vater auf den Einkaufspreis rechnete. Bei manchen Lieferungen machte er inklusive Transport und Organisation sogar Verluste. Das schien der Kern seines Problems zu sein. Ob nun der Einkauf zu teuer oder der Verkauf zu günstig war, galt es noch herauszufinden.

Paula recherchierte einige Zeit lang im Internet. Die Einkaufspreise schienen auf den ersten Blick in Ordnung zu sein, doch die Verkaufspreise waren mehr als unterdurchschnittlich.

Paula tippte eine Nachricht an Clara.

Kann es sein, dass die Preise deines Vaters wesentlich günstiger sind als die der Konkurrenz? Beso, Paula

Die Antwort folgte einige Minuten später.

Ja, er hat Angst, Kunden zu verlieren, wenn er die Preise erhöht. Danke, dass du das machst, Paula!

Nun wandte sich Paula an Freyja. Sie konnte zwar nichts über die Preise von Hohlblocksteinen mit Stoßfugenverzahnung oder Kanthölzern sagen, doch sie bestätigte Paula, was mehrere Artikel im Internet besagten, nämlich, dass auf der Insel mehr gebaut wurde, als an Baustoffen zur Verfügung stand. Somit müsste Claras Vater in der Theorie einen wesentlich höheren Preis für seine Materialien veranschlagen können, ohne den Absatz zu gefährden.

Paula gähnte. Die ganzen Zahlen machten sie müde und fingen an, in kleinen Schwärmen durch ihren Kopf zu fliegen. Dennoch tippte sie eine kurze E-Mail mit ihren Erkenntnissen und sendete sie an Clara und deren Vater, dessen E-Mail-Adresse sie von Clara bekommen hatte. Dann klappte sie den Laptop zu und ging ins Bad.

Sie war froh, den Papierstapel vorerst besiegt zu haben und sich wieder der Hochzeitsplanung widmen zu können, mit der sie sich hundertmal lieber beschäftigte.

Claudia hatte wirklich alles in Bewegung gesetzt, um die geplanten Hochzeiten nicht ins Wasser fallen lassen zu müssen. Luis hatte sofort eingewilligt, sein Weingut als Location zur Verfügung zu stellen, die Menüvorschläge waren innerhalb kürzester Zeit ausgearbeitet, und eine Dekorateurin hatte ihre Absage zurückgenommen, als sie hörte, dass Paula für Claudia arbeitete. Überglücklich hatte Paula den Brautpaaren Bescheid gegeben, dass die geplanten Termine eingehalten werden und die Gäste damit beginnen konnten, ihre Unterkünfte für den Besuch zu buchen.

Als Paula aus dem Bad kam und auf ihr Handy sah, dachte sie an die Nachricht ihrer Mutter, die sie am Nachmittag erhalten hatte. Sie hatte sich tatsächlich zum ersten Mal dafür entschuldigt, wie alles gelaufen war. Sie würde versuchen, es wiedergutzumachen, wenn Paula ihr eine Chance dazu gäbe. Die Nachricht hatte Paula sehr berührt. Noch nie hatte ihre Mutter etwas derart Emotionales gesagt oder geschrieben. Ob sie es ernst meinte oder lediglich der Wein aus ihr gesprochen hatte, würde sich zeigen. Dennoch war es ein Schritt in die richtige Richtung, dachte Paula.

Als sie sich ins Bett legte und die Nachttischlampe ausknipste, hörte Paula ein Klopfen. Es kam von unten. Schritte näherten sich der Eingangstür, jemand sagte etwas.

»Paula«, rief Freyja laut. »Ich weiß, du bist noch wach. Du hast Besuch.«

Wer mochte das wohl sein? Neugierig schälte sich Paula wieder aus dem Bett und ging hinunter in den Innenhof. Dort stand Ava. Heute sah sie jedoch anders aus als bei ihrer letzten Begegnung. Ihre Schultern hingen schlaff herunter, und die großen dunklen Augen waren verquollen und gerötet. Sie schluchzte.

»Wollt ihr euch nicht ins Wohnzimmer setzen?«

Paula nickte.

»Möchtest du etwas trinken, Ava? Wasser, Wein, Schnaps?«

»Nein, danke.«

»Dann lasse ich euch mal allein«, sagte Freyja und verschwand in ihrem Arbeitszimmer.

Obwohl Paula Ava am liebsten sofort hinausgeworfen hätte, ging sie voraus ins Wohnzimmer und setzte sich auf den grünen Stoffsessel.

Ava folgte ihr.

»Setz dich«, sagte Paula trocken und deutete auf die Couch. Wie konnte sie ihr etwas vorheulen, wo sie doch Paula das Leben schwer machte und nicht andersherum?

Ava schniefte. »Paula, es tut mir so leid!«

Obwohl Ava ein wirklich trauriges Bild abgab und dasaß wie ein Häufchen Elend, empfand Paula kein Mitgefühl.

»Was denn genau?«, fragte Paula scharf. »Dass dein Verlobter mich begrapscht hat und du ihn in Schutz genommen hast? Oder etwa, dass du der ganzen Insel erzählt hast, ich sei *Die Hochzeitsplanerin, die den Bräutigam verführt*?«

Tränen kullerten Avas hübsche Wangen entlang und sammelten sich auf ihren vollen Lippen. »Beides«, wimmerte sie. »Es tut mir wirklich leid, das musst du mir glauben. Ich wünschte, all das wäre nicht passiert!«

Als Paula nun Ava so gebrochen vor sich sah, empfand sie doch etwas Mitleid. Nicht deswegen, weil Ava sich für das Geschehene schämte, sondern weil es irgendeinen triftigen Grund für ihre Einsicht geben musste, der Ava schwer verletzt hatte. »Was ist passiert, Ava?«, fragte Paula nun etwas sanfter.

Ava schnäuzte in ein Taschentuch. »Ich habe ihn erwischt«, sagte sie. »Ich habe Carlos mit einer anderen erwischt. In unserer Dusche!«

»Oh«, erwiderte Paula angewidert.

»Ich habe ihn aus der Dusche gezerrt und geohrfeigt«, sagte Ava nun etwas kräftiger. »Und dann habe ich ihn zur Rede gestellt.« Sie schluckte. »Hat er dich wirklich angefasst?«, fragte sie erschüttert.

Paula blieb still und ließ ihre Augen für sie antworten, die sich ebenfalls mit Tränen füllten.

»Oh Gott, und ich habe gedacht …«

»Du kannst nichts dafür«, flüsterte Paula. »Er war es, nicht du …«

»Aber ich habe deinen Ruf ruiniert … und meine Cousine María auf deinen Koch angesetzt und …«

»Moment«, sagte Paula und war plötzlich hellwach. »Was hast du deiner Cousine gesagt?«

Ava wischte sich die Tränen ab. Das Schluchzen wurde weniger. »Mir war klar, dass du nach der Arbeit zu ihm fahren würdest. Also habe ich María gesagt, sie solle Theo besuchen und ihn für eine Geburtstagsfeier anfragen. Er scheint ein netter Kerl zu sein, deswegen dachte ich mir, dass er sie hineinbitten würde und dass du glauben würdest, sie wären … ein Paar.«

Paula sackte im Sessel zusammen. *So eine hinterhältige …*, dachte sie, doch dann erinnerte sie sich daran, dass Ava geglaubt hatte, Paula habe mit ihrem Verlobten geknutscht. »Und was ist mit dem Kuss?«, wollte Paula wissen und lehnte sich etwas nach vorn.

»Kuss?« Ava schien verwirrt.

»Die beiden haben sich geküsst«, erklärte Paula mit Nachdruck.

»Ich … ich weiß nichts von einem Kuss. Ehrlich nicht. Das war so nicht ausgemacht!«

Paula stützte ihren Kopf in die Hände und kühlte sich die heißen Wangen. »Dann haben sie sich also von sich aus geküsst?«

Avas Gesichtsausdruck wirkte hilflos. Offensichtlich wusste sie tatsächlich nichts davon.

»Okay, Ava«, sagte Paula und stand auf. Sie war erschöpft, müde, und ihr Kopf stand kurz vor der Explosion.

»Es tut mir leid mit deinem Verlobten, aber du kannst wirklich froh sein, dass du ihn los bist. Glaub mir. Er ist ein schlechter Mensch.«

Ava schluchzte erneut, und Paula hoffte, dass Ava ihm keine weitere Chance geben würde.

»Ich verspreche … ich mache es wieder gut!«, schluchzte Ava, bevor sie sich verabschiedete und gedemütigt das Haus verließ. Paula schloss die Tür hinter sich und atmete schwer aus. Sofort kam Freyja aus ihrem Büro und sah Paula mit großen Augen an. Paula erzählte ihr eine Kurzfassung von dem Grund für Avas Erscheinen und wankte dann mit müden Augen nach oben in ihr Zimmer.

Was ergab das für einen Sinn?, fragte sich Paula. Hatte sie mehr in den Kuss zwischen María und Theo hineininterpretiert, als sie tatsächlich gesehen hatte? War er womöglich ausschließlich von Avas Cousine ausgegangen? Paula knipste das Licht aus und versuchte, nicht mehr an Avas hübsche Cousine zu denken, und daran, was sie noch alles mit Theo angestellt haben mochte.

27

Hast du irgendjemandem von der Website erzählt?

Paula las Fabis Nachricht und wusste nicht, worauf er hinauswollte.

Wieso? Ist irgendwas passiert?

antwortete sie.

Weil gerade über fünfzig Leute gleichzeitig darauf sind!
Und das geht schon den ganzen Morgen so!

Ava!, dachte Paula sofort. Hatte sie ihr Versprechen umgehend in die Tat umgesetzt und wollte ihren Fehler wiedergutmachen? Paula war verunsichert.

Dann hat wohl jedes Übel auch seine positiven Seiten …
Den Rest erzähle ich dir später. Danke Bruderherz!

Ava hatte ja bereits bewiesen, dass sie dank ihrer Kontakte viel bewirken konnte. Würde sie ihr Netzwerk nun für etwas

Positives einsetzen? Wenn ja, war es perfekt, dass Fabi die spanischen Texte, die Paula ihm geschickt hatte, schon längst in die Homepage integriert hatte. Paula wollte ihren Bruder später fragen, ob der Ansturm weiter anhielt und ob überwiegend Website-Besucher aus Spanien darauf zugriffen.

Als sie Fabis Nachricht schloss, sah sie den Nachrichten-Verlauf mit Theo aufblitzen. Er hatte sich immer noch nicht zurückgemeldet. Paula hatte sich nicht getraut, den Kuss mit María anzusprechen, also hatte sie ihn lediglich gefragt, wie es ihm ginge. Als sie die Nachrichten noch einmal durchlas, kam sie sich dämlich vor. Natürlich antwortete er ihr nicht. Wieso auch? Schließlich hatte Paula ihn wochenlang ignoriert, um dann aus dem Nichts zu fragen, wie es ihm ging. Wütend auf sich selbst, warf sie das Handy auf das Bett. Wieso hatte sie Theo nicht direkt nach Avas Besuch im Cateringbetrieb angerufen? Dann wäre all das nie passiert!

Wenigstens lief die Arbeit nun viel besser als erwartet, was Paula ausreichend Ablenkung bescherte, um über den Tag zu kommen. Claudia hatte Valentina gebeten, Paula unter ihre Fittiche zu nehmen. Sie war nun, nach über vierzig Jahren in dem Geschäft, offiziell in Rente. Paula tue ihr also einen Gefallen, hatte sie gesagt, wenn sie Valentina in Beschlag nehme und vor dem Nichtstun bewahre.

Valentina hatte immer einen witzigen Spruch auf den Lippen und verstand es, Menschen für eine Sache zu begeistern. Sie ließ die Arbeit leicht und unbeschwert aussehen, was Paula sehr imponierte. Darüber hinaus backte sie einen absolut himmlischen Mandelkuchen, den man am liebsten in einem Stück verspeisen wollte.

Paula hatte nun, passend zu ihrem professionellen Webauftritt, auch Visitenkarten von Fabi bekommen sowie eine Vorlage, mit der sie alle Ideen für eine Hochzeit in einer individuellen Broschüre zusammenstellen und dem

Brautpaar zukommen lassen konnte. Darin waren Beispielfotos von eingedeckten Tischen, unterschiedlichen Stühlen, Dekorationselementen, Lampen und vielen weiteren schönen Dingen, die man sich für eine Hochzeit wünschte. Außerdem hatte Paula jeweils ein kurzes Konzept für verschiedene Hochzeitstypen angefertigt. Kerstin und Marco gefiel beispielsweise eher eine Vintage-Hochzeit mit Pastellfarben, bunten Stühlen, grobem Stoff, Lichterketten und Einmachgläsern, während Tanja und Sebastian einen etwas klassischeren Rahmen bevorzugten, mit viel Weiß und Silber. Paula wollte in Zukunft weitere Hochzeitstypen definieren, um irgendwann individuelle Pakete anbieten zu können, wie Fabi es ihr geraten hatte.

Natürlich hatte sie sich bereits mit der Konkurrenz beschäftigt, doch über die teils sehr unspezifischen Webseiten hatte sie nicht viel herausfinden können. Auch hier waren Claudias Kenntnisse, was die Dienstleister betraf, Gold wert. Sie konnte Paula genau sagen, welche Agentur mit welchen Zulieferern arbeitete und auf was sie spezialisiert waren, sodass Paula die Chance hatte, sich klar von ihnen zu unterscheiden.

Auch dachte sie mit diesem Wissen darüber nach, nicht nur die gesamte Organisation von Hochzeiten, sondern zusätzlich eine reine Locationvermittlung, eine Teilorganisation oder sogar lediglich eine Beratung mit einer Art Handbuch anzubieten. Das würde eine Planung entsprechend dem vorgegebenen Budget ermöglichen.

Paula hatte keine Idee davon gehabt, wie viel Geld Menschen bereit waren für den schönsten Tag in ihrem Leben auszugeben, doch nach und nach bekam sie das Gefühl, dass es nach oben hin keine Grenze gab. Manche Paare schienen mehrere Jahre für diesen einen Tag zu sparen und erwarteten dementsprechend einen perfekten Service. Auch hier wollte sich Paula von der Konkurrenz abheben, die oftmals nur eine limitierte Anzahl von Telefonaten, Treffen oder Locationvorschlägen anbot.

Claudia unterstützte Paula tatsächlich, wo sie nur konnte, doch hin und wieder musste sie Paula etwas bremsen, denn die alltägliche Arbeit im Cateringbetrieb durfte nicht komplett vernachlässigt werden.

War Clara vielleicht deswegen so schlecht drauf, weil sie nun einiges für Paula übernehmen musste? Den ganzen Tag hatte sie Trübsal geblasen, hatte für ihre Verhältnisse erstaunlich wenig mitzuteilen und vergrub sich die meiste Zeit im Lager.

Am späten Nachmittag machte Paula eine kurze Pause, griff zwei kleine Flaschen Limonade aus dem Kühlschrank und suchte Clara.

»Hier, du musst auch mal eine Pause machen«, sagte Paula und reichte Clara eine Flasche.

»Danke«, antwortete sie und setzte sich auf den Boden, mit dem Rücken an eines der Hochregale gelehnt. Paula ließ sich vor ihr im Schneidersitz nieder und öffnete zischend ihre Flasche.

»Ist alles okay mit dir?«, fragte sie.

»Alles gut«, antwortete Clara kurz und trank einen Schluck.

»Oder bist du sauer, weil ich so viel mit Valentina arbeite?«

»Was? So ein Quatsch!«, sagte Clara, als wäre es völlig abwegig.

»Was ist es dann?«

Clara wurde nervös. Irgendetwas stimmte nicht, das konnte Paula an ihrem Gesichtsausdruck erkennen. Für Paulas Geschmack überlegte Clara schon viel zu lange, was sie sagen sollte.

»Wollen wir nachher was trinken gehen?«, fragte Clara schließlich. »Dann reden wir.«

Erstaunt willigte Paula ein. So eine Geheimniskrämerei sah ihr überhaupt nicht ähnlich. Eigentlich sagte sie immer geradeheraus, was sie beschäftigte. Es musste also etwas Ernstes sein.

Kopfschüttelnd ging Paula wenig später zurück ins Büro und widmete sich wieder ihren Unterlagen.

Claudia hatte sich gerade verabschiedet, als Clara schließlich auch den Flur betrat, um ihre Schürze aufzuhängen. Noch immer sah sie nachdenklich und schlapp aus.

»Wollen wir los?«

Die beiden knipsten das Licht aus und schlossen die Tür hinter sich. Da sie mit zwei Autos unterwegs waren, fuhr Clara voraus, und Paula folgte ihr. Etwa fünfzehn Kilometer und einige Abfahrten später fuhr Clara auf einen Parkplatz direkt neben der Bundesstraße in Richtung Valldemossa. Sie parkten und liefen auf einen Kreisel zu, vor dem sich ein einfaches Restaurant befand.

»Wo führst du mich denn hin? Warst du schon einmal hier?«, fragte Paula. Sie wunderte sich über die Wahl der Lokalität, denn das Gebäude wirkte ziemlich ramponiert. Auf der Terrasse, deren Fliesen sich durch die Wurzeln der umliegenden Bäume zu Wellen geformt hatten, standen einfache Plastikstühle. Die Papiertischdecken auf den schiefen Tischen sahen aus, als wären sie schon mehrfach benutzt worden.

»Hier gibt es die beste Sangria der Insel«, erklärte Clara und setzte sich an einen der Tische.

Kurz darauf stand ein Keramikkrug vor ihnen, aus dem Clara zwei große Gläser Sangria einschenkte. In der eiskalten, dunkelroten Flüssigkeit schwammen Orangen-, Aprikosen- und Apfelstücke.

»Und jetzt erzählst du mir, was dich bedrückt«, sagte Paula.

»Ja«, sagte Clara und nahm einen großen Schluck.

»Jetzt mach es nicht so spannend. Was ist los?«

Clara wischte sich mit dem Handrücken einen Tropfen von der Lippe.

Paula begann, sich langsam ernsthafte Sorgen zu machen.

»Ich habe mit meinem Vater gesprochen«, begann Clara. »Ich soll dir ganz lieben Dank sagen, dafür, dass du ihm hilfst. Er freut sich wirklich sehr darüber.«

»Das mache ich doch gern. Aber stimmt etwas nicht mit ihm? Ist es wegen seines Geschäfts?«

Clara schüttelte den Kopf. »Nein, ihm geht es gut. Aber er hat mir gestern Abend etwas Komisches gesagt.«

Paula platzte fast vor Anspannung. Sie klammerte sich an ihrem Glas fest und wartete darauf, dass Clara weitersprach.

»Er kannte deinen Nachnamen nicht«, fuhr sie fort. »Ich habe immer nur als Paula über dich gesprochen. Aber als er deine E-Mail bekommen hat ...«

»Clara, jetzt sag endlich, was los ist!«, drängte Paula und wollte es am liebsten aus ihr herausschütteln.

»Er sagt, er kenne deinen Vater.«

Paula verschluckte sich und hustete. Als sie wieder Luft bekam, sah sie Clara entgeistert an. »Wie ... was ... was meinst du damit?«, stammelte sie.

»Ich weiß es nicht, Paula. Mehr war nicht aus ihm rauszukriegen. Er sagte bloß, dass er deinen Vater kennt. Dann meinte er, du sollst morgen Abend vorbeikommen.«

»Clara, das kann doch nicht sein! Und überhaupt ... wir müssen sofort zu ihm!«

»Es tut mir leid, ich würde dir wirklich gern mehr sagen, aber ich weiß auch nichts. Und er ist gestern mit der Fähre aufs Festland gefahren, zu einem Großhändler. Er kommt erst morgen wieder.«

Die Frustration fraß Paula von innen heraus auf. Ihr Kopf glühte. Woher sollte Bruno ihren Vater kennen? Was hatte er hier auf der Insel gemacht, dass ein Hotelbesitzer Paula wegen ihm aus dem Hotel warf und nun Claras Vater sagte, er kenne ihn?

»Was … wie war er denn … sah er besorgt aus? War er wütend? Oder hat er sich gefreut?«

Clara konnte Paula nicht in die Augen sehen. »Er … er war sehr in sich gekehrt, fast ein wenig … schockiert.«

Paula trank den letzten Schluck Sangria aus ihrem Glas und füllte es erneut auf. Sie würde heute Nacht kein Auge zubekommen. Was würde Claras Vater ihr wohl morgen erzählen?

28

Das Wetter spiegelte Paulas Gefühle wider, als wüsste der Himmel, was in ihr vorging. Aus dunklen Wolken ergossen sich immer wieder heftige Schauer, die von lautem Donner begleitet wurden.

Nach dem Gespräch mit Clara hatte Paula gestern keinen klaren Gedanken mehr fassen können. Selbst die eiskalte Dusche hatte daran nichts geändert. Immer wieder hatte Paula darüber nachgedacht, welche Verbindung Bruno zu ihrem Vater haben könnte. Sie wusste nicht, wie lange er bereits den Baustoffhandel betrieb, doch das Baugewerbe, oder besser die Immobilienbranche, schien die einzig plausible Erklärung zu sein. Paulas Vater hatte jedoch noch nie ein Projekt auf Mallorca betreut … oder doch? Oder hatte Bruno ihn zufällig bei seinem Besuch vor einigen Wochen getroffen? Das wäre allerdings sehr unwahrscheinlich, und nichts von dem, was sie sich zusammenreimte, hatte irgendeinen Sinn ergeben.

Freyja, die Claras Vater Bruno nicht kannte, hatte auch keine Idee gehabt, was er ihr wohl zu sagen hätte. Erneut war Paula ihr blasses Gesicht aufgefallen, als sie ihr von dem Treffen mit Clara erzählt hatte. Paula wurde das Gefühl nicht los, dass

Freyja etwas verheimlichte, obwohl sie stets beteuerte, es sei alles in Ordnung.

Paula hatte Claudia darum gebeten, heute bereits um zwei Uhr mittags Feierabend machen zu dürfen, sie habe etwas Dringendes zu erledigen. Die Nervosität war Paula offenbar anzusehen, denn Claudia hatte ohne Diskussion eingewilligt und gesagt, sie solle sich so viel Zeit nehmen, wie sie brauche.

»Kannst du nicht mitkommen, Clara?«, fragte Paula, bevor sie den Cateringbetrieb verließ.

»Mein Vater hat gesagt, er wolle mit dir allein sprechen«, antwortete Clara betrübt. Auch sie wollte natürlich wissen, warum ihr Vater so ein Geheimnis um die Sache machte und woher er Paulas Vater zu kennen glaubte.

In dem Moment piepte Paulas Handy. Schnell zog sie es aus der Jackentasche und las die eingegangene Nachricht.

Ich habe mit María gesprochen. Sie hat Theo einfach geküsst, weil sie ihn süß fand … aber er hat sie sofort gestoppt und gesagt, dass sein Herz einer anderen gehört. Ich denke, er meint dich …? Ava

Paula atmete tief durch und hielt Clara das Display hin. Beide schauten sich erleichtert an, und Clara legte die Arme auf Paulas Schultern.

»Siehst du, es wird alles gut! Und jetzt bringst du noch das Gespräch mit meinem Vater hinter dich, und erzählst mir sofort, was los ist, okay?«

»Natürlich«, antwortete Paula erleichtert, umarmte Clara noch einmal und eilte durch den Regen zu ihrem Wagen. Der Kuss war weder von Theo ausgegangen, noch hatte er ihn erwidert. Und sein Herz gehörte einer anderen … Sie lächelte bei dem Gedanken, dachte jedoch kurz danach schon wieder an das anstehende Gespräch mit Bruno. Paulas Hände wurden etwas zittrig, als sie sich dem Haus von Claras Familie näherte. Es war eine seltsame Aufregung, eher eine Art Vorahnung, dass etwas Unerwartetes passieren würde. Paula biss sich auf die Lippe, als sie am Haus ankam und Bruno bereits vor der überdachten Tür stehen sah.

Sie wollte gerade aussteigen, als Bruno auf das Auto zukam und ihr mit der Hand zu verstehen gab, sie solle sitzen bleiben.

»Hallo Paula. Schön, dich zu sehen«, sagte Bruno, als er in den Wagen stieg und sich auf dem Beifahrersitz niederließ.

»Hallo«, sagte Paula überrascht. Warum unterhielten sie sich nicht bei ihm zu Hause?

»Ich möchte dir etwas zeigen. Dafür müssen wir ein paar Kilometer fahren.«

Paula sah ihn verwundert an, nickte dann aber, ließ den Motor an und wendete den Wagen. Dennoch konnte sie nicht länger warten. Sie musste wissen, was Bruno ihr zu sagen hatte. »Bruno, du wolltest mir etwas sagen? Du … du kennst meinen Vater?«

»Hier nach rechts«, sagte er, ohne auf die Frage einzugehen.

Enttäuscht lenkte Paula den Wagen nach Brunos Vorgaben. Sie fuhren Richtung Nordwesten, bis sie in Valldemossa ankamen. Es blieb still im Auto, obwohl Paula am liebsten immer und immer wieder gefragt hätte, was Bruno wusste, wo er sie hinführte und was das alles mit ihrem Vater zu tun hatte. Dennoch spürte sie, dass er nichts sagen würde, ehe sie am Ziel angekommen wären, wo auch immer das lag.

Bruno navigierte sie durch Valldemossa, ohne in dem schönen Ort haltzumachen. Dann ließ er Paula etwa zwei Kilometer weiter Richtung Son Ferrandell fahren. Es regnete immer noch in Strömen, und der Wind peitschte das Wasser gegen die Frontscheibe.

»Hier entlang«, sagte Bruno auf halber Strecke zum nächsten Ort und deutete auf eine rechts liegende Einfahrt. Zwischen

Olivenbäumen und Feldern ging es immer weiter geradeaus aufs Meer zu, an einem verlassenen Bauernhof vorbei, auf einen Kiesweg und schließlich in eine Sackgasse. Die Straße teilte sich. Auf der rechten Seite blitzte ein Haus auf, auf der linken ging es etwas den Hügel hinab. Man konnte bereits das Meer sehen.

»Hier. Nur noch ein paar Meter«, sagte Bruno und zeigte nach links auf den abschüssigen, holprigen Kiesweg.

An dessen Ende befand sich ein verlassener Parkplatz, auf dem Paula den Wagen zum Stehen brachte.

»Wir sind da«, bestätigte Bruno und stieg aus, ohne sich vor dem Regen zu schützen.

Paula folgte ihm.

»Bruno, was machen wir hier?«, fragte sie ungeduldig und zog mit zusammengekniffenen Augen die Jacke etwas enger. »Kannst du mir nicht einfach sagen, was los ist?«

Bruno sah Paula an. »Siehst du das?« Seine Hand deutete hinter den Parkplatz.

Erst jetzt fiel Paula die Bauruine auf, die von Büschen, Bäumen und Ranken beinahe vollständig bedeckt war. Die beiden gingen darauf zu und bahnten sich einen Weg durch das nasse Gestrüpp. Dann standen sie auf einer großen, bröckeligen Terrasse, in deren Mitte sich eine Vertiefung befand. Hier hätte offensichtlich mal ein Pool entstehen sollen. Pakete mit kleinen blauen, teils kaputten, teils neuen Fliesen standen darin. Schmutziges Wasser hatte sich angesammelt und sich mit Laub und Bierdosen vermischt. Offenbar war die Ruine zu einem Treffpunkt für Teenager geworden, vermutete Paula.

Um die ausladende Terrasse herum befanden sich mehrere Gebäude, deren mit Graffiti besprühte Wände aus nicht verputztem Mauerwerk bestanden.

»Das ist ja eine richtige Wohnanlage«, sagte Paula staunend, die bei dem Anblick des verlassenen Ortes fast den Grund für ihre Anwesenheit vergaß.

»Ich habe früher hier gearbeitet«, sagte Bruno und ging auf eines der Häuser zu. »Ich war Maurer und habe viele der Steine gesetzt, die diese Wände stützen. Viel Schweiß ist in diese Anlage geflossen.«

»Warum wurde sie nie fertiggestellt?«, wollte Paula wissen.

Bruno sah sie mit leerem Blick an. »Tja, deswegen sind wir hier, Paula.« Er schnaufte. »Es ist schon über zwanzig Jahre her, und viele haben versucht, zu vergessen, was passiert ist. Aber ich erinnere mich genau.«

Bruno suchte Schutz in einem der frei zugänglichen Häuser und setzte sich in eine Maueröffnung, in die wahrscheinlich einmal ein Fenster eingesetzt werden sollte. Paula nahm neben ihm Platz.

»Es war 1993. Ich war noch ein junger Mann von dreißig Jahren und hatte doch schon viel auf dieser Insel erlebt«, begann Bruno. »Als Maurer hatte ich immer Arbeit, denn es wurde gebaut und gebaut. Immer mehr Häuser, Anlagen und Hotels entstanden seit den Siebzigerjahren, um die wachsende Anzahl von Touristen bewältigen zu können.« Bruno lächelte bei der Erinnerung an die Zeit, als er ein junger Mann war. »Anfang der Neunziger wurde viel investiert, und einige Mallorquiner wurden dabei sehr wohlhabend, Bauern, deren Land zu Bauland gemacht wurde. Das zog Menschen an, die sich auch ein Stück vom Kuchen sichern wollten. Und die Mallorquiner, die kein Land besaßen, investierten das, was sie hatten, in die Projekte anderer.«

Paula lauschte gespannt, doch konnte sie immer noch nicht erkennen, worauf Bruno hinauswollte.

»Ein junger Mann aus Deutschland hatte ebenfalls die Chance erkannt, die sich hier auf der Insel bot. Er hatte Biss … und Charme. Er kannte die richtigen Menschen und wenn er jemanden nicht kannte, lernte er ihn kennen, um ihn für seine Projekte zu gewinnen. Ich habe ihn nur

zweimal gesehen, zuletzt hier auf der Baustelle. Er war hoch-
gewachsen, hatte strohblondes Haar und trug einen feinen
Anzug. Danach war er nie wieder hier. Also, ich meine nicht
hier in der Anlage … sondern hier auf der Insel. Der Mann
hieß Richard Hansen.«

Paula schnappte nach Luft. »Bist du ganz sicher?«

»Ja, das bin ich. Leider ist er wahrscheinlich … bekannter,
als dir lieb ist, Paula.«

Paula sah Bruno fragend an. Bekannter als ihr lieb war?
1993, das war ein Jahr vor Paulas Geburt. Ihr Vater hatte hier
auf Mallorca Geschäfte gemacht? Hatte er auch hier gelebt?
Und wieso war diese Anlage nie fertiggestellt worden?

Bruno schien ihrem Gesicht die vielen Fragen ablesen zu
können und fuhr mit seiner Erklärung fort.

»Dein Vater war noch nicht lange in dem Geschäft. So
kam es, dass keine Bank und kein Investor ihm Geld für
seine Projekte geben wollte. Er kam auf die Idee, Projekte von
Privatleuten finanzieren zu lassen, und versprach sehr attraktive Renditen. Er sprach auf Versammlungen, in Restaurants,
Kneipen und auf Festen. Er verstand es, Menschen zu begeistern, und jeder vertraute ihm. Man konnte gar nicht anders! Er
hat es geschafft, dass die Leute ihn anflehten, bei ihm investie-
ren zu dürfen. Er verkaufte die Vision von einer sorgenfreien
Zukunft, weißt du.«

Obwohl die Beschreibung irgendwie zu Paulas Vater passte,
war sie nicht sicher, ob er wirklich der Mann war, von dem
Bruno sprach.

»Auf diese Weise hat er es tatsächlich geschafft, viele
Millionen Euro, damals noch Peseta, einzusammeln, und
konnte schließlich mit den Projekten beginnen. Niemand weiß,
wie viel Geld es wirklich war, aber es wurden sieben Projekte in
der Größenordnung wie dieses gleichzeitig gebaut.«

Paula schluckte. »Wieso ist dieses hier nicht fertiggestellt worden?«

Bruno atmete fest durch die Nase aus. »Keines davon wurde fertiggestellt«, sagte er und sah hinaus in den Regen.

Was? Das konnte doch nicht sein. War Bruno sich wirklich sicher? Paula war fassungslos, und ihr ganzer Körper war angespannt. »Aber ... was ist dann passiert?«

»Sobald der Rohbau fertiggestellt war, ist dein Vater zurück nach Hamburg geflogen und war seitdem nie wieder hier. Das ganze Geld war weg.«

»Nein, das kann doch nicht ...«

»Doch, Paula«, sagte Bruno traurig. »Es wurden viele Versuche unternommen, um ihn zur Rechenschaft zu ziehen, doch die Verträge beinhalteten Hunderte von Klauseln, die ihn absicherten. Natürlich hatte das niemand so genau geprüft. Die Leute haben ihm vertraut und nur das schnelle Geld gesehen. Gerüchten zufolge ist ein großer Teil des eingesammelten Geldes niemals in den Bau geflossen.«

Tränen nahmen Paula die Sicht, als sie begriff, was das bedeutete. Wenn das wirklich stimmte, dann war ihr Vater ein Betrüger, ein Abzocker und Verbrecher! »Bruno, ist das wirklich wahr?«, schluchzte sie und stützte sich an der Mauer ab.

»Ich wünschte, es wäre nicht so, Paula. Aber es stimmt«, erwiderte er sanft und legte vorsichtig seine große, raue Hand auf ihre.

Als sich Paulas Gedanken überschlugen, dachte sie an ihre Mutter. Sie musste Richard etwa in dieser Zeit kennengelernt haben. War sie auch hier gewesen?

»Was ... was ist mit meiner Mutter? War sie auch hier?«

Bruno sah in den dunklen Himmel und überlegte. »Ja, ich denke schon«, sagte er dann. »Ja, da war eine Frau mit ihm zusammen. Sie war groß, blond und hatte auch so einen norddeutschen Namen. So ähnlich wie Hansen ...«

»So ähnlich wie Hansen?«, fragte Paula irritiert und wischte sich die Tränen aus dem Gesicht. »Meine Mutter hieß damals Schwenk mit Nachnamen.«

»Nein, das war es nicht!«

Plötzlich drohte Paula in Ohnmacht zu fallen. Bilder entstanden in ihrem Kopf und Worte hallten darin.

Ich dachte, du hast alles unter Kontrolle!

Ich dachte, wir müssten sie nie wiedersehen!

Und dann lässt du unser Kind auch noch nach Mallorca fahren und unternimmst nichts!

Diese Frau ist keinen Deut besser als ich, lass dir das gesagt sein!

»War der Name … Matthiessen? Freyja Matthiessen?«, fragte Paula verzweifelt, unsicher darüber, ob sie die Antwort wirklich hören wollte.

»Ja, das ist es! Matthiessen!«

Paula zuckte zusammen, noch bevor der kräftige Donner durch die Anlage hallte.

29

Mit weichen Knien und zittrigen Händen steuerte Paula den Wagen über die nasse Straße. Fest umklammerte sie das Lenkrad, um nicht vor Wut und Verzweiflung durchzudrehen. Immer wieder musste sie sich die Tränen aus dem Gesicht wischen, um nicht die Sicht zu verlieren. Gerade eben hatte sie Bruno zu Hause abgesetzt, und sofort war sie weitergefahren, um Freyja zur Rede zu stellen.

Wenn es stimmte, was Bruno Paula eben erzählt hatte, was bedeutete das für sie? Es fühlte sich an, als hätte sie gerade ihre Familie verloren, als wäre ihr ganzes Leben eine Farce. Ihr Vater war ein Betrüger, ihre Mutter eine Lügnerin, und Freyja … darüber wollte sie noch gar nicht nachdenken. War sie es womöglich gewesen, die Paulas Vater zu diesen dubiosen Geschäften animiert hatte? Natürlich war er ein knallharter Geschäftsmann, doch war er imstande gewesen, Hunderte Menschen absichtlich um ihr Geld zu bringen? Oder gab es andere Umstände, die alles erklärten? Wie war Paulas Mutter in diese Sache hineingeraten, und was wusste sie?

Die Geschichte würde jedenfalls erklären, warum ihre Eltern unbedingt verhindern wollten, dass Paula auf die Insel ging und sie ausgerechnet auch noch bei Freyja wohnte. Und die Absage des Hotelbesitzers … hatte er in eines der Projekte investiert und hasste Paulas Familie dafür? Sieben Projekte, dachte Paula. Mehrere Millionen Euro. Es passte alles zusammen, die Verschwiegenheit über die Vergangenheit ihrer Eltern, der schnelle Aufstieg in die Hamburger High Society, der Umzug in die nobelste Gegend der Stadt, die teuren Autos. Wie sonst hätte Paulas Vater innerhalb kürzester Zeit ein derartiges Vermögen erwirtschaften können? Immerhin stammten beide, ihr Vater und auch ihre Mutter, aus einfachen Verhältnissen. Paula schlug mit der Hand auf das Lenkrad. *Wieso?*, fragte sie sich. Wieso hat er das nur getan?

»Das anhaltende Unwetter nimmt katastrophale Ausmaße an. Bitte …«, begann die Stimme im Radio, bevor Paula das Gerät ausschaltete. Sie hatte ganz andere Sorgen als das bisschen Regen. Sie musste herausfinden, welche weiteren Lügen ihre Familie und ihr Leben bestimmten. Und was wäre überhaupt die Konsequenz aus all dem? Könnte sie ihren Eltern jemals verzeihen? Wollte Paula jemals wieder etwas mit ihnen zu tun haben?

In Gedanken ging sie bereits die nächsten Schritte durch. Sollte Freyja auch nur irgendetwas mit der Sache zu tun haben, würde Paula sofort ihre Sachen packen und verschwinden. Sie würde zu Clara fahren, über alles nachdenken und … ja, und dann? Sie wusste es nicht.

Paula bog in die Einfahrt ein und wich den riesigen Pfützen aus, die sich überall gebildet hatten. Sie stellte den Wagen vor dem Haus ab und eilte durch den Regen zum Eingang.

»Freyja!«, schrie sie voller Wut und marschierte suchend von einem Raum zum nächsten.

»Ich bin hier«, tönte es aus dem Wohnzimmer. »Gut, dass du schon zu Hause bist, das Unwetter …«

»Das Unwetter ist mir völlig egal«, unterbrach Paula sie aufgebracht.

Freyja blieb regungslos im Wohnzimmer stehen, als Paula im Türrahmen erschien und sie voller Zorn ansah.

»Was ist passiert, Paula?«, fragte sie unsicher.

»Was passiert ist, fragst du mich? Ja, was ist denn passiert ... 1993?«

Freyjas Augen zuckten, als Paula diese Jahreszahl aussprach.

»Hast du mir vielleicht irgendetwas zu sagen, nachdem du mich wochenlang angelogen hast?«

»Paula, ich ...« Ein heftiger Knall unterbrach Freyja.

Paula erschrak. Was war das? Binnen Sekundenbruchteilen rauschten Wassermassen hinter ihr vorbei und spülten sie ins Wohnzimmer. Sie prallte gegen Freyja, und die beiden fielen hart auf den Wohnzimmertisch. Glas splitterte, Äste, Steine und Mauerwerk schossen durch den Innenhof am Wohnzimmer vorbei und über die Terrasse den Berg hinunter.

»Wir müssen hier weg!«, schrie Freyja, packte Paulas Arm und half ihr auf die Beine. Das schlammige Wasser drang in alle Ecken des Raums und stieg schnell an. Paula sah sich panisch um. Dann ging sie auf die Terrassentür zu und stemmte sich mit aller Kraft gegen den Schiebemechanismus. Als die Tür nachgab und das Wasser sich mit voller Wucht den Weg nach draußen bahnte, verlor Paula den Halt. Sofort packte Freyja erneut ihren Arm und zog sie zur Seite.

»Achtung!«, schrie Freyja, als sich der Wohnzimmertisch auf die Tür zubewegte. Die beiden warfen sich nach rechts. Der Tisch verklemmte sich in dem Türspalt. Dann krachte es, und die Glastür zerbarst.

»Wo sollen wir hin?«, rief Paula verzweifelt und suchte in dem Chaos nach einer Möglichkeit, dem Wasser zu entkommen.

»Ich halte dich fest! Du steigst raus auf die Terrasse und versuchst, nach rechts in die Grillecke zu kommen!«

Panisch stieg Paula über die scharfkantigen Überreste der Schiebetür und griff nach einer Wandlampe an der Außenwand.

»Halt dich weiter an mir fest, ich ziehe dich mit raus!«, rief Paula. Mit einem Ruck schwangen sich die beiden um die Ecke und ließen sich auf den Boden fallen. Dann krochen sie auf die gemauerte Grillecke zu und kauerten sich an die Wand. Freyja legte ihren Arm um Paula und drückte sie fest an sich. Immer mehr Wasser schoss durch den Innenhof und rechts und links am Haus vorbei.

Die Wassermassen rissen alles mit, was unter ihrem Gewicht verschwand. Zudem wurden sie von dicken Tropfen gefüttert, die nach wie vor vom Himmel regneten.

»Wo ist Cielo?«, rief Paula auf einmal und sprang auf.

»Sie … sie war kurz draußen«, antwortete Freyja unsicher und stand ebenfalls auf.

»Cielo! Cielo!«, rief Paula aus Leibeskräften, doch sie war nicht zu sehen. Paula wollte einige Schritte weiter in den Garten wagen, um sie zu suchen.

»Paula, halt«, sagte Freyja und hielt sie an der Schulter fest. »Wir finden sie. Versprochen! Aber sieh, dort.«

»Oh Gott, es fließt genau auf das Dorf zu«, flüsterte Paula entgeistert.

* * *

Paula zog ihr Handy aus der Jackentasche. Kein Empfang. Erst als das Wasser einige Minuten später weniger wurde, riskierten die beiden einen Blick in das Haus. Sie rannten zum Telefon, doch der Strom war ausgefallen. Die beiden durchkämmten jeden Winkel des Hauses, doch von Cielo war keine Spur.

»Wir müssen unbedingt Hilfe rufen«, sagte Paula verzweifelt. »Das ganze Dorf wird überflutet sein!«

Freyja überlegte. »Wir müssen selbst runter ins Dorf, Paula. Wir müssen helfen.«

Paula ging voraus durch den Innenhof. Alles war durch das Wasser mitgerissen worden, Regale, Bänke, Unterlagen, Schlamm und Gestrüpp. Die Eingangspforte war aus dem Rahmen gebrochen, und die Wand ringsherum zeigte Risse. Sie schlüpften durch den Eingang und blieben fassungslos vor dem Haus stehen. Das Wasser hatte Paulas Auto gegen die Hauswand gedrückt und damit die Mauer um ein Fenster herum beschädigt.

»Oh mein Gott«, flüsterte Paula.

»Komm mit«, sagte Freyja, »Wir müssen ins Dorf.«

»Und … was ist mit Cielo?«

»Sie wird uns finden, glaub mir.«

Der Hang zum Dorf hin hatte sich in eine rutschige Schlammpiste verwandelt, also eilten Paula und Freyja den etwas längeren Weg die Straße hinunter, immer wieder nach Paulas Hündin rufend. Der Regen hörte einfach nicht auf. Bäche entstanden in jeder Vertiefung links und rechts der Straße und suchten sich den schnellsten Weg hinunter ins Tal.

Von Weitem sahen die beiden, wie das Dorf im Dunklen lag, das Stromnetz war zusammengebrochen. Dennoch erkannten sie, dass sich die Hauptstraße in einen reißenden Fluss verwandelt hatte, in dem abgeknickte Strommasten und sogar Autos trieben.

In einem höher gelegenen Teil der Ortschaft, auf einer leichten Erhebung blieben sie stehen und erschraken bei dem Bild, das sich ihnen zeigte. Menschen drängten sich in die obersten Etagen der Häuser, bestiegen die rutschigen Dächer und schrien um Hilfe. Der braune Fluss, der sich durch die tiefer liegenden Straßen wälzte, nahm alles mit sich, was ihm im Weg stand. Menschen retteten sich gerade noch aus den Wassermassen und klammerten sich mit letzter Kraft an Geländern oder Fenstervorsprüngen fest, um dann von

Anwohnern hochgezogen zu werden. Wasser brach durch die Fenster der Erdgeschosse und überflutete die Häuser bis zur ersten Etage.

Rechts von dem höher gelegenen Dorfteil, wo die beiden standen, schossen weitere Sturzbäche wie Wasserfälle den Hang hinunter und spülten mit rasender Geschwindigkeit immer mehr Wasser in die Straßen.

»Was sollen wir nur tun?«, flüsterte Paula entsetzt und hielt sich die Hand vor den Mund.

»Ich weiß es auch nicht, Paula.«

30

Paula setzte sich erschöpft neben Freyja auf eine angeschwemmte Holzkiste. Die Straßen waren voller Schlamm, Steine, Möbel und Unrat. Überall war Blaulicht zu sehen. Alte und verletzte Leute wurden in Krankenwagen und Helikoptern in die nächsten Krankenhäuser gebracht. Verzweifelte und weinende Menschen standen reglos vor ihren Häusern und betrachteten das Chaos, welches das Wasser hinterlassen hatte. Den Anblick würde Paula niemals vergessen.

Nachdem der Wasserspiegel gesunken war, waren Paula und Freyja sofort in den tiefer liegenden Teil des Dorfs gelaufen, hatten um Hilfe rufende Menschen aus ihren Häusern befreit, vermisste Personen gesucht und Verletzte notdürftig verbunden oder gestützt. Rettungswagen, Feuerwehr und Polizei waren kurz darauf eingetroffen und hatten alle Hilfs- und Rettungsmaßnahmen koordiniert. Die Straßen mussten für die Rettungsdienste freigeräumt werden, es wurden Wärmedecken, Getränke und Suppe verteilt, und jedes Haus wurde nach möglichen Opfern der Katastrophe durchsucht. Mit jeder weiteren Minute wuchs die Angst, dass jemand schwer verletzt oder sogar ertrunken aufgefunden wurde.

Erst als die ersten Sonnenstrahlen sich durch die Wolken schoben und das Ende der Nacht einläuteten, waren alle Häuser durchsucht und keine Todesopfer gemeldet worden.

Trotz der katastrophalen Umstände hatte das Dorf zusammengehalten. Hunderte von Menschen lagen sich in den Armen, um Trost und Wärme zu spenden, und die gute Nachricht über die Vollzähligkeit der Gemeinde sorgte für Erleichterung in den Straßen.

Die Rettungskräfte begannen anschließend, die übermüdeten freiwilligen Helfer nach Hause zu schicken. Sie sollten sich ausruhen, um nach etwas Schlaf mit neuer Energie die Aufräum- und Wiederherstellungsarbeiten anzugehen. Paula wollte sich nicht ausmalen, was diese Katastrophe für viele Menschen bedeutete. Sie standen vor dem Nichts. Das Wasser hatte all ihre Habseligkeiten mit sich gerissen und dazu einen immensen Schaden verursacht. Lediglich der starke Zusammenhalt der Dorf- und Inselbewohner ließ die Menschen etwas Hoffnung schöpfen.

»Komm, Paula. Wir müssen uns ein wenig ausruhen. Dann kommen wir wieder und helfen, wo Hilfe benötigt wird«, sagte Freyja kraftlos.

»Ja, du hast recht.«

Die beiden wandten sich zum Gehen, als Paula aus dem Augenwinkel etwas bemerkte.

»Cielo!«, rief sie erleichtert, als die kleine Hündin auf sie zugerannt kam. Paula bückte sich, und der durchnässte Vierbeiner sprang an ihr hoch, fiepte und leckte ihr aufgeregt das Ohr. Paula war überglücklich, sie wiedergefunden zu haben, und drückte sie fest an sich.

»Wo warst du denn nur, meine Hübsche? Ich hab mir solche Sorgen gemacht!«

»Ich habe sie im Dorf gefunden.«

Ruckartig sah Paula auf und traute ihren Augen nicht. Sie drückte sich nach oben, lief einige Schritte auf Theo zu und warf sich ihm in die Arme.

»Paula, es geht dir gut! Gott sei Dank geht es dir gut!«, sagte Theo, nahm ihr Gesicht in beide Hände und strahlte sie erleichtert an. Dann senkte er den Kopf und gab ihr einen langen Kuss. Paula ließ sich erschöpft gegen seine Brust fallen und erwiderte den Kuss. Für einen Moment schien das Chaos um sie herum zu verschwinden. Es gab nur Theo und sie.

Dann löste er den Kuss und schloss Paula in seine Arme. Cielo wuselte aufgeregt zwischen den Beinen der beiden herum.

»Ich war oben am Haus. Es war niemand da, und dann die Zerstörung dort. Ich hab mir solche Sorgen gemacht.«

Paula sah ihm in die funkelnden Augen. »Aber ... aber was machst du denn hier, Theo?«

Er küsste Paula erneut, leidenschaftlich und dennoch sanft. Seine Lippen waren weich und schmeckten salzig. Erst als Paula die Augen wieder öffnete, merkte sie, dass sie weinte.

Theo erzählte, er habe in den Nachrichten von den Unwetterwarnungen und der Überschwemmungsgefahr in der Region gehört. Er bekam die letzte Maschine am Abend und war sofort zu Freyjas Haus gefahren. Als er das Gebäude zerstört und leer vorgefunden und Paula nicht erreicht hatte, hatte er im Dorf geholfen und gehofft, Paula dort zu finden.

Als die Sonne die Wolken schließlich besiegt hatte und die Straßen des Dorfes zu trocknen begannen, hatte er sie inmitten des Chaos schließlich entdeckt.

Paula, Theo und Freyja stiegen nun zu Fuß den Berg hinauf und gingen zum Haus. Cielo trottete erschöpft neben ihnen her. Im Morgenlicht wurde auch hier das Ausmaß der Zerstörung deutlich.

Die drei stiegen über umgekippte Möbel, Äste und Schlamm, suchten sich drei Stühle zusammen und setzten sich auf die Terrasse. Erschöpft lehnte Paula ihren Kopf an Theos Schulter. Cielo sprang auf ihren Schoß und schmiegte sich eng an sie, als wollte sie nie wieder von ihr weichen.

»Freyja, du bist mir trotzdem noch eine Antwort schuldig«, flüsterte Paula kraftlos.

»Ja, ich … ich mache erst mal den Grill an und mache Kaffee. Es gibt noch keinen Strom«, sagte sie und verschwand im Haus.

Erschöpft schliefen Paula und Theo Kopf an Kopf ein.

* * *

Paula ging die Treppe hinunter und roch den frischen Kaffeeduft, der den modrigen Geruch im Haus überdeckte. Nachdem sie an Theo gelehnt aufgewacht war, waren die beiden nach oben gegangen und hatten sich schlafen gelegt. Cielo hatte sich auf einer Decke vor dem Bett zusammengerollt und schnarchte leise. Freyja war offensichtlich schon vor ihnen nach oben verschwunden.

Es war bereits Nachmittag, doch noch immer spürte Paula die Erschöpfung der letzten Nacht. Unten angekommen, entdeckte sie Freyja, die einen Besen in der Hand hielt und haufenweise Schlamm aus dem Innenhof schob.

»Wie geht's dir?«, fragte Freyja und stellte den Besen gegen die Wand.

»Ich bin okay.«

»Komm, lass uns rausgehen.« Freyja lief auf die Terrasse, nahm die Kaffeekanne vom Grill und schenkte eine Tasse ein.

»Hier.«

Paula nahm die Tasse, nickte und setzte sich.

»1993«, sagte Freyja und setzte sich ebenfalls.

»Du hast mich belogen, genau wie mein Vater mich belogen hat.« Paula seufzte. Das Unwetter hatte ihre Gedanken für eine Nacht weggespült, doch nun hatte ihre Wut wieder die Oberhand gewonnen.

»Ich bereue sehr, dich verletzt zu haben, Paula. Das war alles so nicht geplant, das musst du mir glauben.«

Paula lachte verzweifelt auf. »Wie war es denn geplant?«

»Anders.« Freyja seufzte. »1993 …«, begann sie erneut. »In dem Jahr war ich das erste Mal auf der Insel. Ich lebte in Hamburg und arbeitete bei einem Verlag. Gemeinsam mit einer Freundin bin ich als Urlauberin auf die Insel gekommen. Drei Wochen Sonne tanken und etwas südländischen Flair aufsaugen. Aus drei Wochen sind nun fünfundzwanzig Jahre geworden. Schuld daran war ein Mann, das habe ich dir schon einmal erzählt. Er war Deutscher, gut aussehend, kernig und außerordentlich charmant. Ich hatte ihn in einem Restaurant kennengelernt. Er hörte, dass meine Freundin und ich einen leichten norddeutschen Akzent hatten, und setzte sich kurz darauf zu uns. Er hatte nur Augen für mich, und das schmeichelte mir sehr. Er erzählte, er sei Immobilienentwickler und arbeite an beeindruckenden Projekten hier auf Mallorca. Jedoch wolle er nicht, dass ausländische Investoren von dieser traumhaften Insel profitierten, sondern die Menschen, die diese Insel zu dem machten, was sie ist, die Bewohner Mallorcas. Sein Herz und meines schlugen von der ersten Sekunde an in der gleichen Frequenz. Ich war verliebt. Drei Wochen später nahm ich nicht den Flieger zurück nach Hamburg, sondern blieb hier, bei deinem Vater.«

Paula war schockiert. Freyja und ihr Vater kannten sich nicht nur, sie waren sogar ein Paar gewesen! Welche weiteren Überraschungen warteten wohl noch auf sie?

»Seine Idee, die Inselbewohner an der Entwicklung der Projekte zu beteiligen, gefiel mir so gut, dass ich ihn dabei unterstützen wollte. Mein Spanisch war damals schon ganz passabel, also übersetzte ich für ihn, wenn er vor Investoren sprach, ich vereinbarte Termine, bereitete Unterlagen vor und rührte die Werbetrommel. Meine Freundin blieb ebenfalls und half auch bei der Organisation des Vorhabens. Schon bald teilte ich mir mit Richard ein Apartment, wir segelten zusammen und träumten von einer gemeinsamen Zukunft auf der Insel. Meine Freundin war wahnsinnig eifersüchtig, doch das habe ich erst viel später erkannt.«

»Stimmt es, dass er mehrere Millionen eingesammelt hat?«, fragte Paula.

»Oh ja. Und er war gut darin. Er konnte jeden um den Finger wickeln.«

»Was ist dann passiert?«

»Die Vorbereitungen haben viele Monate gedauert, bis das erste Projekt gestartet ist. Es war eine aufregende Zeit, und ich glaube, Richard hat mich wirklich geliebt. Er vertraute mir und weihte mich in einige Dinge ein, die er bis dahin für sich behalten hatte. So bekam ich mit der Zeit einen Überblick über alle Finanzen und Verträge, alle Projektunterlagen. Nach und nach fielen mir dann Unstimmigkeiten auf. Ich habe Richard darauf angesprochen, und wir haben uns heftig gestritten. Mitten in der Nacht kam er sturzbetrunken nach Hause und wollte sich wieder versöhnen. Er sagte, er könne nicht mehr ohne mich leben und ich solle mit ihm nach Hamburg kommen. Als ich erwiderte, dass die Fertigstellung der Projekte doch mehrere Jahre dauern würde und man vor Ort sein müsse, antwortete er, dass sowieso keines der Projekte jemals zu Ende gebaut würde.«

Paula begann, zu weinen, als sie die Bestätigung dafür hörte, was ihr Vater für ein Mensch war. Bruno hatte recht gehabt. Auch Freyja wirkte immer betrübter, je mehr sie erzählte.

»Genau wie die vielen Privatinvestoren hatte er nun auch versucht, mich mit einer sorgenfreien Zukunft zu locken. Alles, was ich dafür tun sollte, war Stillschweigen zu bewahren und mit ihm zu kommen. Ich nannte ihn einen Betrüger und noch schlimmere

Dinge und sagte, er solle mich in Ruhe lassen, er würde dafür geradestehen müssen. Am nächsten Tag fand ich einen Brief vor der Tür. Richard selbst war verschwunden, zusammen mit allen Dokumenten und … mit meiner Freundin … deiner Mutter.«

Die Kaffeetasse entglitt Paula und zersprang auf dem Terrassenboden. Scherben lagen überall verstreut, doch Paula konnte ihren Blick nicht von Freyja abwenden.

»Meine …?«

Freyja nickte mitfühlend. »Als wir nach Mallorca kamen, waren wir beste Freundinnen. Nachdem deine Mutter die Insel verlassen hatte, habe ich nie wieder etwas von ihr gehört.«

* * *

Paula hatte viele Fragen, und Freyja beantwortete jede davon. Die Erkenntnisse über ihren Vater und ihre Mutter schockierten Paula zutiefst. Ihre Beziehung basierte auf einem betrügerischen Millionengeschäft, das viele Jahre zurücklag und trotzdem einen Schleier der Verschwiegenheit und Lüge über ihrem Leben ausgebreitet hatte. Richard hatte das Geld anderer für seine eigenen Zwecke benutzt und ihnen geschadet, wenn nicht sogar alles genommen, was sie hatten.

Als Theo aus dem Schlafzimmer kam und sich zu ihnen setzte, stellte er keine Fragen. Er hielt einfach Paulas Hand und gab ihr das Gefühl von Sicherheit und Geborgenheit.

Irgendwann stand Freyja auf und ging in ihr Büro. Das Wasser hatte bis auf Hüfthöhe alle Bücher und Dokumente, die sich in dem Raum befanden, unbrauchbar gemacht. Das Ölbild ihres Mannes allerdings war von dem Unwetter verschont geblieben. Wenig später betrat sie wieder die Terrasse, in der Hand ein Stück Papier, das in einer Klarsichtfolie steckte.

»Als ich meinen Mann kennenlernte, erzählte ich ihm von deinem Vater und dem, was passiert war. Ramon und ich fühlten uns so sicher miteinander, dass wir über alles reden konnten. Ich habe ihm auch diesen Brief gezeigt, den Richard mir am Tag seiner Abreise hinterlassen hatte.«

Freyja reichte Paula die Klarsichthülle mit dem bereits etwas vergilbten Briefpapier.

»Ich habe Ramon gesagt, dass ich die Vergangenheit ruhen lassen möchte, also trennte ich mich von allem, was mich an diese Zeit erinnerte, auch von diesem Brief. Ramon muss ihn aus dem Müll gefischt und all die Jahre aufbewahrt haben, denn er hat ihn mir auf dem Sterbebett wiedergegeben. Er sagte, ich solle etwas Gutes damit bewirken. Nächtelang habe ich darüber nachgedacht und bin zu einem Entschluss gekommen, auf den ich nicht sonderlich stolz bin. Ich habe deinen Vater erpresst.«

Paula sog scharf die Luft ein. Diese Frau ist keinen Deut besser als ich, hatte Paulas Vater gesagt. Das meinte er also damit!

»Das war der Grund für meinen Besuch in Hamburg.« Freyja schluckte. »Ich wollte das gesamte Geld von ihm zurückhaben, um das er die Menschen damals betrogen hatte. Nicht um es zu behalten, sondern um ihnen jeden einzelnen Cent zurückzugeben, für ihre Kinder, ihre Familien.«

Paula musste sofort wissen, was in diesem Brief stand und begann, zu lesen.

Mallorca, 27. August 1993

Meine liebe Freyja,
ich möchte mich nicht für das entschuldigen, was
ich getan habe, doch ich möchte Dir sagen, dass
die letzten Monate mit Dir die besten meines
Lebens waren. Ich liebe Dich und sehe alles, was
vor mir liegt, gemeinsam mit Dir. Ich bedauere
unseren Streit sehr, denn er kam zu einem

Zeitpunkt, an dem ich keine andere Wahl hatte, als in die Heimat zurückzukehren. Wenn Du diese Zeilen liest, bin ich wahrscheinlich auf dem Weg nach Hamburg. Deiner Freundin Hilda habe ich geraten, die Insel ebenfalls zu verlassen, und sie ist mitgekommen. Dir rate ich dasselbe. Die nächsten Monate werden sehr unbequem werden.

Ja, ich habe die Menschen um ihr Geld betrogen. Ich habe Luftschlösser verkauft, und es gab nie eine Aussicht auf Erfolg, doch sie haben die Verträge unterschrieben. Ich habe sie zu nichts gezwungen.

Außerdem ermöglichen uns die Umstände eine sorgenfreie Zukunft mit allem, was Du Dir vorstellen kannst. Wir werden im Luxus leben, Freyja, wenn Du mir nur eine Chance geben kannst, Dir meine Liebe zu beweisen.

Anbei ist ein Flugticket für die Maschine heute Abend. Wenn ich Dich am Hamburger Flughafen in Empfang nehmen darf, machst Du mich zum glücklichsten Menschen auf der Erde. Andernfalls ist Deine Entscheidung gegen mich gefallen, und ich bedauere es zutiefst.

Ich freue mich auf Dich.
In Liebe, Dein Richard

31

Der Morgen war warm und freundlich, als ob die Insel sich für das entschuldigen wollte, was sie dem Ort zwei Nächte zuvor angetan hatte. Paula spazierte den Hang hinauf und wurde von Cielo begleitet. Sie musste den Kopf freibekommen, nachdem er gestern so viele neue Wahrheiten hatte ertragen müssen, die auch ihr Leben betrafen. Paula fühlte sich wie die Natur um sie herum, die von einer unerwarteten Flut überrascht und völlig verwüstet zurückgelassen worden war. Sie hatte alles mit sich gerissen, Vertrauen, Glaube, Hoffnung.

Theo war gestern Abend noch in ein Hotel gefahren, um Paula und Freyja Zeit miteinander zu lassen. Paula wollte ihn nicht gehen lassen, hatten sie sich doch gerade erst gefunden. Dennoch war sie dankbar für sein Verständnis und seine Geduld. Es war einfach zu viel, was auf Paula einprasselte, und sie musste diese Sache mit Freyja klären, um voll für ihn da sein zu können. Theo hatte sie geküsst und ihr versprochen, dass auch sie noch jede Menge Zeit miteinander haben würden.

Auch Clara war gestern noch besorgt und aufgelöst vorbeigekommen, hatte Paula und Freyja fest umarmt und war froh, dass ihnen nichts passiert war. Bewohner des Dorfes hatten ihr schon am Morgen bei der Durchfahrt berichtet, dass Paula und Freyja wohlauf seien und sich etwas ausruhen mussten, also war sie erst am späten Nachmittag wiedergekommen, um ihnen beizustehen. Clara wusste bereits von ihrem Vater, mit welchen Gedanken sich Paula darüber hinaus herumschlug, und verstand, dass sie noch einige Dinge mit Freyja allein besprechen musste. Paula war dankbar für Claras Freundschaft und versprach, sich bei ihr zu melden, spätestens sobald das Handynetz wieder funktionierte.

Oben am Hang angekommen, sah Paula, wie sich gerade die orangefarbene Sonne im Osten der Insel erhob. Sie läutete einen neuen Tag ein, eine neue Chance, das Geschehene zu begreifen, ein neues Kapitel in Paulas Leben.

Mit zitternden Händen hatte sie gestern den Brief ihres Vaters an Freyja gelesen. Tränen waren darauf getropft, als sie sein Geständnis begriff. Es war der Beweis dafür, dass alles stimmte, was Bruno und Freyja ihr zuvor erzählt hatten. Es war der Beweis für die fehlende Liebe zu Paulas Mutter und für all die Lügen, aus denen Paulas Leben bestand. Er hatte dubiose Geschäfte gemacht, mit der Gewissheit, dass die geplanten Projekte niemals fertiggestellt würden, der Gewissheit, dass jeder der Beteiligten sein Geld verlieren würde.

Offensichtlich hatte Freyja keine Schuld an dem, was passiert war. Im Gegenteil, sie hatte Richard erpresst, um mehr als zwanzig Jahre später endlich für Gerechtigkeit zu sorgen.

Freyja hatte erzählt, Richard habe sie beschimpft und bedroht, doch sie habe nicht lockergelassen. Ihre Zuneigung Paula gegenüber habe außerdem nichts damit zu tun, und sie hoffe, dass Paula ihr verzeihen könne, wenn nicht heute, dann eines Tages. Solange sei sie natürlich weiterhin herzlich willkommen in ihrem Haus.

»Ich hätte dir früher von damals erzählen sollen«, hatte Freyja gestanden. »Ich wollte nur … ich glaube, ich wollte dir nicht die Chance auf einen Neuanfang ohne Altlasten nehmen. Du hast dich zu einer tollen, eigenständigen Frau entwickelt, mit Ideen, Zielen und Freude am Leben. Ich wollte nicht das Risiko eingehen, dir das zu zerstören«, hatte sie erklärt.

Paula hatte lange darüber nachgedacht. Hätte sie all das hier noch vor einigen Monaten verarbeiten können? Sie würde die Frage nicht beantworten können, doch sie verzieh Freyja augenblicklich. Schon allein wegen all dem, was Freyja für sie getan hatte, für all die Unterstützung und den Trost. Paula konnte ihr überhaupt nicht böse sein.

»Komm Cielo, es wartet eine Menge Arbeit auf uns!«, rief sie der kleinen Hündin zu, die daraufhin sofort mit einem Ast im Maul angeflitzt kam und den Hang hinunterjagte. Paula lächelte. Die Unbeschwertheit dieses kleinen Geschöpfes war ansteckend.

Als sie das Haus erreichte, entdeckte Paula einen Koffer vor dem Eingang. Wessen Gepäck war das? War Theo wiedergekommen? Im nächsten Moment, als Paula den Koffer wiedererkannte, trat ihre Mutter aus dem Türrahmen. Sie weinte, öffnete ihre Arme und kam auf Paula zu.

»Kind, dir geht es gut!«, sagte sie sichtlich erleichtert.

Paula blieb wie angewurzelt stehen. Dann hob sie schützend die Arme, und ihr Blick verfinsterte sich. »Was willst du hier?«, fragte sie hart.

»Ich … ich …« Hilda rang um ihre Fassung.

»Ich will, dass du wieder gehst«, sagte Paula, trat an ihr vorbei und ging in das Haus.

»Was macht meine Mutter hier?«, fragte sie Freyja aufgebracht, als sie die Küche betrat. »Ich will sie nicht sehen. Ich kann nicht …«

»Paula«, sagte Freyja, die gerade den Boden wischte. »Sie hat dich nicht erreicht und sich Sorgen gemacht.«

Hilda war wohl erst vor einigen Minuten angekommen. Es musste komisch für Freyja gewesen sein, ihre ehemalige beste Freundin nach fünfundzwanzig Jahren wiederzusehen, nach all dem, was passiert war. Dennoch hatte sie ihr Einlass gewährt und angeboten, sie könne auf Paula warten.

Paula wusste nicht, ob sie schon so weit war, mit ihrer Mutter sprechen zu können. Zu viel stand zwischen ihnen. Es waren Monate vergangen, in denen sie sich nicht für Paula interessiert, Jahre, in denen sie Paula belogen hatte. Und nun tauchte sie einfach auf und erwartete, dass Paula ihr zuhörte, sich in ihre Arme fallen ließ und alles gut würde?

»Gib ihr eine Chance, Paula. Sie hat den ersten Schritt gemacht. Komm ihr etwas entgegen, und hör dir an, was sie zu sagen hat«, bat Freyja aufrichtig.

Viele lange Minuten rang Paula mit sich. Sie war sauer auf ihre Mutter. Sie war enttäuscht und fühlte sich verlassen. Dennoch hatte sie ihr gefehlt. In stillen Momenten hatte Paula sich nach ihrer Mutter gesehnt, nicht nach dem Menschen, der sie heute war, sondern dem Menschen, der sie vor vielen Jahren gewesen sein mag. Was war in all den Jahren passiert, dass sie sich so entfremdet hatten? War Paula zu hart zu ihr? War es nicht Paulas Vater, der all das zu verantworten hatte, und nicht ihre Mutter? Dann atmete Paula ein paar Mal tief durch und ging zum Hauseingang.

Hilda war verschwunden.

»Mama?«, rief Paula und sah sich suchend um.

Dann entdeckte sie die Spur von Kofferrollen, die sich die gesamte Einfahrt entlang durch den Matsch zog. Paula überlegte nicht lange, sondern folgte der Spur.

»Mama?«, rief sie immer wieder.

Plötzlich blieb sie stehen und ging einige Meter zurück. Dort sah sie Hilda auf einer kleinen Lichtung. Sie blickte nicht hinab ins Tal oder zu den Bergen, sie hatte ihr Gesicht in ihren Händen vergraben und schluchzte.

»Mama«, sagte Paula mitfühlend, doch Hilda reagierte nicht. Paula setzte sich neben sie auf den felsigen Boden.

»Ich habe das alles nicht gewollt, Paula«, schluchzte sie. »Dieses ganze Leben! Weder für mich noch für dich oder deinen Bruder!«

Es berührte Paula sehr, ihre Mutter so zerbrechlich zu sehen. Auch ihr liefen nun Tränen über das Gesicht. Hilda sah ihrer Tochter in die feuchten Augen, dann umarmten sie sich.

»Ich habe mich von deinem Vater getrennt«, flüsterte Hilda.

Die beiden hielten sich weiterhin fest in den Armen.

»Er ist ...«

»Ich weiß, was er ist«, sagte Paula. »Freyja hat mir erzählt, was damals passiert ist.«

Hilda löste die Umarmung, sah Paula in die Augen und strich ihr über die Wange.

»Was ist passiert, nachdem ihr wieder nach Hamburg geflogen seid?«

Hilda wischte sich die Tränen aus dem Gesicht und begann, zu erzählen.

»Weißt du, ich war vom ersten Augenblick an in deinen Vater verliebt, seit er sich in diesem Restaurant zu uns gesetzt hatte. Leider war es Freyja, die sein Herz eroberte. Monatelang habe ich um seine Gunst gekämpft. Ich habe mir eingeredet, er würde sich umentscheiden, wenn ich ihn nur weiter bei seinem Vorhaben unterstützte. Dann, eines Nachts, stand er vor meiner Tür. Er sagte nicht, was los sei. Er sagte nur, ich solle alle meine Sachen packen und am nächsten Morgen mit ihm zum Flughafen kommen. Das tat ich dann auch. Zu meiner Überraschung waren nur Richard und ich am Flughafen. Freyja fehlte. Ich weiß noch genau, wie ich mich fühlte. Ich dachte, er habe mich endlich wahrgenommen, sich für mich entschieden. In Hamburg haben wir zunächst in einem Hotel gewohnt, in zwei getrennten Zimmern. Es vergingen mehrere Tage, bis er schließlich an meiner Tür klopfte und wir uns liebten.«

»Hat er dich auch geliebt?«, wollte Paula wissen.

»Ich weiß es nicht genau, Schatz. Ich selbst war viel zu verliebt, um an seiner Liebe zweifeln zu können. Er war der Mann meiner Träume, und ich hatte gewonnen. Er gehörte mir.« Hilda räusperte sich. »Freyja hatte damals schon vermutet, dass irgendetwas an seinen Geschäften nicht rechtens war, doch ich wollte davon nichts wissen. Er versprach mir eine rosige Zukunft mit allem, was ich mir erträumen konnte, ich sollte mich nur noch einige Jahre gedulden. Wir zogen also in einen Hamburger Vorort und führten ein einfaches Leben. Es war wunderbar. Knapp ein Jahr später bist du auf die Welt gekommen. Mein Glück war perfekt. Ich hatte nie mehr hinterfragt, was dein Vater getan hatte, denn mir gegenüber benahm er sich weiterhin liebevoll und charmant. Dann kam auch dein Bruder zur Welt. Richard arbeitete unglaublich viel, und wir hatten kaum noch Zeit füreinander. Dann, es war ein Mittwoch, das weiß ich noch, kam er völlig betrunken nach Hause. Es war der Tag, an dem Klage gegen ihn erhoben wurde. Zu diesem Zeitpunkt wurde mir zum ersten Mal bewusst, was er damals auf Mallorca getan hatte. Bis zu diesem Zeitpunkt hatte ich versucht, alles zu verdrängen. Doch an diesem Tag holte uns die Vergangenheit ein. Richard wurde missmutig, ausfallend und schnell reizbar. Er verbrachte mehr Zeit mit Anwälten und vor Gericht als mit seiner Familie, mit uns. Als ich die Tragweite seiner Geschäfte erkannte und feststellte, dass alles so von ihm geplant war, glitt mir der Boden unter den Füßen weg. Wahrscheinlich erinnerst du dich nicht daran, aber ich habe dich und deinen Bruder genommen und bin mit euch beiden fortgefahren. Ich wollte euren Vater verlassen.«

Paula griff nach der Hand ihrer Mutter.

»Er hat mich gefunden. Er hat mir damit gedroht, mich in all das hineinzuziehen und euch mir wegzunehmen. Ich hatte damals viele Dinge für Richard gemacht, Verträge erstellt, Dokumente beglaubigen lassen … mein Name tauchte in vielen Unterlagen auf, und ich hatte Angst. Selbst als die Klage fallen gelassen wurde, hat er mir weiter gedroht. Ich habe es nicht geschafft, mich von ihm zu lösen. Zu groß war meine Furcht, euch zu verlieren. Als der Prozess vorüber war, ging unser neues Leben los. Richard wollte in die Stadt, er wollte seine teuren Autos, eine Villa, einen Ruf in der höheren Gesellschaft, er wollte etwas sein, was wir nicht waren. Von da an ging alles bergab. Der Luxus hat uns verdorben. Ich habe meinen Kummer in Wein ertränkt, mich zurückgezogen und …«, Hilda schluchzte, »… und ich habe euch verloren. Ich konnte nicht mehr, ich konnte dem Druck, dem schlechten Gewissen und der Angst nicht mehr standhalten. Fortan lief alles nach seinem Plan, nach seinen Regeln. Ich will nicht alles auf Richard schieben, Paula. Ich habe sicher viele Fehler gemacht. Aber ich hoffe, es ist noch nicht zu spät, sie wiedergutzumachen.«

Paula nahm ihre Mutter erneut in den Arm und ließ sie minutenlang nicht los. Sie weinten, lachten und sprachen über so viele Dinge, über die sie noch nie zuvor gesprochen hatten.

Hilda wollte alles über Paulas Zeit auf Mallorca wissen. Also erzählte Paula ihr, wie alles auf Sophies Hochzeit begonnen hatte, wie sie in Clara hineingerannt war und plötzlich den Job im Catering bekommen hatte. Sie erzählte von allen Höhen und Tiefen, wie sie Freyja kennengelernt hatte, von Veranstaltungen, der Idee, als Hochzeitsplanerin zu arbeiten, und sogar von dem Vorfall mit Carlos. Hilda war schockiert und schämte sich erneut dafür, nicht für Paula da gewesen zu sein.

Dann erzählte Paula von Theo und gestand, dass sie ihn liebte, aber noch nicht wüsste, wie es weitergehen würde. Dennoch sah Paula ihre Zukunft hier auf der Insel, die so traumhaft roch, auf der so viele nette Menschen wohnten und die von einer Leichtigkeit getragen wurde, die selbst in schweren Zeiten das Leben lebenswert machte.

Hilda lachte. »Ich war seit über zwanzig Jahren nicht mehr hier, und dennoch habe ich genau dieses Gefühl, seit ich heute Morgen den ersten Schritt aus dem Flughafen gesetzt habe.«

Paula lächelte.

»Weißt du noch, wie wir damals Muscheln an der Nordsee gesammelt haben?«, fragte Hilda. »Du warst noch sehr klein.«

Paula nickte.

»Ich glaube, ich möchte nie wieder etwas anderes machen, als mit dir Muscheln am Strand zu sammeln.« Hilda blieb einen Moment lang still. »Würde es dir etwas ausmachen, wenn ich hierbleibe, Paula?«

Überrascht sah Paula ihre Mutter an. Dann schüttelte sie lächelnd den Kopf. »Nein. Die Insel wird dir genauso guttun wie mir!«

Die Sonne schimmerte zwischen den Ästen der Kiefern hindurch. Es war ein Spiel aus Licht und Schatten, bei dem zumeist das Licht gewann. Irgendwann standen Paula und ihre Mutter auf. Paula zog Hildas Koffer, und die beiden gingen zurück zum Haus. Hilda wollte Freyja dafür danken, dass sie sich um Paula gekümmert hatte, als sie selbst es nicht konnte. Es würden noch viele Tage und Wochen vergehen, bis alles ausgesprochen war, was ausgesprochen werden musste.

»Weißt du Mama, ich habe noch nie einen Sommer wie diesen erlebt.«

Hilda lächelte und setzte einen Fuß vor den anderen.

»Manchmal habe ich das Gefühl, es sei mein erster gewesen.«

EPILOG

»Wo bringst du mich hin?«, fragte Paula neugierig.

Theo führte sie einen Weg entlang, und Paula sollte ihre Augen geschlossen halten. Cielo lief aufgeregt neben ihnen her und wedelte mit dem Schwanz.

»Wir sind gleich da«, sagte er und lächelte. »So, du darfst die Augen aufmachen.«

Nachdem Paula sich wieder auf die Helligkeit der Mittagssonne eingestellt hatte, sah sie sich aufgeregt um. Sie war umgeben von Feldern, Bäumen und wilden Sträuchern.

»Dreh dich um«, sagte Theo.

Als Paula sich umdrehte, stand sie vor einer malerischen alten Natursteinfinca mit zwei Stockwerken. Das obere verlief nur über die eine Hälfte der Grundfläche, auf der anderen vermutete sie eine Dachterrasse. Die Fensterläden waren verwittert, und vor dem Eingang befand sich eine große, überdachte Veranda aus alten Holzbohlen, an deren Stützbalken grüne Ranken hinaufkletterten.

»Was ist das? Wo sind wir hier?«

»Das ... ist mein Haus«, sagte Theo und strahlte. »Es ist eine Menge Arbeit nötig, aber es hat Potenzial ... denke ich.« Er lachte.

»Theo, ich ...« Es verschlug Paula die Sprache.

»Komm, wir gehen rein.« Theo ging die beiden Stufen zur Veranda hoch, zog einen verrosteten eisernen Schlüssel aus der Tasche und steckte ihn in das große Schloss. Es machte klack, und die Tür öffnete sich. Cielo huschte sofort durch den Türspalt und beschnüffelte die neue Umgebung. Die Finca war uralt und absolut renovierungsbedürftig, dennoch erkannte auch Paula sofort das Potenzial, das darin steckte. Die hohen Wände bestanden ebenfalls aus unbehauenem Naturstein. Der Boden war mit alten Holzdielen ausgelegt und knarzte, wenn man darüber ging. In der Ecke des Raums befand sich ein großer, gemauerter Kamin.

»Theo, es ist wunderschön! Aber … ist das wirklich deins?«, fragte Paula aufgeregt.

»Ich habe es gestern gekauft«, sagte er stolz und gab Paula einen Kuss. »Hier ist das Wohnzimmer. Auf der anderen Seite kommt eine große Küche hinein.« Er ging durch den Flur. »Das wird eine Art Büro oder Lager.«

Paula folgte ihm durch den Flur und dann die Treppe hinauf. Die Wände im Flur waren mit weißen und bunt gemusterten Fliesen verkleidet. An der Decke hing eine antike Lampe.

»Hier ist noch ein Gästezimmer.« Theo öffnete eine quietschende Tür. »Und hier das Schlafzimmer mit Balkon.«

Paula ging durch das Schlafzimmer und öffnete die weiße Flügeltür. Hinter dem Balkon erstreckte sich jede Menge Land, bis zu den Bergen. »Wow«, sagte sie staunend.

Theo trat hinter Paula und umschlang sie mit den Armen. »Einiges von dem Land gehört noch zum Grundstück.« Er deutete auf ein etwa zweihundert Meter entferntes Wasserbassin. »Bis dahinten.«

Paula drehte sich in seiner Umarmung und küsste ihn.

»Es wird sicher ewig dauern, bis die alte Hütte bewohnbar ist, aber immerhin gibt es Strom.«

»Ich freue mich riesig für dich. Jetzt wird dein Traum tatsächlich wahr.«

Theo lachte und sah Paula in die Augen. Dann hielt er sie fest und kitzelte sie, bis sie lachend um Hilfe rief. »Das ist er doch schon längst.«

* * *

Die Hochzeit würde in wenigen Minuten beginnen, und Clara gab den Kellnern letzte Anweisungen. Es war bereits das siebte Fest, das Paula zusammen mit Clara organisierte, und bisher war jedes Brautpaar glücklich und zufrieden wieder nach Hause geflogen. Weitere Hochzeiten waren längst in Planung, doch der Spätsommer war bald zu Ende, und die Wintersaison würde etwas ruhiger werden.

Das heutige Brautpaar hatte über einen Zeitungsartikel von »Paulas Hochzeiten« erfahren. Ava hatte auch weiterhin ihre Kontakte spielen lassen und Paula zu einer lokalen Bekanntheit gemacht.

Ella, die Braut, war, wie Paula, als junge Frau auf die Insel gekommen, hatte viele Hürden nehmen müssen und sich schließlich ein glückliches Leben mit ihrem Verlobten Miguel aufgebaut. Paula und Ella hatten bereits nach der ersten Begegnung eine besondere Verbindung zueinander gespürt. Sie schienen eine Menge Gemeinsamkeiten zu haben, und Ella konnte bestens nachempfinden, was Paula alles durchgemacht hatte, um bis hierher zu kommen.

Ella und Miguel waren ein süßes Paar, und ihre kleine Tochter würde heute das Ringkissen zwischen den mallorquinischen und deutschen Gästen hindurchtragen. Die Hochzeit fand auf dem Hof von Miguels Familie statt, einem traumhaften alten Anwesen, umringt von Tausenden Olivenbäumen, aus denen die Familie köstliches Öl herstellte.

Miguels Mutter Emilia kam gerade mit Theo aus der Küche und rief ihm aufgeregt Kommandos zu. Eigentlich war Theo der Koch des heutigen Fests, doch Emilia war es als Familienoberhaupt gewohnt, die Gäste zu bewirten, also half sie bis zur letzten Minute. Theo sah zu Paula hinüber, zuckte mit den Achseln und lachte. Paula schmunzelte. Ob Theo heute überhaupt noch gebraucht wurde?

Dann sah sie Claudia und Clara, die wild gestikulierend am Büfett diskutierten, um sich anschließend mit einem Augenzwinkern wieder an die Arbeit zu machen.

Claudia hatte Paula und Clara angeboten, weiterhin im Catering zu arbeiten und nebenher ihre Hochzeiten zu organisieren. Sie hatte vorgeschlagen, das Arrangement solange beizubehalten, bis die beiden von der Hochzeitsplanung leben und sich voll darauf konzentrieren konnten. Paula hatte Clara nämlich zu ihrer vollwertigen Partnerin gemacht. Sie war nicht nur ihre beste Freundin und der eigentliche Grund für Paulas Abenteuer auf Mallorca, sie war eine ebenso gute und gewissenhafte Hochzeitsplanerin, auf die Paula nicht verzichten wollte.

Dann sah Paula hinüber zu ihrer Mutter. Hilda legte gerade letzte Hand an der Dekoration an. Nachdem Paula, Hilda und Freyja sich ausgesprochen hatten, war Hilda ebenfalls bei Freyja eingezogen und unterstützte Paula, wo es nur ging. Im Ort redete man bereits über die Frauenkommune am Hang, doch die drei hatten sich in den letzten beiden Monaten zusammengerauft und genossen die starke Gemeinschaft. Mit ihrem Geplapper brachten sie Theo jedes Mal, wenn er Paula besuchte und bei der Renovierung von Freyjas Haus half, zum Schmunzeln. Obwohl Freyja ihm angeboten hatte, während der Renovierung seines eigenen Hauses bei ihr unterzukommen, hatte er dankend abgelehnt. Natürlich hätte er gern den ganzen Tag mit Paula verbracht, und zudem wäre es praktisch gewesen, doch er wollte Paula die Zeit mit ihrer Mutter geben, die die beiden dringend nachzuholen hatten.

Gemeinsam hatten Hilda, Freyja und Paula es tatsächlich geschafft, Richard dazu zu bewegen, all denen ihr Geld zurückzugeben, die er damals betrogen hatte. Zudem sollte er eine großzügige Spende für die Opfer der Überschwemmung tätigen. Danach war der Kontakt zu ihm abgerissen.

Ebenso abgerissen war der Kontakt zu Peter. Nachdem Paula auf Facebook gesehen hatte, dass er nun als Surflehrer tätig war und sich offensichtlich bestens mit seinen Schülerinnen amüsierte, hatte Paula auch den letzten Funken Sympathie für ihn verloren.

Nach und nach trafen die aufgeregten Gäste ein. Es entstand ein wildes Durcheinander, man lachte, umarmte und küsste sich.

Bianca war extra angereist, um die Hochzeitsfotos zu schießen. Fabi war an diesem Wochenende ebenfalls zu Besuch, half Bianca und drehte einen kleinen Hochzeitsfilm. Als Paula die beiden betrachtete, wie sie sich angeregt über Objektive und Unschärfe austauschten, musste sie zwangsläufig schmunzeln. *Warum eigentlich nicht?*, dachte sie.

Erneut erinnerte sie sich an Sophies Hochzeit, daran, wie alles angefangen und wie gut ihr dieses Fest getan hatte. Paula machte ein Handyfoto und schickte es an Sophie. *Eure Hochzeit hat einen Stein ins Rollen gebracht ... Komm mich bald besuchen!*, schrieb sie darunter.

Zufrieden sah Paula zu, wie das Fest seinen Lauf nahm. Wieder einmal war sie glücklich, so viele Menschen zusammengebracht zu haben, um den schönsten Tag im Leben eines Paares miteinander zu feiern.

Dieses Jahr hatte viele Geheimnisse offengelegt und viele Tränen gekostet, doch als Paula sich umschaute und darüber nachdachte, spürte sie nur das Glück, das sie umgab. Sie hatte ein Ziel erreicht, das sie zu Beginn ihrer Reise noch gar nicht gekannt hatte, und war gespannt, welche Überraschungen das Leben noch für sie bereithielt.

Druck:
CPI Druckdienstleistungen GmbH
im Auftrag der
Zeitfracht Medien GmbH
Ein Unternehmen der Zeitfracht - Gruppe
Ferdinand-Jühlke-Str. 7
99095 Erfurt